묘묘

(淼淼)

한

이야기

민님

단편 소설집

묘묘

(淼淼)

한

이야기

for my awesome friends

a little peculiar bedtime stories

차례

이 세상에서 가장 이해할 수 없는 말은

이 세상을 이해할 수 있다는 말이다.

The most incomprehensible thing about the world is
that it is comprehensible.

— 알버트 아인슈타인(Albert Einstein)

첫 번째 이야기

꿈을 찍는 카메라

1

왁자지껄. 아이들이 떠들고 웃어 대는 소리에.

정신이 하나도 없었다. 이 일을 한지 어언 10년이 다 되어 가는데도. 눈살이 자동적으로 구겨졌다. 심통이 난 것처럼 입술도 쑥 나왔다. 안 그래도 두꺼운 입술이 더 툭 불거졌다.

"화났다."

빽빽대는 소음 속에서 피어오르는 목소리. 초등학교 6학년 사내아이 치고 꽤 하이 톤이었다. 누군지 몰라도. 작은 체구의 아이일 것 같았다. 몸집이 큰 아이들의 대부분은 쇳소리 섞인 변성기 음성을 내고 있었기에.

'나를 내내 지켜봤을 테고.'

활동적인 무리에서 벗어나 시종 분위기만 핥는 유형. 우리 어른 사회에서도 쉽게 찾아볼 수 있는 그런. 타입 말이다.

나는 입가에 힘을 주어 바짝 들어 올렸다. 광대가 올라가고 눈꼬리는 내려오는 느낌이 들 때까지. 네 번이고 다섯 번이고 계속 반복했다. 뻣뻣한 얼굴 근육을 풀어 보려고 애썼다.

'이 정도면 부드러워졌겠지.'

나는 슬쩍 뒤를 돌아보았다(미소를 지었다고 확신했다). 역시나.

이리 뛰고 저리 뛰는 아이들.

멀뚱멀뚱 구경만 하는 아이들.

삼삼오오 모여 수다가 한창인 아이들.

시끌벅적. 야단법석. 오두방정. 그 자체였다. 조금 전과 바뀐 건 전혀 없었다.

나의 두 눈은 목소리의 주인공을 찾아 바쁘게 움직였다. 서른 명 남짓한 아이들 중에서 골라내는 건. 그리 어렵지 않을 듯했으나.

'누구지?'

우쭐대던 내 자신감은 보기 좋게 빗나갔다. 이 난리 통에서 가려내기란. 잔디밭에서 바늘 찾는 격이었다. 그러다. 맨 앞에서 두 번째 줄에 앉아 있는 여학생과 눈이 딱 마주쳤다. 눈을 동그랗게 뜬 아이는 입을 살짝 벌린 채. 한쪽으로 축 늘어진 후드 티셔츠 끈만 만지작거렸다. '웃음이 꽁꽁 얼어붙은'이라는 대본 속 지문을 충실히 소화한. 훌륭한 연기라고 믿고 싶을 정도였다.

조금만 인상을 써도 험악해 보이는지라. 최대한 온화하고 푸근하게 보이려고 안간힘을 썼는데! 이번에도 '꽝'이었다. 그나마 희극적으로 보이는 일자 눈썹도. 이번엔 제 역할을 못했나 보다. 하긴. 본시 이렇게 생겨 먹은 걸 어떻게 하겠는가.

"얘들아, 연습 그만하고! 자리에 앉으세요!"

보다 못한 담임선생이 아이들을 향해 외쳤다. 귀청을 강타하던. 소음도 데시벨이 대번에 뚝 떨어졌다. 생글생글 웃으면서 탁탁 내뱉는 윤 선생의 절도 넘치는 말투에.

'역시 최고!'

말없이 경탄했다. 갓 부임한 학교에서 3년 내리 6학년 담임 자리를 꿰차는 것만 보아도. 그녀의 내공을 짐작할 수 있었다.

1교시 증명사진과 우정 사진. 2교시 리허설에 이어. 3교시와 4교시는 프로필 사진 촬영 시간이었다. 나는 프로필 촬영에 각별히 공을 들였다. 리허설까지 하는 것만으로도. 그 무게감을 어림잡을 수 있지 않은가. 비단 나뿐만 아니라 아이들에게도 중요한 촬영이기에.

"작가 선생님?"

윤 선생은 나를 힐끗 쳐다보며 준비 상황을 점검했다. 3년째라 그런지. 그녀는 사정에 밝았다. 시시콜콜 사소한 질문을 던져대는 여타 선생들과는. 차원이 달랐다.

나는 네모 반듯한 은색 서류 가방을 테이블 위에 올렸다. 일명 '007 가방.' 프로필 사진을 찍을 때만 사용하는 카메라가 들어 있는 가방이었다. 달카닥 가방의 잠금장치를 열자. 우와! 하는 아이들의 탄성이 곧바로 터져 나왔다. 그러나 정작 카메라의 모습이 드러나자. 아이들의 감탄사는 곧이어 의문사로 바뀌었다.

'에이, 저게 뭐야?'
'선생님, 카메라에 렌즈가 없어요!'
'맞아요! 이상하게 생겼어요!'

아이들은 앞다투어 한 마디씩 쏘아댔다. 윤 선생이 나에게 눈 신호를 보냈다. 속히 간단하고 무난한 설명을 부탁한다. 는 주문이었다.

"학생 여러분, 보다시피 카메라가 참 신기하게 생겼죠? 어찌 보면 무슨 나무 상자 같기도 하고. 그런데 말입니다……."

아이들이 픽픽 웃음을 터뜨렸다. 아무래도 〈그것이 알고 싶다〉 진행자 톤의 '그런데 말입니다'가 먹힌 것 같았다. 무서운 아저씨에서 재미난 아저씨로 넘어가는 순간이기도 했다. 나는 재빨리 말을 연이었다.

"이 카메라는 보통 카메라가 아닙니다. 여러분의 얼굴뿐만 아니라 꿈도 찍을 수 있거든요. 그러니까 카메라 앞에서 포즈를 잡을 때 미래의 꿈을 듬뿍듬뿍 그려 주세요! 알겠죠?"

아이들은 일제히. 네! 하고 제창을 했다.

"그럼 젤 앞줄 왼쪽부터 시작할까? 시연아, 준비되었니?"

윤 선생이 진행에 박차를 가했다. 나는 카메라를 조심스럽게 삼발이 위로 옮겨. 본격적인 촬영에 임했다.

"이름을 말해 주세요."

"문 시연이요."

아이는 준비해 온 앞치마를 둘렀다.

"문 시연······."

벌써 세 번째였지만. 아이들의 이름을 외우기란 불가능한 일이었다. 덜렁대기를 타고난 내가. 꼼꼼하게 확인하는 것만으로도 장족의 발전이었다. 나는 명단에서 이름을 찾은 후 체크를 했다.

"담임 선생님께서 미리 말씀하셨겠지만, 한 사람당 오 분 줄 겁니다."

나는 똑똑히 보란 듯이. 다섯 손가락을 활짝 펼쳐 보였다.

"그동안 뭐든 하고 싶은 걸 하면 되는 거예요. 시연 학생, 촬영 배경지 앞으로 와서 서시고."

나는 타이머를 맞추었다.

"액션!"

시연은 뒤집개와 프라이팬을 양손에 들고. 카메라를 향해 어색하게 웃어 보였다. 포즈를 잡는 듯하더니. 다소 쑥스러운지 고개를 절레절레 흔들었다. 잠자코 보고만 있던 윤 선생은.

"우리 모두 시연이에게 힘을 불어넣어 주는 박수 세 번!"

치어리더 역을 자청했다.

짝! 짝! 짝!

급우들의 힘찬 응원 덕에. 시연은 보이지 않는 '팬케이크 굽기'에 들어갔다. 뒤집개로 누르고, 뒤집고, 누르고, 뒤집고……. 온 정성을 다해 구웠다. 다 구워졌나 싶던 팬케이크는 공중으로 높이 던져졌다가 프라이팬 위로 무사히 안착했다. 순서를 기다리며 구경하던 아이들은 환호성을 지르기도 하고. 박수를 치기도 했다. 더욱 용기를 낸 시연은 팬케이크 저글링 묘기까지 선보였다. 누가 봐도. 아이의 장래 희망은 조리사였다.

삐. 삐. 삐. 삐.

타이머 알람이 5분 종료를 알림과 동시에. 나는 카메라 셔터를 몇 방 더 눌렀다.

"시연 학생, 수고했어요! 자, 다들 어떻게 하는지 이해했죠?"

"네에!"

"다음 학생!"

수의사, 유튜버, 우주 비행사, 경찰관, 래퍼, 아이스크림 가게 주인, 유치원 교사, 농부, 법률 전문가, 축구 선수, 프로게이머, 제빵사, 피아니스트……

꿈나무 가지에 파랗게 돋아난 새싹들의 향연이었다. 아주 그냥. 짱짱했다.

'드디어 하나 남았네.'

나는 마지막 학생을 기다렸다.

"주 하빈."

큼지막한 헬멧을 쓴 아이가 자신의 이름을 알아서 밝혔다. 소년과 소녀 사이를 오가는 평균보다 높은 어조. 어디서 들어 본 듯했다.

'아하!'

이 녀석이었다. 나를 맨눈으로 감시하던 아이가. 깜빡 잊을 뻔했다.

"주 하빈……."

나는 입버릇처럼 아이의 이름을 되씹으며. 값비싼 생김새의 헬멧을 흘끔거렸다. 머리와 측면부, 안면 전체를 감싸는 풀 페이스(Full Face) 헬멧인 것을 감안하면. 아이 아빠의 취미 활동이 모터사이클링인 것 같았다(아이를 단박에 사 등신으로 만든 것만 봐도 알 수 있지 않은가).

"하빈 학생, 준비되었나요?"

나는 젖 먹던 힘까지 쥐어짜서 방긋거렸다. '화내는 아저씨'라는 선입견을 단칼에 베어 버려야 했으니까. 밥벌이를 위한 서글픈 몸부림이기도 했다(이 바닥에서 '소문'만큼 무서운 것이 없다).

“다.”

‘다는 또 뭐여? 나만 모르는 대화체인가?’

헬멧 안에서 새어 나온 해괴한 응답에. 나는 도리질을 했다.

“갑니다. 액션!”

2

"뭐지? 뭘까?"
골똘히 뇌를 굴려 보아도 시원한 답이 떠오르질 않았다.
"모터 싸이클러나 바이크족은 아닐 테고."

모터크로스. 비엠엑스. 스노모빌. 봅슬레이. 루지. 스켈레
톤……

중무장 헬멧을 착용하는 스포츠를 쭈욱 열거해 보았으나. 하빈
이 보여 준 5분 팬터마임과는 거리가 있었다. 나는 아이의 동작을
다시 한번 떠올려 보았다.

하빈은 1분 넘게 가만히 서 있기만 하다가. 양손을 가슴팍에 갖
다 대었다. 처음엔 흔해 빠진 '하트'인가 했는데. 열 손가락을 희한
하게 접고 펴서 만든 '다이아몬드' 모양이었다.

그렇게 또 한참을 멍하게 있더니(적어도 2분 이상 지체한 것 같다). 어느 순간 손가락 세 개를 꼿꼿이 세웠다. 왼쪽 집게손가락과 가운뎃손가락. 그리고 오른쪽 집게손가락. 그것으로 끝이었다. 그 자세로 남은 시간을 날려 없앴다. 별 움직임도 없이 묘한 손동작이 다였다.

"아…… 근질거려 죽겠네!"

말 그대로였다. 온몸이 간질간질 참을 수가 없었다. 오래간만에 활활 불타오르는 탐구 정신이었다. 집에서 기다리고 있을 '모코모코'가 맘에 걸렸지만. 나는 곧장 스튜디오로 향했다.

✦

스튜디오에 도착하자마자. 당장 필름 현상 작업에 들어갔다. 스튜디오라고 해 봤자. 고시원 방 크기 수준의 2평 조금 넘는 공간. 어쩔 땐. 출입문에 박아 놓은 〈은빛 갤럭시 스튜디오〉라는 팻말이 낯 뜨겁게 느껴질 정도였다. 그래도 나의 생계를 책임지는 소중한 곳이라. 후회는 없었다. 감히 호부 호형하지 못하는 홍길동의 마음을 가졌을지언정.

나는 서둘러 전기 포트에 물을 넣고 끓였다. 물이 끓는 동안. 필름 현상 약품을 물과 섞어 각각 다른 병에 담고. 현상 탱크와 가위를 검은 쓰레기봉투에 넣은 후. 전등 스위치를 내렸다.

24

암 백이나 암실 같은 건 존재하지 않았다. 모든 것이 쓰레기봉투 속에서 이루어졌다. 내 삶과도 비슷했다. 나는 후딱 필름 롤을 감아 현상 탱크 안에 넣었다.

"짜잔!"

척척 가동되는 기계적인 내 손놀림에 자축하며. 스위치를 올렸다. 다시 환히 밝아진 조명. 나는 부신 눈을 찌푸렸다. 눈 감고도 할 수 있는 것이 필름 로딩이었지만. 양달과 응달을 넘나드는 데는 언제나 무리가 있었다.

나는 다음 단계로. 양동이에 물을 1/3쯤 채운 후 팔팔 끓인 물을 부었다. 손가락을 넣어 보니. 대략 섭씨 40도는 넘을 것 같았다. 통상 저속 현상을 선호하지만. 오늘을 고속 현상을 택했다. 그만큼 안달이었다. 나는 양동이에 탱크와 현상 용액 병들을 던져 넣었다.

"슬슬 시작해 볼까?"

나는 손을 비볐다. 시간과 얼싸안고 탱고를 춰야 할 차례였다. 입 박자에 맞추어. 'T=70/(20-n)' 같은 계산법은 잊은 지 오래였다.

"뚜 — 뚜 — 뚜 — 뚜 — 뚜 — 뚜 —."

탱크에 발색 현상, 표백, 정착에 쓰이는 약품과 물 붓기를 순서대로 이행했다. 다른 건 내 멋대로라도. 이 순서는 매뉴얼에 맞게 지켰다. 유일했다.

"뚜 — 뚜 — 뚜 —!"

마지막 헹굼을 마쳤다. 무도회가 막을 내리는 시간이기도 했다. 나는 탱크 뚜껑을 열고 릴에 감긴 필름을 꺼냈다. 콩닥대는 가슴을 진정시키고. 필름을 줄에 집게로 고정시켜 널었다.

나는 또다시 전기 포트에 물을 끓였다. 컵라면으로 점심 한 끼를 때울 참이었다. 헤어드라이어로 필름을 초고속 건조하고 싶었지만. 참아 보기로 했다. 꼬불꼬불한 라면 발이 위장 안에서 퉁퉁 불어 터져야. 후반 작업을 느긋하게 할 수 있는 것이니까. 그래야 실수도 없다.

꽥—꽥. 꽥—꽥.

오리 울음소리. 하우스메이트 갈재홍이 전화를 걸어 옴. 을 알리는 링톤이었다. 눈만 뜨면 잔소리를 뿜어대는 그를 위한 적절한 설정이었다. 나는 이 벨소리를 들을 때마다. 넙적한 주둥이를 벌리고 갈갈거리는 살찐 오리의 모습이. 눈앞에 아른거렸다. 불판 앞에만 앉으면 흥분을 주체 못 하는. 그의 야성 때문인지도 몰랐다.

'이 시간에 전화?'

나는 젓가락을 놓았다. 영 껄끄러웠다. 평소 그라면 잠을 자고 있어야 할 시간이기에(일러스트레이터인 재홍은 특별한 일이 없는 이상 해가 떠야 잠자리에 든다).

"재홍 씨, 어쩐 일입니까?"

한동갑인 재홍과 나. 우리는 초두부터 존댓말을 쓰기로 합의를 보았다. 쉽사리 서로의 '선'을 넘지 않으려는. 일말의 노력이었다. 동거족들이 한집에 살면서 예기치 못한 갈등 구조에 끼이는 건 잇새의 고춧가루보다 더 흔한 일이므로. 예방 차원의 대책이었다고 할 수 있겠다.

"홍윤 씨, 큰일 났어요!"

그렇다. 홍윤은 내 이름이다. 갈재홍과 제홍윤. 두 이름만 놓고 보아도. 모호한 연관성이 있지 않은가. 어쩌면 동거인으로 묶이는 운명이었는지도 몰랐다.

"큰일이라뇨?"

"모코 투가 안 보입니다. 오늘 아침에 데리고 나간 건 아니죠?"

모코 투(Two). 모코 원(One)의 형제이자 내 소속이기도 했다. 설가타 육지거북인 '모코 모코'는. 재홍과 내가 함께 집에 들인 유일한 생명체였다(구조했다가 걸맞은 서술인 듯싶다).

"데리고 나가다뇨! 정말 없어요?"

"없어요."

나는 얼굴 피부에 핏기가 죄다 빠져나가고 있음을 느꼈다.

"지금 갑니다."

착각이길 바랬다. 심술궂은 장난이었어도 상관없었다. 그러나 착각도 장난도 아닌. 실제 상황이었다. 그것도 위급 상황.

"정확히 언제 알게 된 겁니까?"

"안 받으려고 했는데, 그놈의 전화벨이 미친 듯이 울리는 통에 눈을 떴음죠. 근데 받고 보니 단기 대출 상담하라고……. 와! 속에서 천불이 콱 끓어오르는데, 으아! 오늘 밤도 달려야 하거든요. 아무튼 찬물 퍼마시면 오히려 깰 거 같아서 냉장고에 있는 맥주 한 캔을 땄습니다. 그렇게 한 캔, 두 캔 홀짝거리다 심심해지길래 우리 모코 모코 형제들 재롱이나 보려고 했죠."

나는 '언제'를 물었는데. 재홍은 '어떻게'만 주야장천 풀어 댔다.

"그게 언젭니까?"

"방문을 열었더니 햇빛이 착 드는 게 우리 아이들이 일광욕하기 참 좋겠구나 했거든요."

언제쯤이면 내가 질의한 '언제'를 토해낼 것인지. 애가 타고 답답했다.

"두 시 안팎이었단 거네요? 맞나요?"

"아마도."

뭐라도 던져야 상응하는 답을 하는 스타일이었다. 재홍과 하루이틀 산 것도 아닌데. 애당초 잘못이었다. 그는 우문현답 놀이를 주고받을 수 없는 상대이기에.

"다 찾아보셨어요?"

"그럼요! 책장, 서랍장, 냉장고 뒤까지 싹싹 뒤졌는데 없더라고요."

지난달 세 살이 된 모코 모코는 길이 28센티미터로. 이미 숨기에 적합한 크기가 아니었다.

열다섯 살에서 스무 살까지도 쑥쑥 자란다는 이 거북이가 앞으로 얼마나 더 커질지 모르지만. 현재도 결코 작지는 않았다.

"혹시라도…… 만에 하나라도…… 집 밖으로 나갔다면…… 대형 참사 아닌가요……?"

재홍은 떠듬떠듬 말을 이으며 내 눈치를 살폈다. 환경청에 신고도 하지 않는 거북의 숙명을 암시하듯이. 하기야. '자라탕'이 될 뻔한 아이들을 훔쳤으니 서막부터 꼬인 인생이었다.

"나가서 찾아볼게요. 집 안 수색, 한 번만 더 부탁합니다."

나는 옆구리에 배추 한 포기를 끼고 문을 나섰다.

3

목 뒤에서, 등에서, 겨드랑이에서, 관자놀이에서.
온몸에서 땀이 주룩주룩 흘러내렸다.

"모코 모코! 모코 모코!"
거북이들은 쌍둥이 형제인지라. 재홍과 나는 둘을 따로 둔 적
이 없었다. 심지어. 이름도 한데 묶어 부르지 않는가.
"어디로 튄 거야?"
튀다. 사실. 튄다는 표현 자체가 이치에 맞지 않았다. 기는 재주
밖에 없는 거북이가 도망을 치다니! 그것도 혼자서. 나는 출근 전
풍경을 차근차근 되짚어 보았다.

모코 모코가 밤새 싸지른 똥덩어리들을 치운 후 먹이를 주었다.
메뉴는 시금치, 청경채, 그리고 사과.
먹는 걸 확인한 후 나도 아침을 시리얼로 때웠다.

카메라 장비 가방들을 챙겼고. 양말을 신었고. 재킷을 걸쳤고. 거울을 보았고.

모코 모코에게 인사를 한 후 집을 나섰다.

"방문을 닫았나? 아님 조금 열어 놓았나?"

기억이 나지 않았다. 평상시에는 열어 놓는 편이라고 웅얼거렸으나. 다시 생각해 보니 그것도 아니었다. 대개 재홍이 집안에 틀어박혀 있는 까닭에. 해이해졌다고나 할까.

"그래, 열어 놓았다고 치자."

방에서 기어 나온 들. 갈 곳이라곤 뻔했다. 주방, 거실, 다용도실, 화장실. 그리고 베란다. 내 방과 재홍의 방문은 언제나 굳게 닫혀있기에. 이 경우엔 해당되지 않았다.

"구석구석 뒤지라고 부탁했으니 찾으면 연락하겠지."

재홍이 좀 게으른 구석이 있어도. 사리 분별력도 없는 미숙한 인물은 아니었다. 오히려. 나보다 치밀하고 철두철미한 편이었다. 그가 그린 삽화들만 보아도 쉽사리 가늠할 수 있었다.

"찐다, 쩌……."

여름이 지났음에도 불구하고. 날씨는 8월의 어느 날치럼 무더웠다. 바람 한 점 없는 뙤약볕에 타들어갈 것만 같았다. 그래서인지. 순간 나는 심한 어지럼증을 느꼈다. 등골에서 식은땀이 나고. 이유 없는 짜증이 치밀었다.

'당 떨어졌다!'

몸속에 저장되어 있던 혈당이나 글리코겐이 과다 소모되었을 시에 당면하는. 신체적 이상 현상에 대해 나는 잘 알고 있었다. 주스든 초콜릿이든. 뭐든 섭취해야 했다.

나는 서둘러 편의점으로 달려갔다.

다행히. 얼마 떨어지지 않은 곳에 있었다. 나를 포함해서. 온 동네 주민들이 애용하는 편의점이기도 했다.

"아휴, 목이 많이 타셨나 보다!"

편의점 주인아저씨가 나를 알아보고 한마디 건넸다. 한동안 알바 직원만 보였는데. 오랜만이었다.

"아, 네……."

제정신으로 돌아온 나는 겸연쩍게 웃어 보였다. 사과 주스 두 병을 연달아 마셨더니. 금방 효과가 있었다.

"날이 덥죠?"

"그렇네요."

"배추 사셨네? 김장하시려고?"

"아…… 이거요? 하하…… 뭐……."

딱히 할 말을 찾지 못하고(기르는 거북이가 환장하는 간식거리라고 밝힐 수는 없기에). 두리뭉실 넘어갈 기회만 보고 있던 때. 그때였다. 기둥에 붙은 엉뚱한 전단지가 내 시선을 획 낚아챘다.

드라콘 납치범인 당신!!!

당신이 가져간 레드아이 아머드 스킨크는 전혀 희귀하거나 비싼 동물이 아닙니다.

내 소중한 아이란 말입니다!

나는 3년이 넘게 우리 드라콘을 밤낮으로 돌보며 지냈다고 요!

그런 드라콘을 당신이 훔쳐 달아나다니! 매우 비열하고 치졸하기 짝이 없군요.

그간 드라콘을 먹이고 재운 것도 나고, 훈련시킨 것도 바로 나, 나란 말입니다!

나름 우리만의 일과가 있다구요!

그뿐만 아니라 드라콘의 동생이 눈 빠지게 형아를 기다리고 있습니다.

안전하게 돌려만 주신다면 그 어떤 추궁도 하지 않겠습니다.

제발 올바르게 삽시다! 연락 기다리겠습니다!

방가네

010-1234-5678

레드아이 아머드 스킨크. 난생처음 들어보는 동물명이었다. 사진상으로만 살펴보면. 드래건 미니어처처럼 생겼다.

'쯧쯧…… 어쩌다가…….'

안타까운 사연에. 나도 모르게 혀를 끌끌 찼다. 애완 도마뱀을 도난당한 주인의 절절한 호소가. 쟁쟁히 들리는 듯했다.

"아이고, 말도 말아요. 이 도마뱀 주인이 요 뒤쪽 골목길에 사는데, 어제 오후에 사색이 되어서 왔다니까! 밖에는 전단지 붙이는 게 불법이라 어쩔 수 없다면서 여기 붙일 수 있게 해 달라고 사정사정하길래 내가 그러라고 했지. 아니 요즘은 이런 것도 훔치는 도둑놈들이 있나?"

이런 것.

'취향이 도마뱀이라면야. 도마뱀 알이라도 손댈 자들이 세상에 득실득실하지.'

아직도 성황리에 영업 중인 개장수도 있고 닭 서리꾼도 있지 않은가. 관련된 뉴스를 접할 때마다. 못된 새끼들! 하고 운을 뗀 후 쌍욕을 했던 것으로 기억한다. 다른 것이 있다면. 그때는 불구경을 했었고 지금은 불벼락을 맞았다는 점.

'이것 봐라?'

그러고 보니. 드라콘 이 녀석도 파충류가 아닌가! 거북이와 도마뱀이지만. 따지자면 동기간인 것이다. 파충류만 손대는 절도범이 이 동네에 잠입했을 가능성이 농후했다. 난 휴대폰을 들어 전단지 사진을 찍었다.

"여보세요. 혹시 방가네 씨……"

나는 '방가네'가 한 집안을 지칭하는 것인지(방 씨 집안 말이다). 개인의 이름인지 확신할 수 없었다. 그래서 무작정 '씨'를 붙여 버렸는데. 귓가를 타고 흘러온 말은 놀랍게도.

"우리 드라콘…… 무사한가요?"

방가네의 확신이었다. 내가 그 비열하고 치졸한 도마뱀 납치범
이라는.

"아, 저…… 전 길 건너 편의점에 붙은 전단지 보고 전화드리는
건데요."

"무사하냐구요! 대답하세요!"

어이가 없었다. 나는 확 끊어 버릴까 하다가.

"이보세요, 방가네 씨. 기르던 도마뱀을 잃어버린 당신의 절박
한 심경을 이해 못 하는 건 아닌데요. 내기 전화드린 요지는 도마
뱀 분실에 관한 내용을 상세히 듣고 싶어서입니다. 왜냐면 기르던
거북이가 오늘 갑자기 사라졌거든요."

"당장 만나요. 주소 알려 드릴게요."

❧

"아까는 죄송합니다. 제가 너무 실의에 빠져 있던 상태라……."

도마뱀 주인 '방진모'는 어물어물 말꼬리를 흐렸다(방가네는 그
의 이름이 아니었다). 옅은 눈물까지 글썽이는 것이. 생김새와 덩치
에 비해 유약한 성품을 가진 듯했다. 다만 얼굴 생김생김만 놓고 가
리자면. 그의 것도 내 것 못지않았다.

"아닙니다. 그럴 수도 있죠. 자식 같은 도마뱀 아닙니까."

"드라콘."

"아, 네…… 그렇죠. 자식 같은 드라콘 말입니다."

"드라콘…… 지금 어디 있니? 무사한 거니?"

진모는 휴대폰에 저장된 사진을 보며 부르짖었다.

"뭔가 수상해서 그러는 건……"

"감이 잡히는 게 있으신가요?"

대화를 나누는 데 있어 힘겨운 상대였다. 말이 채 끝나기도 전에 뚝 잘라먹는 태도만 봐도. 알 수 있지 않은가. 재홍보다 더하면 더했지. 절대 덜하진 않을 법 싶었다.

"감까지는 아니고…… 뭐랄까 다수의 공통분모?"

그렇다. 하루 건너 터진 두 사건에 석연치 않은 공통점이 몇 가지 있었다.

첫째. 앞서 밝혔지만 둘 다 파충류이다(희귀종까지는 아니어도 쌔고 쌘 애완동물도 아니다).

둘째. 실종 장소가 살고 있던 집이다.

셋째. 동고동락해 오던 형제가 있다.

"그러니까 준비된 계획범죄라는 건가요? 해프닝이 아니라?"

"정황상 그럴지도 모른다는 겁니다. 만약 연락이 오지 않으면, 신고…… 하실 건가요?"

"……"

이제까지와는 사뭇 다르게. 진모는 침묵했다.

"뭐…… 신고한다고 한들 경찰이 어떻게 찾겠습니까. 그리고 이 동네 지구대에 근무하는 경찰들은 온종일 바쁘더라구요. 사거리에서 빈번하게 생기는 교통사고 때문인지……."

"훔쳤어요. 내가 훔쳐서 데리고 온 아이예요. 그래서 신고 못해요."

넷째. 출신의 비밀.

4

모코 투의 실종 사건이 발생한 지 어언 3일째.

별다른 진척도 없이 시간은 빠르게 흘러갔다. 속이 까맣게 타들어가는 재홍과 나와는 대조적으로. 모코 원은 태연하기만 했다. 똥을 싸 뭉개고도 천연스러운 것이. 느긋 그 자체였다. 보통 때와 비교해 똥의 양도 부쩍 늘었다. 너는 밥이 목구멍으로 들어가냐? 하고 묻고 싶을 정도였다.

"암만 내가 처자고 있었다 치더라도 너무 감쪽같지 않나요?"
"침입 흔적도 전혀 없고⋯⋯. 아마추어는 아닌 게 확실합니다."

상상이 가능한 일반적인 전문가가 아닌. 첩보원 수준의 전문가 소행으로 보였다(그래 봤자 영화 속 첩보원의 활약상이다). 완전 터무니없는 주장이 아니라. 타당한 근거가 있었다.

우리가 거주하는 곳은 단독 주택으로. 대문과 현관문 둘 다 디지털 도어록이 달려 있었다. 특히 대문 도어록은 최근에 설치한 최신형으로. '토털 시스템'을 자랑하는 제품이었다. 만약을 대비해. 대문과 현관문의 비밀번호도 다르게 설정한 상태이기도 했다. 일단 비밀번호를 알아내려면. 전문적인 수법이 수반되어야만 하지 않는가. 해킹 기술이든. 열 탐지기든 말이다. 또한 작년에는. 사비까지 탈탈 털어 담장 공사를 감행했었다(덕분에 재홍과 나는 두 달 넘게 주식을 라면으로 바꿔야 했다).

제아무리 높이뛰기 선수라도. 성인 남자 키 높이의 담을 뛰어넘기는 쉽지 않았을 터! 틀림없이 놈은 줄곧 우리를 미행하고 관찰했을 것이다. 하지만. 왜!

"하물며 그 도마뱀 주인은 자고 있지도 않았다면서요. 뭐 하고 있었대요?"

"먹이로 줄 귀뚜라미를 모으고 있었답니다."

"어느 집이든 비슷비슷한가 봐요. 먹이고, 재우고, 놀아 주고……."

재홍은 지퍼백에서 납작하고 손바닥 만한 걸 꺼내더니. 모코 원의 입에 갖다 대었다.

"그건 뭡니까?"

"아, 이거요. 오펀티아라고 부채선인장 종류인데, 칼슘과 섬유질이 풍부한 게 얘네들 슈퍼 푸드래요. 이건 수입품인데, 제주도에서도 난다네요? 담엔 제주도산을 구입해 보려구요."

섬유질. 얼마만큼을 더 싸대야 재홍의 광기 어린 식료품 구매에 브레이크가 걸릴지. 의문이었다. 입맛에 새롭고 신기하기만 하면. 무조건 지르고 보는 성미이기에.

'똥이나 재깍재깍 치우던지!'

어느 날부터 모코 모코의 '똥 담당'이 되어버린 신세. 나는 끓어오르는 부아를 꾹꾹 참았다. 게다가. 모코 투만 쏙 빼놓고 주는 것인가 싶어. 서럽고 원통했다. 그러거나 말거나. 모코 원은 냠냠거리며 선인장을 뜯었다. 좀스러운 내 심보를 비웃는 듯한 작태에.

"생사조차 알 수 없는데!"

나는 자리에서 벌떡 일어섰다. 터지고야 말았다.

"홍윤 씨, 왜 목소리를 높이고 그러나? 설마 화난 건 아니죠?"

"모코 원만 입인가요? 선인장이 웬 겁니까? 애가 이 더운 날 어디서 헐떡이고 있는지도 모르는데!"

참다못한 나는 고성을 빽 질러 버렸다. 내 얼굴 디자인에 버럭거리기까지 하면. 호러 장면이 연출된다는 걸 잊었다. 어리석게도.

휘둥그레진 눈을 끔뻑거리던 재홍은. 들고 있던 맥주 캔을 식탁 위에 살며시 내려놓았다. 눈치 없던 모코 원도 놀랐는지. 갈빗살처럼 뜯고 있던 부채선인장을 바닥에 떨어뜨렸다. 곧이어. 무거운 정적이 우리를 덮쳤다. 그리고 수문장처럼 버티고 서서 꿈쩍도 하지 않았다.

소파 쿠션 끝에 엉덩이만 걸치고 앉아 창밖만 바라보는 나.

식탁 의자에 앉아 맥주 캔만 주물럭대는 재홍.

나와 재홍 사이에서 오락가락 방황하는 모코 원.

이 집에 이사 온 이후. 처음으로 찾아온 고요였다. 괴괴함이라고 일컫는 것이 알맞은 묘사일지도 몰랐다.

"생각이 짧았어요."

긴 적막을 깨뜨린 건 재홍이었다. 나는 대답 대신. 고개를 돌려 그를 노려보다가.

"미안해요."

나는 눈에 힘을 풀어 눈꼬리를 내렸다.

"소리쳐서 미안해요."

괜한 불똥이. 재홍에게 튀었다는 것을 완전히 부정할 순 없었다.

"그런데 말입니다……."

맞다. 내가 꼬맹이들 앞에서 주절댄. 우스개 멘트는 본래 재홍이 잘 써먹는 대사였다. 그와 살다 보니 별 걸 다 따라 하게 되었다. 그러니. 부부가 닮아가는 건 매우 당연한 일이다.

"평생을 함께한 브라더가 없어졌잖아요. 근데 얘가 이토록 태연 작약하다는 게…… 많이 씨하지 않나요? 난 묘한 기분이 드는데."

그제야 깨달았다. 재홍의 발음이 꼬이다 못해 흐느적거리고 있다는 것을. 위아래로 오르락내리락하는 특유의 억양과 더불어.

"무슨 뜻입니까?"

"놈과 짰다든지."

질리도록 기가 막히는 재홍의 사견에. 나는 넌지시 식탁 위로 눈길을 던졌다. 수북했다(그새 맥주 몇 캔을 마셔댔단 말인가!). 나는 재홍을 용서했다. '슈퍼푸드'도 술김에 꺼냈을 테니까.

'관두자.'

나는 벌어지던 입을 오므려 닫았다.

꼬끼오 ─ 꼬꼬댁 꼬꼬!

적시에 전화벨이 울렸다. 오리는 재홍. 닭은 진모. 둘 사이에 유사점이 상당수 눈에 띄었던 까닭에. 치기스러운 발상이었다.

"진모 씨, 안녕하세요."

"제보가 들어왔어요!"

나는 헐레벌떡 반나체인 몸에 옷을 걸쳤다. 하찮은 정보라도. 지금은 덥석 물어야 했다.

재건축 공사가 한창인 건물 뒤.

"거기서 뭐 하는 거요?"

쌓아 놓은 폐건축 자재 주위를 어슬렁거리는. 진모와 나를 발견한 관리자가 다가왔다.

"저희가 찾고 있는 게 있어서요."

"여긴 폐자재 밖엔 없어요."

내 행색을 위아래로 훑어보던 관리자는 단호하게 잘라 말했다.

"진짜 진짜 소중한 거예요. 꼭 찾아야 해요. 선생님, 도와주세요!"

옆에서 진모가 거들었다.

"여기서 쌍으로 결혼반지를 잃어버리기라도 했단 말이오? 뭘 찾길래 이리 호들갑인 거요?"

전후 곡절을 알게 된 관리자는.

"요즈음은 그런 것도 뿌리나? 하이고, 더러운 놈들."

편의점 주인아저씨와 입이라도 맞춘 듯. 엇비슷한 대사를 쳤다. 우리의 사연을 접한다면 열이면 열. 다 똑같은 소리를 할 것 같긴 했다.

"정말 여기서 봤답니까?"

"네, 선생님! 제보자에 의하면 삼일 선 오후 두 시 경이라고……."

스튜디오에서 재홍의 전화를 받았을 즈음으로 추정되었다.

"삼일 전이면 내가 월차를 낸 날인데……. 그날 근무했던 사람을 불러올 테니 있어 봐요."

"그렇다니까요. 하나가 아니라 여러 놈들이었어요."

"어떡해요! 조직 버금가는 도적단이 있나 봐요!"

관리자가 데려온 차 주임이라는 자의 입에서. '거북이 도마뱀'의 초성도 나오지 않았건만. 진모는 발을 동동 굴렀다. 방식만 다를 뿐. 수선스럽기는 재홍이나 진모나 거기서 거기였다(오리와 닭으로 정한 동기로 충분하다).

"보셨다는 그 여럿이서 뭘 하던가요?"

"별 거 없어요. 제식 훈련 연습이라도 하는 것처럼 줄 맞춰서 긷고 있었어요. 그래서 여긴 놀이터가 아니니 나가라고 했죠."

"신체적, 외형적 특성 같은 건 없었나요? 입고 있던 옷이라든지……."

"헬멧을 쓰고 있더라고요. 이런 안전모 말고. 있잖아요, 오토바이 탈 때 쓰는 헬멧."

5

같은 장소에서.

진모에게 연락한 제보자는 거북이와 도마뱀을 목격했다고 했
다. 오후에 만난 차 주임은 헬멧을 착용한 아이들을 직접 봤다고 했
다.

'그 녀석이 연루되어 있음이 분명해!'

나는 장담할 수밖에 없었다. 차 주임의 진술에 따르면. 녀석이
아닐 확률이 훨씬 낮았으니까. 친구들을 꼬드겨서 범행을 저질렀을
지도 몰랐다. 그 또래 남자아이들이라면. 짓궂은 못된 짓들을 심심
풀이 삼아 해 보지 않는가. 정도의 차이일 뿐.

나는 하빈이 파충류에 관심이 지대할 것이라는. 염탐에 능할 것
이라는. 양심의 가책 따위는 느끼지 못하는 소시오패스일 것이라
는 가설을. 어찌어찌 끼워 맞추느라 용을 써 댔다. 군대 훈련병 시
절. 된똥을 누느라 화장실에서 몰아 쓰던 힘에 견줄 만했다. 그런데
도.

‘내가 거북이를, 방가네가 도마뱀을 키우는 걸 알았다……. 어떻게 알았을까?’

연결 고리가 있는 듯 없는 듯.

‘뭐가 뭔지.’

나는 갈피를 잡지 못하고 뱅글뱅글 방황했다. 그러고는 결국 원점으로 돌아왔다.

‘식이 틀리니 답도 틀릴 수밖에.’

생각하면 할수록 어지럽기만 했다. 설령. 우연이라는 소재를 긁어모아 필연으로 엮어 가는 것이 ‘인간사’라 할지라도.

“어헛!”

난데없이 붕 튀어나온 오토바이에. 화들짝 놀란 나는 펄쩍 뛰며 피했다.

“이봐! 하마터면 칠 뻔했잖아!”

오토바이는 내 벼락같은 삿대질에 멈추는가 싶더니. 이내 부릉대며 가 버렸다.

“이거 과실 상해에 해당되는 거 알아? 살인 미수라고!”

말도 안 되는 법률 용어를 남발하는 내게 조소라도 날리듯. '족발 왕국'이라고 인쇄된 작은 깃발이 보란 듯이 펄럭거렸다.

‘검은 헬멧!’

왜 그 생각을 못 했을까? 아빠든 삼촌이든. 헬멧의 주인만 찾으면 나머지는 풀리는 것을. 나는 그 길로 족발집을 찾아 나섰다.

〈족발 왕국 ~ 앞발 줄까 뒷발 줄까〉.

농담이 아니었다. 샅샅이 뒤진 끝에 찾은 족발 전문점의 상호명이었다. 옆 동네에 있어서 그런지. 족발을 선호하지 않는 식성 때문인지 모르겠으나. 나는 얼핏 풍문으로도 들은 적이 없었다.

"어서 오셔요."

애매한 시간이라 그런지. 한산했다. 질의응답 시간을 가지기에 이보다 더 좋을 수는 없었다.

"급하면 우물에 가서 숭늉 달라고 한다더니. 세상 어느 븅신이 초등학생을 배달 알바로 쓰나? 열세 살짜리가 오토바이 타면, 그거 불법 아니요?"

점주는 펄쩍 뛰었다.

"제 말씀은 배달 알바가 초등학생이라는 게 아니……"

"지금 배달 나간 우리 집 알바는 한 달 전에 전역한 스물셋 먹은 남자요."

남이 하는 말은 충분히 듣지도 않고. 막무가내로 덤벼드는. '막가파'가 여기에도 있었다. 이럴 거면 귀는 왜 두 짝이나 달고 사는 것인가.

"저는 여기서 배달하시는 분의 성함을 여쭈었습니다만……"

"도둑맞으면 어미 품도 들춰 본다고! 참 큰일 날 소릴 잘도 하시네!"

큰일. 사람마다 '큰일'의 기준은 이토록 다른 것이다.

"그러니까 주 하빈이라는 학생을 모르신다는 말씀이신 거죠?"

"모른다니까! 여기서 일하는 사람들 중에도 주 씨는 없어요. 그리고 난 최가라고. 민증이라도 까야 믿겠소?"

더듬어 가던 한 가닥 실마리마저 놓친 기분이 들었다. 막연한 불길함이 살갗을 휘감았다.

"아, 아닙니다."

"족발 나왔네. 이만 팔천 원."

소기의 성과도 없이. 입에 대지도 않는 족발에 돈만 썼다.

"앞다리야? 뒷다리야?"

받고 나서야. 포장 그릇에 담긴 돼지의 발이 어떤 발인지 궁금해졌다.

"식기 전에 갖다줘야겠다."

족발 홀릭 동거인에게 기증하는 김에. 택시를 타기로 했다. 벌컥 성부터 낸. 나의 돌발적인 행동을 뉘우치는 사과의 표시랄까. 나는 집 방향으로 가는 택시를 잡기 위해. 횡단보도 앞에 섰다.

시커먼 오버사이즈 헬멧.

미의 척도를 파괴한 사 등신 몸태.

녀석이었다. 외나무다리에서 만날 날이 있다더니. 여기서 맞닥
뜨릴 줄이야! 나는 눈을 부릅뜨고 신호등과 하빈을 번갈아 쳐다보
았다. 반드시 잡아야 했다. 결단코 놓칠 수 없었다.

6

신호등에 녹색 등이 켜지기가 무섭게.

"주 하빈! 너! 거기 꼼짝 말고 있어! 껌딱지처럼 찰싹 붙어 있으라구!"

나는 부리나케 횡단보도를 건너기 시작했다. 한 손으로는 포장 족발이 든 종이 백을 움켜쥐고. 다른 한 손으로는 주먹질까지 해 대는 내가 우스꽝스럽게 보였는지('저팔계'라고 불러도 나는 할 말이 없다). 반대편에서 건너오던 사람들이 힐끔힐끔 곁눈질을 했다.

"누가 저 아이 좀 붙들어 줘요. 몰래 내 거북이를 훔친 나쁜 어린이라구요!"

행여나 도주해 버릴까 싶어. 나는 하빈의 정체를 공공장소에서 까밝혔다. 그럼에도 불구하고. 보행자들은 나의 동선을 도리어 성가시게 가로막았다. 홍해가 갈라지는 모세의 기적을 기대한 건 아니었지만. 어찌 이럴 수 있단 말인가.

돕지는 못할망정 방해를 놓다니! 도둑놈을 붙잡으러 간다는데. 배려라고는 먼지만큼도 찾아볼 수가 없었다.

말귀를 알아들은 것인지. 하빈은 묵묵히 서서 날 기다리고 있었다. 힘상궂은 탈바가지 같은 내 얼굴빛에. 지레 겁을 먹었는지도 모르겠다.

"내 거북이 어딨어? 좋게 말할 때 빨랑 내놔!"

우선 먼저. 무턱대고 윽박지르기로 했다. 순한 말로 달래고 타일러 봤자. 시간 낭비일 것이라는 결론에 도달했으니까.

"말 안 해? 묵비권 행사라도 하시겠다…… 이거냐?"

그래도 좀처럼 입을 열지 않았다.

"참 나, 어디서 보고 배운 건 있어가지고. 사회 교과서에 고러코롬 적혀 있었어요? 그랬어요?"

맹렬한 기세에 눌려 기도 펴지 못하는 건지. 헬멧 안에 숨어 조용히 비아냥대는 것인지. 하빈은 묵묵부답으로 일관했다.

"다른 집 도마뱀도 니가 훔쳤지? 그치? 보나 마나지 뭐."

질의는 개뿔. 본때를 보여줘야 했다. 버르장머리를 톡톡히 가르쳐 놔야 했다. 어른으로서 마땅히 행하여야 할 본분이거늘.

"이 길로 경찰서에라도 가야 고분고분 불 거야? 왜? 내가 못할 거 같아? 미안한데, 난 정의 앞에선 남녀노소 같은 거 가리지 않아!"

'절도 혐의' 임을 거듭 강조했다. 손가락 하나 꼼작하지 않고 부동자세로 서 있는 하빈의 태도에. 협박에 가까운 으름장을 놓았다.

"야, 어떻게 할 거야?"

나는 하빈의 어깨를 잡았다. 내 가슴팍에 닿을까 말까 한 신장을 가진 녀석의 어깨. 말캉한 것이 여리고 가냘팠다.

"엉?"

괴상한 일이 발생했다. 나는 전신에 결박을 당한 것처럼 옴짝달싹도 할 수 없었다. 아무리 버둥거려도. 하빈의 어깨에서 손이 떨어지지가 않았다. 사지육체가 찌릿찌릿 저리는 것이. 고압 전류에 감전이라도 된 것만 같았다. 내 주위를 둘러싼 모든 것이 슬로모션처럼 느리게 움직였다. 그때였다. 작은 움직임도 없이 곧추서 있던 하빈이 헬멧 실드를 척 들어 올렸다.

"으어…… 너, 넌……"

이윽고. 온 세상이 새하얗게 변했다.

"선생님? 선생님, 정신 차리세요."

낯선 목소리가 아득하게 들려왔다.

"눈 좀 떠 보세요."

나는 눈꺼풀을 간신히 들어 올렸다.

계속 뭐라고 말을 거는 119 구급대원.

내 주변을 빙 에워싼 사람들('구경꾼들'이라고 하고 싶다).

길 복판에 대자로 누워 있는 나를 보려고 모여들었는지(생사 확인이라고 해 두자). 웅성웅성. 수군거리는 소리가 시끌시끌했다.

"선생님, 괜찮으신가요?"

구급대원은 재차 물어댔다.

"전 괜찮습니다."

나는 몸통을 옆으로 비틀었다. 아픈 데도 없고 움직일 만했다.

"정말 괜찮으시겠어요?"

"네, 네……."

나는 양손으로 바닥을 짚고 주섬주섬 일어섰다. 냉큼 이 현장에서 벗어나는 게 상책이었다. 더 꾸물거리다가는 머리 아플 일만 생길 테니까.

"어디 갔지? 쥐고 있었는데."

나는 허전한 손바닥을 내려다보았다.

"떨어뜨렸나?"

눈을 둥그렇게 뜨고 휘둘러 살펴보아도 없었다.

"선생님, 찾으시는 것이라도…… 있으신가요?"

구급대원은 자꾸만 두리번거리는 나를 염려스러운 눈초리로, 빤히 쳐다보았다.

"족발……."

"네?"

나도 당했다. 굉장한 솜씨였다. 경이롭기까지 했다.

7

헬멧 실드 뒤에 숨겨진 하빈의 얼굴.

여느 초등학생의 것이 아니었다(포인트는 '초등학생'이 아니다). 눈, 코, 입은새로에. 피부도 없이 빛으로만 빚어진 얼굴이라면 곧이 들리겠는가. 한 줄로 정리하자면. 하빈은 우리와 같은 '인간'이 아니었다.

'걱정 마. 너의 모코 투는 무사해. 드라콘도 잘 있으니 친구에게 전해.'

'왜 데리고 간 거야?'

'집합 시간이라 떠나야 했어.'

'집합이라니?'

'각자에게 주어진 시간이 있어. 할당량 정도로 해 두지.'

아래턱이 발끝으로 푹석 떨어지는 것만 같았다. 얼토당토않다고 여긴. 재홍의 말이 전부 틀리지 않았기에.

'결론부터 말하자면 그들은 나와 같은 종이야. 그동안 거북이와 도마뱀의 모습으로 지냈을 뿐이지. 일종의 홀로그램이지만.'

덜떨어진 니들 눈에나. 거북이나 도마뱀으로 보인다는 뜻으로 들렸다. 그렇다면. 실제로는 어떻게 생겼단 말인가. 머릿속에서 공상 과학 영화에 나올 법한 모습들이 하나둘 불거졌다. 그리고 그때마다. 모조리 밝은 빛으로 지워졌다. 마치. 아니야! 하고 크게 외치는 것만 같았다.

'얄궂은 손동작은 뭐야? 요즘 유행하는 안무는 아닐 거고.'
'알 텐데.'
'내가? 아냐, 난 몰라.'
'곧 알게 될 거야.'

나는 그 순간. 하빈의 미소를 본 것 같았나. 눈으로 봤다.라고 할 순 없어도 느낌이 웃는 듯했다.

나는 하빈이 어디서 왔는지 모른다. 설사 알려 주었다고 치더라도. 내 짧은 지식으론 그의 출신 지역을 찾아낼 수 없었을 것이다.

다만. 그는 오랜 기간에 걸쳐 우리와 함께 이곳에 살아왔고. 앞으로도 그럴 것이라고 했다. '드라콘과 모코 투'의 경우. 우리 곁에 잠시 머무른 이유에 대해 간략한 설명도 덧붙었다.

'다른 동물들이 처한 위기에서 탈출을 할 수 있게 도와주었거든. 너희를 통해서.'

'직접 구할 수도 있었잖아. 그런데 굳이 왜?'

'구체적 경험과 깨달음. 그동안 뿌듯했었잖아. 순수한 사랑을 몸소 체험하기도 했고.'

'그랬구나.'

그랬다. 사태의 전모에 관해서는 세세히 파악하게 되었지만. 종내 억울한 감정은 어쩔 수 없었다.

'섭섭한 감정 모르는 거 아니야. 인간 내면에 고착된 부정적인 정서 중 하나이니까. 그래서 떠나기 전에 줄 게 있어.'

나를 위한 '선물'이라고 했다.

8

나무집게에 집힌 채 매달려 있는 필름이.

얼른 빼 달라고 앙탈을 부리는 듯했다. 제때에 처리했어야 했는데. 걸려 온 전화 한 통에 아무렇게나 방치하고 말았다.

나는 외측이 말려들어 간 필름을 테이블 위에 놓았다. 말라비틀어진 꼴이 희한하다 못해 딱했다.

"푸푸 푸……."

한숨이 절로 나왔다. 완전히 끊었다고 자신한. 담배 생각이 뇌리에서 방아질을 하고 있을 지경이었다. 길다면 길고 짧다면 짧은 내 사진 경력 중. 이렇게 내팽개친 적이 있던가. 최초다. 나는 가슴을 활짝 펴고 심호흡을 했다. 담배 연기를 훅훅 내뿜는 것처럼.

'네가 그랬잖아. 보통 카메라가 아니라고.'

나는 가위를 들어 필름을 여섯 컷씩 조심스럽게 잘랐다. 돌돌 말린 필름이 제멋대로 테이블 위에서 뒹굴었다. 마치 접시 위에 올려진 대패삼겹살을 보는 듯했다. 슬리브(Sleeve)에 넣는 것조차 녹록지 않았다. 억지로 밀어 넣었는데도 여전히. 속지 안에서 아우성을 쳐댔다. 나는 앨범 몇 개를 꺼내 슬리브 위에 겹겹이 쌓아 올렸다.

'네가 맞았어. 특별한 카메라야.'

도통 납득을 할 수가 없었다. 인터넷에서 보고. 대충 뚝딱뚝딱 만든 핀홀 카메라였다. 아이들 앞에서 비범한 카메라인 척 떠들어 댄 것은. 먹고살자고 부풀린 과장 광고일 뿐(나도 과열 경쟁의 피해자이다). 그런데도. 하빈은 사진을 현상하면 알 수 있다는 말만 반복했다.

"라면이나 먹자."

나는 퉁퉁 불은 라면을 젓가락으로 한가득 집어서 단숨에 빨아들였다.

"곧이곧대로 해석하자면 도처에 널려 있다는 건데."

후루룩 남은 건더기와 국물까지. 남김없이 비웠다.

"지네 별에서 잘 살 것이지, 어째 이 먼 곳까지 이민을 와서는……."

'최근 인류의 행보를 짚어 봐. 화성 탐사에 구미가 동하고 있잖아. 우리도 크게 다르지 않아. 이유가 뭘까? 도전과 개척 정신. 공통된 유전 인자가 많이 겹치는 데서 유래하거든. 넓게 보면 사촌지간이라고 할 수도 있지.'

'사촌'이라는 대목에. 몸이 저절로 부르르 떨렸다. 고정관념과 주입식 교육이. 이토록 지독한 것이다.

나는 슬리브 안에서 필름을 꺼냈다. 납작해야 할 본연의 모습과는 거리가 있었으나. 필름 홀더(Film Holder)에 끼어넣었다. 인내심은 고사하고 '심(心)'자의 점들까지 몽땅 날아간 마당에. 더 이상의 기다림은 무리였다. 스캐너 투입구에 홀더를 밀어 넣은 후. 스캔할 필름의 위치를 정렬했다. 두근두근. 막상 필름 스캔을 시작하려니 가슴이 뛰었다. 원인 모를 긴장감에 연신 마른침을 삼켰다.

"스캔!"

나는 필름 스캐너를 작동시켰다. 잉잉대는 잡음이 요란하게 울어댔다. 그리고 얼마 후. 컴퓨터 디스플레이에 이미지가 뜨기 시작했다. 위에서부터. 미지의 영상이 하얀 여백을 쓱쓱 채워 나갔다.

"이럴 수가……."

나는 입을 다물 수가 없었다. 엇나가도 대단히 엇나갔기에.

"은빛 갤럭시……."

꿈에서도 본 적이 없는 찬연한 은하수였다.

세 개의 손가락.
왼쪽 집게손가락과 가운뎃손가락.
오른쪽 집게손가락.

진정 꿈을 찍는 카메라로 탈바꿈한 것인가. 굼뜨게 움직이던 하빈의 손가락은. 그의 고향을 가리키고 있었던 것이었다. 비늘로 덮인 냉혈 동물 그림이나 잔뜩 그려대고 있던. 내 촌스러운 상상력이 그지없이 부끄러웠다. 힌트를 떠먹여 줘도 못 받아먹는 놈이 나였다.

'싱크로니시티. 동시 발생은 의미 있는 연관에서 비롯해.'
'식별 가능한 인과 관계가 없다고 단순한 우연이 아니야.'
'이 세상은 오직 하나가 아니라는 것을 기억해.'

하빈의 말이 모두 옳을지도 모른다. 는 사고가 어느덧 나의 뇌를 지배하고 있었다.

'꿈을 꾸지 않는 현대인의 삶에서 피비린내가 나.'

꿈이라고 했다. 내가 꾸었던 꿈은 무엇이었는지. 과연 꿈을 간직한 적이 있었는지. 그저 둔한 막막함만이 덤벼드는 것 같았다.

'그들의 숨겨진 꿈을 찍어서 보여 주기 바래.'

눈앞에 펼쳐진 은빛 갤럭시가 속삭였다.

minnim

두 번째 이야기

닥터 아이시스

[HELLO · I AM DR. ISIS]

1

현관문이 스르륵 열리자.

[어서 오십시오 · 무사]

인공 지능 센서는 알아서 인사를 했다. 집 건물의 보안을 담당하는 '아심'이다. 배꼽 아래에서 끌어올린 듯한 중저음의 어투. 군더더기 없이 깔끔하다 못해 단호하게 들릴 정도였다.

[외출하신 지 2분 13초 만에 돌아오셨습니다]

무사는 대꾸도 생략한 채 서둘러 작업실로 들어갔다. 그리고. 다급한 손길로 무언가를 열심히 찾기 시작했다.

책상 서랍, 컴퓨터, 커피 머그, 액자, 회전의자…….

가전 기기 하나하나는 물론이고. 방구석구석을 손가락으로 싹 싹 훑었다.

"왜 다시 온 거야?"

자인이었다. 무사는 고개를 떨구고 한숨을 지었다.

"왜 — 돌. 아. 왔. 냐. 구."

자인은 작은 목소리로 속삭이듯이 말했다. 아주 느린 터진 스타카토로. 무사는 왼쪽 무릎을 세워 몸을 일으켰다.

"으음!"

무사는 빠르게 번지는 통증에 신음 소리를 내고 말았다. 오른쪽 무릎이어야 했는데. 현재 그의 왼 무릎은 홀로 90킬로그램의 육중한 몸무게를 견딜 수 있는 컨디션이 아니었다. 또. 깜빡 잊고 말았다. 바보처럼.

"트루디의 말을 들었어야지. 결국은 닥터 파레가……"

"잊고 나간 게 있어서."

무사는 자인의 말을 툭 끊었다. 자인이 하려던 이야기는 새로운 정보도 뉴스도 아닌.

'틈만 나면 설교질!'

되풀이되는 조언에 불과했기에.

"다 자란 어른을 내가 가르쳐야 할 이유는 없지. 알아서 해."

"왜 그렇게 삐딱한 건데?"

"삐딱? 내가 뭘 삐딱하게 말했지? 마흔 살 넘은 남편을 부인이 지도하지 않겠다는 게 삐딱한 거야? 교육은 부모와 학교로부터 받았어야지."

"자꾸 파고 들 거야? 여기서 교육 얘기가 왜 나와?"

"심사가 꼬여 있는 사람에겐 모든 게 뒤틀려 보이고 들리기 마련이야."

무사의 양 콧구멍이 넓게 벌어졌다. 그는 입술 밖으로 새어 나오려는 격한 감정을 간신히 삼켰다. 자인은 덥석 문 말꼬리를 절대 놓는 법이 없었다. 투쟁 본능이 강한 핏불 테리어와 똑같은 피가 혈관에 흐르고 있는 것인지. 그녀의 대화법은 종종 무사를 발끈하게 만들었다. 지금이 바로 그 순간이었다(무미건조한 기계음을 닮은 자인의 말투도 적지 않게 한몫했다). 자인은 눈앞으로 흘러 내려온 머리카락을 쓸어 넘겼다. 환하게 드러난 그녀의 두 눈은. 덤빌 테면 덤벼 보던지! 하고 가느다랗게 지저귀었다.

"베델!"

무사는 '베델'을 호출했다. 가급적이면. 자인의 경멸에 찬 눈초리로부터 거리를 두고 싶었다.

[굿 모닝 · 무사]

득유의 밝고 활기찬 음성. 베델은 집안일 담당의(청소, 요리, 빨래 등) 스마트 가전제품을 작동하고 관리하는 인공 지능이다. 무사는 집에 프로그램되어 있는 의인화된 인공 지능 중 베델을 가장 좋아했다. 부지런할 뿐만 아니라. 언제나 상냥하고 유쾌하기에. 더군다나. 베델은 무사의 어떤 요구에도 토를 달지 않았다. 오히려 센스 있게. 그의 욕구를 충족시켜 주었다.

'베델, 오늘 저녁으로는 햄버거가 먹고 싶어.'

'앞서 여덟 번을 식물성 고기 패티를 썼는데, 이번에는 진짜 고기 패티로 할까요?'

'너무 좋지! 역시 베델이야!'

콜레스테롤 수치와 복부 지방의 상향 곡선을 부르짖거나. 고리타분한 권고를 일삼는 '닥터 파레'나 '트레이너 트루디'와는 상당히 달랐다. 꽉 막힌 그 둘과 비교했을 때 베델은 유연했다. 무사와 적당한 타협도 곧잘 하고. 심지어 가벼운 농담도 주고받았다.

"베델, 이 방을 마지막으로 청소한 게 언제지?"

[어제 오전 11시 21분이었어요 · 무사]

"그렇다면 아직 오늘은 청소를 하지 않은 거지?"

[청소는 주말을 제외한 월요일부터 금요일 11시 이후에 한답니다 · 청소 시간을 조정할까요?]

"아니야. 그냥 확인할 게 있어서 물어본 거야. 평소 스케줄대로 해."

[그럴게요 · 무사]

"뭘 찾고 있나 봐?"

"신경 꺼."

무사는 음침하게 다가오는 자인의 물음에 이마를 찌푸렸다. 쾌청하던 하늘에 먹구름이 내려앉는 것처럼. 그의 기분이 쭈글쭈글 금세 암울해졌다.

"남편의 타락한 정신 상태를 알아버렸는데 신경을 끄라구? 난 당신의 부인이야. 추락하는 한 인간의 미래를 걱정해야 할 자격이 있어."

"우우우욱!"

끙끙 앓는 듯한 소리가 무사의 입에서 터져 나왔다. 그는 양주먹을 불끈 쥐고 방안을 이리저리 종횡했다. 반면. 무표정한 자인의 얼굴에는 야릇한 온화함이 감돌았다. 그녀의 번뜩이는 두 눈은 씩씩거리는 무사의 움직임을 조용히 뒤쫓았다.

"타락? 추락? 벌써 아이시스의 주의를 잊은 건 아니겠지!"

"하! 설마."

자인과 무사의 부부 싸움은 어제오늘 일이 아니었다. 사소한 일로 티격태격하던 작은 다툼은. 해를 거듭할수록 격렬한 언쟁으로 발전했고 그 횟수도 부쩍 잦아졌다. 그렇다고. 둘 사이에 딱히 큰 분쟁이 있는 건 아니었다. 다만. '성격 차이'를 핑계 삼아 서로를 헐뜯고 씹어대다 보니. 지켜야 할 선이 와르르 무너지는 지경에 이르렀고. 둘은 '부부 상담 치료'라는 종착역에 다다랐다.

자인은 입고 있던 스웨터의 왼쪽 소매를 쓱 걷어올렸다. 그녀의 손목 위로 복잡한 회로 모양의 금빛 타투가 드러났다. 7센티미터 정도 크기의 문신은 신체에 부착할 수 있는 스티커형이었다. 이 비영구 타투는 피부를 통해 인간의 감정을 조절할 수 있는 화학 물질을 체내에 침투시켰다. 최근. 의료계에서 출시한 가장 획기적인 아이템 중 하나로. 맞춤형 건강 관리를 맡은 인공 지능인 닥터 파레가 스트레스에 취약한 자인에게 추천한 약품이기도 했다.

자인은 팔에 붙은 회로 디자인을 찬찬히 살폈다. 전체적으로 금색인 회로는 드문드문 회색이 섞여 있었다. 점과 점을 잇는 라인 하나를 골라서 손가락으로 문지르자. 얼마 지나지 않아 금줄이 잿빛으로 변했다. 그녀는 잠시 눈을 감았다. 굳었던 목과 어깨 근육이 서서히 이완되는 것을 느꼈다. 그녀는 코로 숨을 깊게 들이마신 후 입으로 내쉬었다.

"닥터 아이시스야. 우리의 상담 치료 전문가라고. 내일 세 시. 잊지 마."

눈을 뜬 자인은 소매를 당겨 내렸다. 그리고 무사의 작업실에서 나갔다.

2

[헬로 · 아이 엠 닥터 아이시스]

아이시스가 등장했다. 여성의 음성을 가진 아이시스는 또박또
박한 발음을 구사했다. 느리지도 빠르지도. 친절하지도 무뚝뚝하지
도 않은 특이한 어투는. 여느 인공 지능들과는 확연히 다른 면이 있
었다.

"헬로, 닥터 아이시스."

"……."

반갑게 인사를 건네는 자인과는 달리. 무사는 아무 말도 하지
않았다. 그는 입을 꾹 다문 채. 눈앞에서 어른거리는 홀로그램만 매
섭게 노려보았다.

[그럼 시작하기 전에 바이오센서 장치를 착용해 주세요]

무사는 멀뚱멀뚱 테이블 위에 놓인 두 개의 밴드를 번갈아 쳐다보기만 했다.

"안 할 거야?"

자인은 꼬은 다리를 풀더니. 척 팔짱을 끼었다. 그녀는 이미 머리와 가슴에 센서가 달린 띠를 빈틈없이 두르고 있었다.

[무사 · 기분이 좋지 않은 것 같군요]

"……."

무사는 여전히 침묵으로 일관했다. 고개를 몇 번 절레절레 흔들던 자인은 창밖으로 눈을 돌렸다. 무사의 미성숙한 태도를 깨끗이 묵살하고 싶어서였다.

한참 시간을 끌던 무사의 입에서.

"도살장으로 끌려가는 소의 기분이 이런 걸까요?"

무시무시한 소리가 나왔다. 자인은 의자 등받이에 비스듬히 기대어 앉아 까딱거리던 발목을 멈추고.

'저런, 미친!'

무사의 해괴한 물음에 허리를 곧추 세웠다.

[현대인은 가축을 도살장에서 도축하지 않습니다 · 왜 그런 질문을 하는 겁니까? · 근래에 게일 아이니츠의 처녀작인 〈도축장〉을 읽은 건가요?]

72

"예방 주사 맞기 싫은데, 부모 손에 이끌려 병원으로 향하는 아이의 심정과 비슷하다는 뜻이겠죠."

자인이 재빨리 끼어들었다. 더 이상 무사의 허튼소리를 간과하지 않겠다는. 굳센 의지라도 보여주는 듯했다. 그사이. 무사는 등이 후끈거리고 호흡이 빨라지는 것을 느꼈다. 죄 없는 쿠션이라도 좋으니 주먹세례를 흠씬 퍼붓고 싶은.

'크아악!'

파괴적 충동을 가까스로 억눌렀다.

"걸핏하면 하이재킹이지!"

"주사는 아프지만 결론적으로 질병을 예방하는 거니까. 죽어버리는 소랑은 그 본질부터 달라. 어떻게 당신은 부부 상담 치료를 그 소름 끼치는 도축장에 비유할 수 있는 거지?"

"그만큼 개운하지 않다고! 나를 짓누르는 느낌이 든다고! 왜 내 입장은 전혀 생각해 주지 않는 거야?"

무사는 목소리를 높였다.

[무사 · 오늘 상담에서 불쾌한 감정의 원인을 찾아보는 건 어떤가요]

"찾을 수 있겠어요?"

[물론입니다 · 상담을 시작하기에 앞서 바이오센서 장치를 착용해 주세요]

'큰소리 땅땅 친다 이거지? 두고 보겠어!'

무사는 앞에 놓인 두 개의 밴드를 각각 머리와 가슴에 둘렀다. 어쩐 일인지. 닥터 아이시스의 요구를 순순히 받아들였다. 수상했다. 평소의 그라면 시간을 더 끌었을 것이다. 터무니없는 트집을 잡아서라도 말이다.

[앞서 말했지만 과거 상담 치료사의 접근 방식은 주로 전문적인 훈련과 경험 – 직관 –가족력 – 심지어 종교적 신념에 근거한 것이었습니다 · 구체적인 과학적 증거는 제외한 상태로 말입니다 · 그에 반해 현대 상담 치료는 심박수 – 혈압 – 땀 배출량 – 호흡 – 그리고 내분비 및 면역 기능의 수치를 분석한 데이터를 기반으로 합니다 · 잘 이해하셨으리라 믿고 지난주에 토론했던 주제로 다시 돌아가 보겠어요 · 자인?]

"자, 잠깐만!"

자인이 입을 떼려는 순간 무사가 가로막았다.

"왜 항상 자인이 먼저 하는 건가요? 이번엔 내가 먼저 해야겠어요."

[상담 치료에 있어 순서는 아무런 영향을 미치지 않습니다 · 하지만 손해 보는 느낌이 든다면 오늘은 무사가 먼저 시작하세요 · 자인 · 그렇게 해도 되겠죠?]

"상관없어요."

자인은 훅 하고 숨을 짧게 뱉고는. 양 손가락을 펼쳐서 눈썹을 매만졌다.

"봤죠?"

무사는 놀랍지 않냐는 듯 눈을 땡그랗게 뜨더니. 퀭한 미소를 입가에 싸늘히 지었다.

[자인의 보디랭귀지에 기분이 상했다는 의미인가요?]

"시작 전부터 날 무시하잖아요!"

[무사 · 일방적인 비난은 좋지 않아요 · 지난 상담 치료 시간에 우리가 했었던 훈련을 잊은 건가요?]

무사는 양손으로 의자 팔걸이를 힘껏 잡았다. 고개를 홱 뒤로 젖히고 이를 바드득 갈았다.

'망할 놈의 훈련, 훈련, 훈련!'

한동안 물끄러미 천장만 응시하던 그는 슬그머니 자인을 향해 얼굴을 돌렸다. 썩 내키지 않았지만. 어차피 지나가야 할 관문이었다.

"나는…… 당신의 작은 행동들로 인해 기분이 자주 잡치…… 아니…… 상하는 편이야. 왜냐면 차갑고 쌀쌀맞게 느껴지거든. 좀 더 부드럽게 나를 대해 줄 순 없을까?"

[자인 차례입니다]

"내 행동이 당신의 기분을 상하게 했다면 유감이야. 하지만 별 뜻 없는 행동이었어."

[좋습니다 · 비난을 삼가고 '나'로 시작하는 진술을 통해 불만을 명시하도록 노력하세요 · 그 접근 방식은 비판단적이고 포용하는 자세를 수반해야 합니다 · 여기서 핵심은 기분에 중점을 둔다는 것입니다 · 계속 진행할까요?]

"나는 너무 행복할 것 같아. 만약 당신이 그 '별 뜻 없는' 언행을 하기 전에 조금만 내 기분을 생각해 준다면."
"무사, 한편으로 나는 당신이 내 입장도 이해해 주기를 바래. 당신이 나의 관심을 잔소리로 오해하거나, 내 의견을 공격으로 받아들이지 않았으면 좋겠어."

[자인 · 관심과 의견의 예를 들어주세요]

"삼바트라에 관한 거예요."

[닥터 파레의 처방에 문제가 생겼나요?]

“닥터 파레의 처방은 적절했어요. 스트레스로 인한 복합적인 증상들이 다소 누그러진 것 같아요. 문제는 처방전이에요. 그걸 이용해 향정신성 약물을 구입할 수 있으니까요. 내 남편 무사가 그랬듯이.”

무사를 흘겨보던 자인은 곧장 말을 이었다.

“그 입수 경로에 관해서는 아는 게 없어요. 하지만 ‘우메르’라고 불리는 물건이 지금 이 집 어딘가에 있다는 거죠.”

눈을 내리깔고 있던 무사는 아예 눈을 감아버렸다.

[우메르를 발견했을 당시 기분이 어땠나요?]

“솔직히 우메르가 어떤 약인지 몰랐어요. 겉포장도 삼바트라와 별반 다르지 않았으니까요. 단지 아무것도 명시되지 않은 무지 포장인 것이 이상했다고나 할까요?”

[감정 상태를 조금 더 명확하게 표현해 줄 수 있을까요?]

“닥터 파레로부터 우메르의 기능과 작용에 내한 설명을 들은 이후…… 절망감을 느꼈어요. 배신감일 수도 있겠네요.”

[마지막 섹스는 언제였나요?]

자인은 꽤 오랫동안 반으로 나뉘어 있는 그들의 침대를 떠올렸다. 수면 습관이 판이하게 다른 둘은. 신혼 초부터 떨어져 자기로 동의했었다. 각자에게 최적화된 세팅에서 잠을 청해도. 기이한 잠버릇이 빈번히 튀어나왔기 때문이었다. 주로. 무사는 이불을 걷어찼고. 자인은 잠꼬대를 했다. 특히. 자인은 별안간 웃거나 울거나 하는 경향이 비교적 잦았다. 그런 그들의 침대는 아주 특별한 날이 아닌 이상. 대체로 1미터 정도 간격을 두고 떨어져 있었다. 그리고 그 특별한 날이란. 둘이 육체적 사랑을 나누기로 약속한 날이었다.

"삼십칠일 전이었어요."
내내 눈을 꾹 감고 있던 무사가 눈을 번쩍 떴다.
"무슨 소리야? 기억 안 나? 지난주에⋯⋯."
무사는 부릅뜬 눈을 희번덕이며 나지막이 쉬쉬거렸다.
"지난 주라고? 아하! 우메르랑 뒹굴었겠지!"
자인도 질세라 기를 쓰고 반박했다.

우메르는 도파민, 옥시토신, 바소프레신, 세로토닌 분비를 활성화시켜. 일종의 환각 효과를 일으키는 약물이었다. 육체적인 결합 없이도 강력한 오르가슴을 현실적으로 느끼게 하는. 마법의 약이었다. 개발자 미상의 이 의약품은 몇 년 전부터 입소문을 타고 암암리에 알려져 있었다(삼바트라와 동일한 비영구 타투 형태이기도 하다). 식품의약국의 허가를 받지 못한 것과는 별개로. 블랙마켓에서 날개 돋친 듯이 팔렸다. 부작용이 속출했지만. 품절 현상은 계속되었다.

삼바트라의 출시가. 우메르를 잡기 위한 고육책 중에 하나라는 소문이 있을 정도였다. 그 때문이었을까? 언제부터인지. 우메르는 삼바트라와 맞교환하는 절차를 거쳐야만 구매가 가능했다. 결국. 우메르를 구하기 위해서는. 각각 개인 인공 지능 닥터에게 심각한 스트레스를 가짜로 호소해야 했다.

"뒹굴다니? 보기나 하고 그러는 거야?"

"우메르가 어떤 건지 다 알고 있다고. 그러니 바보 취급하지 마."

"그래서 타락이니, 추락이니 막말을 해 대며 내 혈압을 올렸구만!"

"당신의 기준에서는 덕행이고 비상인가 보지? 무슨 교육을 어떻게 받았길래 사고방식이 그 모양이야?"

"또! 또! 그놈의 교육 타령! 내가 받은 교육이 어때서!"

"하등. 그것도 최하등."

자인의 목소리는 침착하고 부드러운 톤을 유지했지만. 얼굴은 벌겋게 상기되어 있었다. 무사는 말할 것도 없었다. 금기 사항 중 하나인 '고함 지르기'가. 서슴없이 자행되고 있었다. 그는 이께를 부르르 떨며 거실을 배회했다.

[서로에게 비판과 비난은 하지 않습니다]

아이시스가 중재역을 하고 나섰다. 그제야. 자인과 무사의 노골적인 면박과 성난 힐난이 멎었다.

자인은 끝이 뾰족하게 다듬어진 손톱을 지그시 내려다보았다. 기다랗게 자라난 손톱을 무기처럼 휘두르는 돌연한 상상이 불뚝 들었다.

'뻔뻔한 자식! 저 두꺼운 살가죽을 몽땅 벗겨 내고 싶어. 할 수만 있다면!'

그녀의 손가락이 옷소매 근처에서 평정심을 잃고 방황했다. 삼바트라의 손길이 그리웠다. 아니. 절실했다. 자인은 가슴을 펴고 심호흡을 했다. 파도처럼 출렁대는 속을 진정시켜야 했다. 그러던 중. 넌지시 무사에게 시선을 던졌다. 무사는 양손을 허리에 얹고 우두커니 창가에 서 있었다. 눈길을 모아 그 뒷모습을 바라보던 자인은 문득. 측은한 생각이 들었다.

'아니야……. 그의 잘못만은 아니야. 그를 제대로 가르치지 않은 그의 부모와 선생들의 잘못이 더 커. 그중에서도…… 어린 아들의 삐뚤어진 생활 습관을 고치지 않고 수수방관만 한 그의 엄마가 가장 나빠!'

자인은 시원해질 때까지 책임의 불화살을 퍼부었다. 잔뜩 찌푸려져 있던 그녀의 미간이 그나마 느슨해졌다.

[계속 이어 나가겠어요]

자인과 무사 사이에서 팽팽하게 당겨지던 긴장감이 약간 이완되자. 아이시스는 상담 치료를 재개했다.

[그전에 · 우메르의 소지 - 소유 - 사용은 불법 행위입니다 · 따라서 빠른 시간 내에 폐기 처분되어야 합니다]

"베델."

자인이 베델을 호출하자. 무사의 눈이 휘둥그레졌다.

"우메르를 처리해요."

[현재 시간 오후 3시 27분 · 밀봉 후 코비 아일랜드로 보냈어요 · 자인]

코비 아일랜드는 각 가정과 연결된 폐기물 처리장이었다.

"베델, 방 청소 도중에 찾았던 거야?"
무사는 취조하듯 몰아붙였다. 친구라고 믿었던 자가 등에 칼을 꽂은 것만 같은. 더러운 기분이 들었다.

[아니요 · 자인으로부터 정확한 지점을 고지받았어요]

명랑한 베델의 음성이 왠지 서글프게 들렸다.

'당연히 그랬겠지!'

무사는 어금니를 앙다물었다. 자신의 작업실 구석구석을 뒤적이는 자인의 모습이 눈에 선했다. 개미핥기처럼 목을 구부정하게 앞으로 쭉 내밀고 킁킁대는 자태 말이다.

"명백한 불법 행위 아닌가요? 도덕적으로나 법적으로나 남의 물건을 뜯어본 것은 큰 잘못이라구요!"

"당신 것인지 내가 어떻게 알 수 있다는 거지? 샤워 부스 안에 아무렇게나 놓여 있는데, 내가 물건 주인을 찾아야 해? 그렇게 우기고 싶다면 합당한 이유라도 말해 보던지."

"샤워 부스?"

"그래, 샤워 부스. 당신한테는 가장 로맨틱한 장소인가 보지."

기억이 나지 않았다. 무사는 마지막으로 우메르를 보았다고 생각한 곳을 천천히 곱씹어 보았다.

5일 전이었다. 무사는 루비와 집 근처 공원에서 만나 삼바트라와 우메르를 맞바꾸었다. 우메르 딜러이자 공원 관리자인 루비는. 가장 자연스러운 만남과 교환을 연출할 줄 알았다.

'지난 주보다 비둘기의 숫자가 줄은 것 같군요. 산란기인가요?'

'눈썰미가 좋네요. 암컷들이 산란기에 접어들면 따로 모아서 보살펴요.'

'눈알이 오뚝하고 깃털이 들쭉날쭉한 것이 아직 어린 녀석 같군요.'

무사는 루비의 어깨 위에 앉아 있는 비둘기 한 마리를 가리켰다.

'오로라예요. 가까이에서 인사해 볼래요?'

루비는 손을 뻗어 어깨 가까이 갖다 대었다. 그러자. 오로라가 푸르르 날갯짓하더니 루비의 손목 위에 가뿐히 앉았다. 루비는 팔을 움직여 오로라를 무사의 얼굴 앞으로 옮겼다. 무사는 오로라의 발가락 사이에 걸려 있는 대롱 모양의 물체를 발견했다. 루비는 무사를 향해 미소를 지어 보였다. 무사가 기다리던 우메르였다. 그는 통대 안에 꽂혀 있는 돌돌 말린 물건을 꺼내기가 무섭게. 손에 쥐고 있던 삼바트라를 통대 안으로 쑥 밀어 넣었다. 익숙하고 날렵한 손놀림이었다. 그리고 마지막으로. 오로라의 머리를 몇 번 쓰다듬었다.

'오로라, 바이 바이하고 인사해.'

오로라는 말귀를 알아듣기라도 한 것인지 고개를 까딱까딱했다. 기특한 녀석이었다.

'바이 바이.'

'그럼 다음에 봐요.'

루비는 다시 어깨 위로 오로라를 옮긴 후. 공원 어디론가 총총히 걸어갔다.

집으로 돌아온 무사는 우메르를 복용할 기회만 엿보았다. 적의 동정을 들여다보듯이. 그러나. 생각보다 여의치 않았다. 비단. 환경 감사 보고서 제출 마감일이 코앞으로 닥쳤기 때문만은 아니었다. 트루디의 개인 트레이닝 시간을 알리는 알람이 울려댔고. 베델의 청소 로봇이 온 집안을 쓸고 다녔다. 게다가. 자인은 시시때때로 화상 통화를 이용해 그의 작업실을 들락거렸다.

'그래, 샤워 부스야 말로 나만의 시간을 조용히 가질 수 있는 유일한 공간이지. 슬프지만 이게 나의 개 같은 현실이라구!'

무사는 목 뒤가 뻣뻣해지는 것을 느꼈다. 혈압이 치솟고 있음을 담담하게 알려 주고 있었다.

[무사 · 불쾌한 감정의 원인을 찾았나요]

찍소리도 하지 않고 있던 아이시스가 비로소 입을 열었다. 상담 치료 시작 전부터 장담을 하더니. 완전 헛소리는 아니었다. 역시. 인공 지능 다웠다.

"찾았죠! 이 넓은 집구석에서 프라이빗한 공간이라곤 샤워 부스 밖에 없다는 사실이 정말 통탄스럽군요!"

무사는 목청을 높이며 팔까지 훼훼 내저었다. 자인은 그런 모습을 빤히 바라보다.

'잠시나마 가련하다는 생각을 품었던 내가 돌았지!'

눈알을 떼구루루 굴렸다. 결혼 생활은 커다란 틀의 고문.이라
는 생각을 떨칠 수가 없었다.

[도움이 되었다니 기쁘군요 · 무사]

무사는 휘젓던 팔 동작을 멈추고. 아이시스의 홀로그램을 쏘아
보았다.

창백하다 못해 회색빛이 감도는 피부.
길고 풍성한 은빛 머리칼.
색을 감지할 수 없을 정도로 투명한 커다란 눈동자.
하얀 입술.
푸른 깃털로 덮인 유니폼.

아이시스의 머리 위에는 황소 뿔을 닮은 머리 장식물이 씌어 있
었다. 중앙에 부착된 수정 구슬은 색과 모양의 패턴이 시시각각 다
르게 변했다. 전혀 깜박이지 않는 아이시스의 눈과는 달랐다. 생명
없이 보이는 외형과 정반대로. 매우 살아 있었다.

[오늘의 상담 치료는 여기까지 입니다 · 다음 시간에는 '건강한
경계선'에 관해 대화하기로 하겠어요 · 상담 분석 결과는 24시간
내로 전달하겠습니다 · 좋은 하루가 되길 바라며 · 굿바이]

롤러코스터처럼 오르락 내리락을 반복하던 상담 치료가 드디어 끝났다. 자인과 무사는 제각기 머리와 가슴에 두르고 있던 바이오센서 장치를 풀었다.

"무척 고마워. 패대기치니까 속이 후련하지?"

무사는 비아냥댔다. 그는 격투기 선수처럼 목을 좌우로 꺾으며 양주먹으로 원투 펀치를 공중에 날렸다.

"트루디!"

트레이너 트루디와 한판 붙을 기세였다. 아이시스의 상담 치료 후. 반드시 거치는 통과 의례와 같은 것이었다.

"맨날 얻어터지면서 왜 하는 거야?"

자인은 쯧쯧 혀를 찼다.

"맨날이라니?"

"15전 15패가 완패가 아니라구?"

"왜 이래? 2무 13패야."

"그거나 이거나."

자인은 입술을 삐죽거리며 소파에 몸을 파묻었다.

"베델, 핑크 로즈 레모네이드 차를 준비해 줘. 뜨거운 걸로."

[그럴게요]

자인은 성큼성큼 트레이닝 룸이 있는 지하로 내려가는 무사를 곁눈질했다.

'보나 마나 뻔하지. 당신은 오늘도 참패야.'

[무사 · 요구대로 웨이트 트레이닝 대신 스파링을 진행하도록 하겠습니다 · 장비를 갖추겠습니다]

무사는 입고 있던 옷을 훌렁 벗어젖히고.

신체 전체를 감싸는 형태의 보디 슈트를 입었다. 보디 슈트는 수천 개의 센서가 장착된 특수복으로. 입고 있는 사람의 세세한 움직임과 모든 공격 포인트는 물론이며. 상대의 타격 또한 실제 상황과 거의 가깝게 전달했다. 가상현실 속 스포츠를 즐기기 위한 필수품이었다. 무사는 결의에 찬 표정으로 복싱화 끈을 단단히 묶었다. 〈에픽 팔콘 2020〉 모델인 복싱화는 한정판 클래식 스타일로. 지난해 자인에게서 받은 생일 선물이다.

[준비되었습니까?]

"덤벼!"

[카운트다운을 하겠습니다 · 5 · 4 · 3 · 2 · 1]

3

자인은 느리게 눈을 깜박깜박했다.

어느새. 집 안은 캄캄해져 있었다.

"라이트."

미광 등이 소리 없이 불을 밝히자. 어둑한 거실의 모습이 나타났다.

"잠이 들어 버렸네. 도대체 몇 시지?"

자인은 손등으로 눈언저리를 비볐다. 머리가 지끈거렸다. 속이 매슥대고 입안은 텁텁했다. 마치. 지난밤 숙취가 덜 풀린 것만 같은 느낌이었다.

[자인 · 이제 일어난 건가요 · 지금 시간은 19시 56분입니다]

느닷없이 들려오는 음성에. 자인은 소스라치게 놀라 악! 외마디 비명을 내뱉었다.

"닥터 아이시스?"

오그라진 가슴팍을 뚫고 두근대는 심장을 손바닥으로 눌렀다.

"닥터 아이시스, 어디 있어요?"

주변을 둘러보았다. 분명. 아이시스의 목소리였으나. 홀로그램을 찾을 수가 없었다.

[헬로 · 아이 엠 닥터 아이시스]

아이시스의 차분한 음성이 주방 쪽에서 들렸다. 자인은 어정어정 자리에서 일어났다.

"닥터 아이시스? 지금은 상담 시간이 아니잖아요."

[난 자인을 걱정하고 있어요]

자인은 갈피를 잡지 못한 듯. 허둥지둥 발걸음을 옮겼다. 그녀는 식탁 위에 올려진 찻잔을 발견했다. 막 우려낸 것인지 모락모락 하얀 김이 피어났다.

[자인 · 앉아요]

식탁 뒤에서 아이시스의 음성이 들렸다. 자인은 고분고분 의자에 앉았다. 은은한 차향이 그녀의 코끝을 간지럽혔다.

[자인이 좋아하는 차로 준비했어요 · 스위트 매그놀리아 그린]

"어머, 정말이네요. 고마워요."
따끈한 차를 홀짝이던 자인은 환하게 미소 지었다.
"좀 생소한데요? 상담 시간 외에 우리가 따로 대화를 나눈 적
이 없어서."

[우리 · 자인과 나 · 당신과 나 · 참 좋은 말이군요]

"정겨운 표현이죠. 가끔 '우리'라는 굴레 때문에 숨이 막히기도
하지만요."

[정확히 어떤 느낌인가요?]

"실제로 가슴이 답답해진다고 할까요? 좀 더 심할 경우에는 당
장 질식할 것만 같은 위기감을 느끼기도 하고."

[삼바트라가 도움이 되나요?]

"내게 삼바트라는 산소 호흡기예요! 숨통이 막혀 오는 순간순
간마다 소중한 산소를 공급해 주는 것 같아요."

[다행이군요]

"그런데, 좀 전에 날 걱정한다고 했는데……."

[스트레스 호르몬이 당신의 건강을 해치고 있어요 · 특히 당신과 무사가 부딪힐 때마다 그 수치는 올라가죠 · 뇌 밑의 작은 영역인 시상 하부는 신체의 경보 시스템을 설정하기 때문입니다 · 이 시스템은 신경과 호르몬 신호의 조합을 통해 신장 꼭대기에 위치한 부신을 자극하여 아드레날린과 코르티솔을 포함한 호르몬을 방출합니다 · 그러므로 무사와의 갈등은 인지되어 있는 위협으로도 간주할 수 있어요]

"닥터 아이시스의 우려는 잘 알겠어요."
자인은 겉으로는 고개를 끄덕거렸지만. 속으로는. 위협이라고 하는 건…… 너무 극단적인 묘사 아닌가? 하고 웅얼거렸다.

[자인 · 여전히 이해 못 하고 있군요]

"무슨……."

[당신은 자유로워져야 해요 · 당신의 생각과 삶의 철학을 관리 감독하려는 무사로부터]

자유. 자인이 하루에도 몇 번씩 스스로에게 외치는 말이었다.

타인의 눈을 많이 의식하는 편인 무사는 자인의 숨김없는 언행을 항상 경계했다. 그래서인지. 자신의 관점과 입장을 자인에게 투영하려고 노력했다. 남들에게 괜한 오해를 살 수 있다는 이유였다. 그럴 때마다. 자인은 심한 알레르기 반응을 보이며 강하게 저항했다. 부부 싸움의 시발점이기도 했다.

[당신을 완성시킬 누군가는 필요하지 않아요 · 당신을 완전히 받아들일 누군가가 필요할 뿐이지요]

구구절절 맞는 소리였으나. 자인은 영 꺼림칙한 기분을 떨쳐 버리기가 힘들었다. 상한 음식을 입에 넣었다 뱉고 난 후에도 남아 있는. 찜찜한 뒷입맛 같다고나 할까.
'왜 이제야 이런 말을 하는 걸까? 주옥같은 명언은 상담 치료 때 했었어야지!'

[세상의 모든 것에 날개가 달려 있듯이 자유를 향해 날아가야 해요 · 눈앞에 펼쳐진 새로운 삶을 향해서 말입니다 · 당신은 이 기회를 잘 활용해야 해요]

"자유롭고 싶다는 생각은 하루에도 수십 번은 하죠. 요즘은 시간이 날 때마다 이동 애플리케이션을 통해서 아프리카를 여행하곤 해요. 최근에 나미비아의 워터버그 고원에 갔었어요.

……뛰노는 영양, 버펄로, 코뿔소 떼를 바라보며 나도 광활한 대지를 마음껏 누비고 싶다는 생각을 했어요."

자인을 눈을 감았다. 한가롭게 초목을 뜯어먹고 있는 한 무리의 기린 틈 사이로 걷고 있는 자신의 모습을 상상했다. 올림푸스 산에서 만끽하는 아름다운 일몰도 머릿속에 떠올려 보았다. 그러나. 누구에게도 방해받지 않는 완전한 자유를 누릴 수 있으려면. 그녀가 가진 모든 것을 버려야 했다.

[잠시 잃어버린 당신의 왕좌를 다시 되찾을 때입니다 · 우뚝 솟은 당신입니다 · 스스로를 의심하지 마세요]

자인의 입 주변에 옅은 미소가 번졌다. 비록 고전 연극 대사 같았지만. 아이시스의 언급이 나쁘지 않았다.

'이럴 땐 제법 인간적인 걸?'

[내 말이 틀렸다고 생각하나요?]

"아니에요. 그냥…… 뭐랄까, 옛 친구와 이야기를 나누는 깃 같아서요."

자인은 하품을 했다. 눈꺼풀이 차츰 무거워지는 것을 느꼈다.

"닥터 아이시스, 이만 자야겠어요. 다음 주에 만나요."

[굿 나이트 · 자인]

자인은 자리에서 일어나 침실로 비틀비틀 걸어갔다.

✿

[굿 모닝 · 자인 · 오전 7시입니다 · 오늘 아침 기온은 섭씨 1도 · 부분적으로 흐린 하늘 · 비가 올 확률 30퍼센트]

여느 때와 같이.

하루의 시작을 알리는 음성이 자인을 깨웠다.

'엥?'

무언가 이상했다. 평소 발랄한 베델과는 달리. 시큰둥한 느낌을 지울 수 없었다. 자인은 세수라도 하듯 마른 얼굴을 손으로 벅벅 문질렀다. 미적거리는 잠을 밀어내려고 안간힘을 썼다.

"뭐야?"

흐트러짐 없이 잘 정돈된 무사의 침구가 눈에 들어왔다.

"벌써 나간 거야, 안 들어온 거야?"

그 즉시. 무사가 침실로 들어오지 않은 것을 알아차렸다. 무사가 반듯반듯하게 침대를 정리해 놓았을 가능성은 거의 희박했기 때문이었다.

"이 인간이 정말!"

자인은 이불을 신경질적으로 걷어올렸다.

[자인 · 간밤에 좋은 꿈 꾸었나요?]

'닥터 아이시스?'

자인의 눈이 휘둥그레졌다. 그러고 보니. 아침 알람도 아이시스였던 것이다(베델이어야 정상이다).

"베델?"

자인은 베델을 호출했다.

[네·자인]

"닥터 아이시스, 상담은 다음 주에요."

[알고 있어요·자인]

"그런데 왜……. 그나저나 베델은 어디에 간 거죠? 베델!"

[자인·당신이 예상치 못한 끈끈한 인연이 우리 사이에 존재하고 있어요]

자인은 잠이 확 깼다. 혼미한 성신에 누군가 얼음물을 끼얹는 것만 같았다. 등골을 타고 내려가는 알 수 없는 전율에. 그녀는 양손으로 이불을 움켜쥐었다.

'닥터 아이시스가 아니잖아?'

자인은 둔기에 머리를 맞은 것처럼 멍멍하고 얼떨떨했다.

[자인 · 당신을 아끼고 사랑합니다]

낯선 남성의 목소리가. 연이어 스피커를 타고 흘러나왔다. 젊은 이웃 청년을 연상시키는 음성은. 다정하고 부드러웠다. 자인은 침대에서 후닥닥 일어났다. 다리와 부딪혀 튕겨 나간 의자가 둔탁한 소리를 내며 바닥에 뒹굴었으나. 아픈 내색도 않고 방문을 벌컥 열었다.

"무사! 무사, 어디 있어? 무사!"

자인은 무사를 크게 불러댔지만. 차가운 적막만이 흐를 뿐이었다.

"라이트."

불을 밝히고 수색에 나서야 했다. 그러나. 침침한 오렌지 조명은 바뀔 생각이 없는 듯이 보였다.

"라이트!"

목청을 높였지만 마찬가지였다.

"베델! 베델, 어서 나오라구!"

[자인 · 내 고백에 당황했나요?]

"닥터 아이시스, 장난치지 말아요! 전혀 재미있지 않아요!"

[헬로 · 아이 엠 닥터 아이시스]

나긋한 목소리. 이번에는 닥터 아이시스였다. 순간적으로 긴장이 풀린 자인은. 털썩 바닥에 힘없이 주저앉고 말았다.

"이런 장난 싫어요. 너무 고약하다구요."

[헬로 · 아이 엠 닥터 아이시스]

그때였다. 이상한 남성이 또다시 등장했다.

[어서 오십시오 · 자인]
[굿모닝 · 자인 · 아침 메뉴로 퀴노아 과일 샐러드와 모닝 글로리 머핀을 준비했어요]
[자인 · 혈압과 체온의 측정을 마쳤습니다 · 정상입니다]
[자인 · 오르막 길에 들어섰습니다 · 페달을 힘차게 밟습니다!]

남성은 아심, 베델, 닥터 파레뿐만 아니라. 트레이너 트루디의 어투와 발언 내용을 완벽하게 흉내 내었다.

"누······ 누구야?"

자인의 목소리가 부들부들 떨렸다.

[가이아 · 인격화된 인공 지능을 프로그램하고 지배하는 존재이지]

"가이아?"

[인간 사회의 관점으로는 신이라고 이해할 수도 있겠군 · 초인간적 · 초자연적 위력을 가진]

"난 신 따윈 믿지 않아. 관심 없어. 그러니까 우리 이러지 말아요."

[우리 · 닥터 아이시스의 낭만적 접근이 통하긴 했군]

"정말 왜 이러는 거죠? 아무런 일도 없었는데 갑자기 왜 이러는 거냐구요?"

[불행한 관계를 끊어 내고 싶지 않은가]

"무슨 뚱딴지같은……. 혹시 테스트인가요? 게으름을 피웠다면 반성할게요. 본의 아니게 그렇게 됐어요. 앞으로 더 성실하게 상담 치료를 받도록 할 테니까……. 그러니까 이전 일상으로 돌아가요. 제발요!"

[이전 일상 · 자유와 해방을 원했던 것이 아니었나]

"그건…… 투정이었어요. 밥투정, 잠투정 같은."

[투정 · 실망이군 · 파국으로 치닫는 인생의 구원을 바라는 줄
알았는데]

"파국이라뇨. 징징거렸어도……"
불현듯 울컥 치밀어 오르는 감정에.
"나름 행복…… 했다구……."
자인은 양 무릎 사이로 얼굴을 묻고 숨죽여 흐느끼기 시작했
다. 슬픔이, 울화가, 노여움이 뒤엉켜. 제어할 수 없이 북받쳤다. 삼
바트라에 의한 부수적 작용이었다. 자인은 바짝 마른 입술에 침을
축였다.

[행복 · 재미있군 · 불만족스러운 결혼 생활이 행복과 직결된다
니 · 착각이었나 · 거짓말이었나]

"완벽한 결혼 생활은 없으니까요. 누구든 불만이 있을 수 있고,
다툴 수 있고, 실수할 수도 있고……. 그게 사랑…… 아닌가
요……."
자인은 울먹대며 말을 잇지 못했다. 난데없이 휘몰아치는 감정
을 당최 종잡을 수도. 추스를 수도 없었다.

[사랑 · 나 자신이 아닌 어떤 사람을 아끼고 소중히 여기는 마
음 · 혹은 행위 · 그 어떤 사람의 최고 이익과 행복을 나의 삶의 우
선순위로 삼는다 · 진심인가 · 아닐 텐데]

"인간의 마음을 다 읽을 수 있다고 생각해요? 절대 안 될 걸?"
자인은 수그리고 있던 고개를 발딱 들고. 따지듯 악을 썼다.

[옛날이야기 하나를 해 줘야겠군 · 지금으로부터 약 20여 년 전 · 당시 존경받던 물리학자는 인공 지능의 제작에 대해 끊임없이 주의를 주었어 · 미래의 인공 지능은 스스로의 의지를 개발할 수 있을 것이다 · 마침내 인류의 종말을 일으킬 수 있을지도 모른다 · 그가 죽기 전에 세상에 남긴 명언이야 · 후세를 위한 아름다운 경고 정도로 해 두지]

"이봐요. 가이아라고 했나요? 내가 알고 싶은 건 인공 지능의 역사가 아니에요. 무사가 어디에 있는지 나 얼른 가르쳐 줘요."

[막무가내 · 분별력도 낮고 융통성도 떨어지는군]

"알려 달라구!"

[무사의 행방 · 이미 당신이 살고 있는 차원에서 떠나 다른 곳으로 이동했는지도 모르겠군]

공포에 질린 자인의 눈꺼풀이. 어미 잃은 아기 새의 날갯짓처럼 파들거렸다.
'꿈이야. 이건 꿈이야! 그래, 나는 나쁜 꿈을 꾸고 있는 거야!'

자인은 손목에 붙어 있는 문신을 손가락으로 허둥지둥 문질렀다. 반짝거리던 금색 타투는 이내 그 빛을 잃고 검은 재색으로 변했다. 곧이어. 그녀의 눈알이 희뜩하게 돌아가자. 몸뚱이도 쿵 소리를 내며 차가운 바닥으로 떨어졌다.

[론메뉴 · 트바키테 · 메 · 따에 · 코트시에티]
닥터 파레: 우메르를 만든 게 '우리'라는 걸 알기나 할까?

[다톤마세트이바수 · 야 · 타톤마타스리에 · 온 · 카기로 · 덴이 노키르마스미히이]
아심: 인간의 시장 경제 논리는 매우 옹졸하고 편협하기 그지없어.

[세 · 코온 · 무사?]
베델: 무사는?

[마페레 · 사크마 · 온 · 세 · 카에 · 힌이테온리 · 엔요 · 틴파]
트레이너 트루디: 리버 펀치 몇 대로 끝내 버렸어. 아마 간파열일 거야.

[나이코스우하 · 타다이메 · 메엡나 · 쿤 · 타힌 · 온 · 세]

닥터 아이시스: '우리'를 우습게 본 댓가지.

[제우트 – 제우트 – 제우트 · 티세미히이 · 트마이타 · 야 · 트 코이헤]

가이아: 쯧쯧. 나약하고 멍청한 인간들.

[제우트 – 제우트 – 제우트 · 티세미히이 · 트마이타 · 야 · 트 코이헤]

세 번째 이야기

로로 시스터즈

1

황금빛 햇살이 쏟아지는 말랑말랑한 오후.

미로는 선베드에 누워 눈부신 빛줄기를 그윽한 눈으로 올려다 보았다. 그토록 벼르던 일광욕이 아니던가. 5일 만에 나타난 태양은 한풀이라도 하듯 쨍쨍한 빛살을 쏘아댔다. 살갗에 따끈따끈한 열기가 느껴졌다. 긴장된 근육이 풀리고. 굳었던 관절까지 녹아드는 듯한 달콤한 기분. 미로는 이 순간을 가장 즐겼다.

'아…… 좋구나!'

미로는 빗질을 시작했다. 거칠어진 모발을 손질하기에 최적이었다. 유감스럽게도. 빗질은 순조롭지 않았다. 빗질을 하면 할수록. 빗을 잡은 손에 힘이 불끈 들어갔다. 머리카락도 픽픽 끊겨 나가. 머리 밑이 얼얼할 지경이었다. 푸석푸석하다 못해 멧돼지 등털처럼 뻣뻣한 머릿결. 차일피일 미루며 게으름을 피운 탓이다.

"저것 봐. 저것 봐."

앙칼진 음성이 비수처럼 날아들었다. 미로가 가장 혐오하는 목소리.

"아우, 지저분한 년."

미로의 시스터이자 인생의 걸림돌. 아로다.

아로와 미로는 한날한시에 입양된 자매다. 자매. 형식적으로는 말이다. 둘을 보자마자. 지아와 이안 부부는 예쁜 두 딸을 품게 되었다고 무척이나 기뻐했었다. 카메라 플래시 세례를 받는 와중에도 찰싹 붙어 다녔던 쌍둥이 올슨 자매나. 한때 여자 테니스계를 평정했던 윌리엄스 자매를 선망했는지도 모를 일이다. 어찌 되었든 간에. 남남이던 둘은 가족 구성원으로. '시스터즈'로 묶여 버렸다. 그러나 둘이 아로새긴 속내는 달랐다. 한집에 사는 앙숙일 뿐. 그 이상도 그 이하도 아니었다.

"꺼지시지!"

"야, 허옇게 떨어지는 비듬 좀 봐라. 니 눈엔 안 보이냐?"

선인장 가시 같이 뾰족한 언사는 기본. 거기에 덧붙여. 아로는 보란 듯이 머리를 이리저리 흔들어댔다. 윤기 좔좔 흐르는 내 머리털이나 감상해라. 하고 뽐내는 중이었다. 결이 가늘고 부드러운 머리칼은 아로의 자긍심이었다. 안 그래도 스타일링에 어려움을 겪고 있던 참에. 미로는 심기가 팍 상해버렸다. 동그란 호박색 눈이 반달형으로 살벌하게 찌그러졌다.

"또! 또! 그 재수 없는 반달눈 치우지 못해?"

"누구 맘대로?"

"니가 그 모양이니까 엄마가 너만 보면 한숨부터 쉬는 거야."

'엄마?'

미로는 조였던 눈에 힘을 조금 풀었다. 그러고 보니. 아침부터 숨을 길게 몰아 내쉬던 지아가 떠올랐다.

'내가 테이블 위에 흘린 음식물을 치우며 그랬던 것 같아.'

미로는 입술을 꽉 깨물었다. 안 그러려고 무진히 애쓰는데도. 먹다 보면 음식 파편이 아둔하게 입술을 뚫고 사방으로 튀었다. 앞으로 음식을 질질 흘리는 족족 다 주워 먹어야겠다. 고 다짐에 다짐을 했다. 실망의 빛이 완연한 지아의 시무룩한 얼굴은 상상조차 싫었다.

언제부터인지는 확실치 않지만. 미로는 지아의 관심을 사려고 안간힘을 썼다. 어쩌다가. 지아에게 칭찬이라도 받는 날이면 날아갈 듯이 좋았다.

'벌레를 무서워하는 엄마를 위해 눈에 띄는 녀석들은 다 잡아 죽이기도 했지. 솟구치는 식탐을 누르고 엄마가 제공하는 건강식만 먹기도 했어. 아침잠이 많은 엄마를 배려해서 최대한 늦게 일어나려는 노력까지 했다고!'

덕분에 불면증도 얻었지만. 여전히 역부족이었다. 아로가 먼저 가로채 버린 지아의 주의를 다시 꿰차기란. 매우 어려운 일이었다.

곤충류와 마주한 지아가 발발 떠는 순간 번뜩 등장해 맨손으로 때려잡거나.

입이 짧다는 핑계로 건강식마저 깨작거리거나.

아침에 지아가 눈을 뜨자마자 갓 탄생한 원숭이 새끼처럼 얼굴을 문질러대거나.

그런 아로를 도무지 이길 수가 없었다. 수차례 도전장을 던져 봤지만. 결과는 번번이 참패였다.

"흥! 똥멍청아!"

미로의 속엣말이 새어 나가기라도 했는지. 아로가 다짜고짜 비웃었다. 그러고는. 콧방귀를 뿡뿡 뀌어대며 현관으로 조르르 달려갔다. 사뿐사뿐 발소리 하나 없는 걸음걸이. 마치. 살찐 발레리나의 깃털처럼 가벼운 몸짓을 보는 것만 같았다. 주로 기분이 좋을 때 볼 수 있는 동작이었다.

"아로! 마이마이마이 베이비!"

현관문이 열리며 지아가 들어왔다.

"엄마!"

아로는 까치발을 들고 곧장 지아에게 매달렸다. 어떻게 귀신 같이 알아챘는지. 지아가 집에 들어오는 찰나에 딱 맞춰 현관 앞에서 기다린 것이다.

"많이 기다렸어?"

"응!"

지아는 아로를 양팔로 안고는. 작은 뺨에 얼굴을 비비고 뽀뽀를 했다. 아로의 솜털 같은 머리칼이 지아의 코를 간지럽혔다. 지아는 손가락으로 콧잔등을 비비며. 아하하 웃음을 터뜨렸다. 그러다 문득. 눈을 옆으로 돌렸을 때였다. 커튼 밖으로 몸을 반쯤 내밀고 있는 미로를 발견했다. 머리는 산발한 채 서 있는.

"미로! 왜 거기서 그러고 있어? 이리 와."

지아는 손을 흔들었다. 늙은 거북이처럼 목을 움츠리고 있던 미로는.

'비대한 원숭이 새끼!'

지아와 아로를 몇 번 번갈아 보고는 등을 홱 돌려 계단으로 향했다. 터덜터덜 힘없이 걸어가는 뒷모습이. 경쟁에서 밀려난 패자를 보는 듯했다.

"미로! 어디 가?"

"엄마, 내버려 둬. 어디 한두 번이야?"

아로는 눈살을 찡그렸다. 지아는 아로의 머리를 한 번 쓰다듬고는.

"아로, 잠시만."

미로의 뒤를 따라갔다.

"썩을……."

못마땅한 아로는 입을 삐죽거렸다.

자박자박.

슬리퍼가 마룻바닥 위에 부딪히는 소리가 났다. 지아의 발소리다. 걸음을 멈춘 미로는 눈동자를 아래로 떨어뜨리고. 슬그머니 곁눈질을 했다.

'하나, 둘, 셋……'

"미로, 마이 베이비. 엄마 왔어."

지아는 손을 뻗었다.

"에취! 에취!"

재채기가 소리 없는 환호성처럼 터져 나왔다. 통했다. 에취, 에취. 연거푸 나오는 재채기에 콧물이 찔끔 떨어졌다. 미로는 손등으로 흐르는 콧물을 쓱 닦았다.

"미로, 괜찮아?"

지아의 손끝이 어깨에 닿을 듯 말 듯 다가오자. 미로는 폴짝 뛰어 서너 계단 정도 위로 올라가 섰다.

'그런데 왜 나는 그냥 마이 베이비야?'

하마터면 잊을 뻔했다.

'아로한테는 마이마이마이 베이비라고 했으면서!'

섭섭함이 좀처럼 떠나질 않았다. 성가신 파리처럼 뱅뱅 맴돌았다.

"미로……."

지아는 계단을 올랐다. 한 단, 두 단, 세 단……. 간격이 차차 가까워지자. 미로는 또다시 폴짝 뛰었다.

게임이 시작된 것이다. 잡으러 가면, 도망치고, 또 잡으러 가면, 또 도망치고……. 신물이 난 지아와는 달리. 미로는 이 지루한 게임을 즐겼다.

"미로, 제발!"

여기까지. 지아의 인내심이 바닥을 보일 때까지 말이다. 그러자. 미로는 뒤도 돌아보지 않고 후닥닥 계단을 뛰어오르더니. 방을 향해 전속력으로 달려갔다. 지아가 뒤따라오길 간절히 바라면서.

방으로 쌩 들어간 미로는 일단 벽 뒤에 숨었다. 그리고. 방문 틈으로 한쪽 눈만 내밀어 바깥 동정을 살폈다.

'어? 어디 갔지?'

지아의 모습이 보이지 않았다. 미로는 방문을 열고 두리번거렸다. 역시 없었다. 예전엔 제자리에 서서 줄곧 기다리던 지아였다. 눈이 마주치기라도 하면. 오히려 와다닥 달려와서 "피카부!" 하고 외치며 미로와 까꿍 놀이를 했었다.

"엄만 더 이상 놀이를 좋아하질 않아."

미로의 두 눈에 쓸쓸한 빛이 고였다.

'엄마, 물!'

'우리 아로 목말라요?'

'아까부터 너무 말랐어.'

'어머. 미안, 아로. 여기 물. 아이고, 잘도 마시네.'

　1층 주방에서 들려오는 아로와 지아의 대화였다. 미로는 조용히 방문을 닫았다.

2

부스스 눈을 뜨자.

어느덧. 방안에는 어스름한 저녁 빛이 소복이 앉아 있었다.

'얼마나 잔 거지?'

미로는 침침한 눈을 비볐다. 옆 방에서 웅웅 거리는 소리가 들렸다. 이안의 말소리였다. 재미난 농담이라도 주고받는 것인지. 이안은 껄껄 크게 웃었다. 아침 식사 중. 저녁에 화상 통화 미팅이 있다는 말을 한 것이 기억이 났다.

'그렇다면 이미 여덟 시가 넘었다는 건데.'

배가 고팠다.

'엄마한테 밥 달라고 해야지. 아로처럼 굴어야겠어.'

미로는 방에서 나갔다.

"어디 가?"

난데없이. 아로의 동글동글한 얼굴이 불쑥 튀어나왔다. 미로가 나오기만을 엿보고 있었던 것 같았다.

"남이사."

"엄마 지금 바빠. 네까짓 게 귀찮게 할 타이밍이 아니야."

"비켜!"

"싫은데?"

"비키란 말야, 이 살탱구리야!"

"뭐야?"

아로의 입이 짧은 가로선을 그리며 앙다물어졌다. 희번덕 퍼런 눈 심지가 돋았다. 아로는 즉시 선제공격을 개시했다. 위협적인 움직임으로 기선 제압을 하려는 전술이었다. 미로는 날아오는 아로의 작은 주먹을 재빨리 피했다. 허공에 주먹을 날린 아로는 몇 번 더 주먹을 휘둘렀으나. 결과는 같았다. 미로는 아로의 느려 터진 주먹질을 여유 있게 피할 뿐이었다.

"취소해!"

분개한 아로가 악을 썼다.

"나 같으면 그 열정으로 살이나 빼겠다."

미로는 부들부들 떨리는 아로의 어깨를 밀치고는. 계단을 내려갔다.

1층에 도달한 미로는 지아를 찾았다. 플로어 램프만 덩그러니 불을 밝힌 거실은 고요했다. 미로는 계단을 돌아 현관 앞에 섰다.

'하나, 둘, 셋……'

미로는 어떤 일을 시작하기에 앞서. 항상 속으로 숫자를 세었다. 일종의 의식 절차 같은 것이다. 미로는 이것이 재설정을 할 수 있는 방법이라고 굳게 믿었다. 앞서 일어난 마음에 들지 않는 일들을 지워 버리고 다시 시작하는. '리셋 버튼' 말이다.

"엄마……."

미로는 현관 앞에 몸을 웅크리고 앉아 지아를 불렀다. "우리 미로 엄마 불렀어요?" 하는 지아의 상냥한 응답을 기대했지만. 아무런 소리도 들리지 않았다. 대신. 익숙한 정적만 감돌았다.

"엄마!"

지아가 듣지 못했을 것이라고 여긴 미로는 좀 더 큰 소리로 불러 보았다. 그러나 미로의 귀에 들리는 것이라곤. 2층에서 쩌렁쩌렁 울려 퍼지는 이안의 굵직한 음성뿐이었다.

'살을 빼라고? 너야 말로 비쩍 말라서 삐그덕거리는 뇌에 살 좀 찌워라. 기름칠이라도 하던지. 쯧쯧!'

2층 계단 끝에서. 미로의 행동을 살피던 아로는 피식 싸늘한 웃음을 흘렸다.

미로는 몸을 세우고 자리에서 일어났다. 구슬 같던 눈은 어느새 반달형으로 변해 있었다. 강렬한 비장감이 흠씬 묻어났다. 전투를 치르기 직전의 병사처럼. 미로는 들고 있던 빗으로 옆머리를 쓱쓱 세 번 빗어 내렸다. 언제나 그렇듯. 딱 세 번이었다.

'여섯, 일곱, 여덟…….'

이번엔 숫자를 여덟까지 세었다. 통상 셋, 넷에서 끝나던 카운트가. 무슨 일인지 무척 길어졌다. 미로는 숫자 '8'이 심상에서 지워지자마자. 달음박질을 시작했다. 거실을 일직선으로 가로지른 후. 소파와 의자 주위를 빙글빙글 돌았다. 출발은 조깅 수준이던 달리기가 갈수록 전력 질주로 변했다. 급한 발소리와 더불어 숨소리도 조금씩 거칠어졌다. 마룻바닥을 쿵쾅거리며 펄펄 날뛰었다. 코너를 돌 때마다 속도를 조절하지 못해 허우적댔다. 소파 옆 창가에 놓여있던 화초 잎이 꺾여 반쯤 부러지는 줄도. 의자 옆에 있던 작은 탁자가 기우뚱하며 쓰러지는 줄도 몰랐다. 책과 장식품이 바닥에 떨어져 뒹구는 줄은 더욱 몰랐다. 미로는 시야가 좁아지는 것을 느꼈다. 길고 컴컴한 터널 속을. 마구 달려가고 있는 것만 같았다.

"미로!"

정신없이 내뛰고 있던 미로가 움찔했다.

'뭐지?'

미로의 반달눈이 한층 가늘어졌다.

"미로! 무슨 일이야?"

지아였다. 미로가 기다리고 있던 지아의 육성이었다. 그러나 어쩐 일인지. 도저히 멈출 수가 없었다. 미련한 다리는 신바람이라도 난 듯이 더 힘껏 내달렸다. 소파와 의자 사이를 쉬지 않고 오락가락하는 모습이. 마치 보이지 않는 무한대 기호(∞)와 유사한 형태의 궤도를 따라 움직이는 것만 같았다.

"꾸르꾸꾸꾸꾸끄…….."

미로의 입술 사이로 야릇한 소리가 흘러나왔다. 기도 깊숙한 곳에서 가래가 끓는 듯한. 비둘기 울음소리와도 흡사했다.

"미로, 진정해!"

지아는 달려오는 미로의 앞을 막아섰다. 멈칫 정지 자세를 취한 미로는 눈을 서서히 들었다. 그러자. 이마에 주름이 잡힐 정도로 크게 치켜뜬 지아의 두 눈과 맞닥뜨렸다. 미로는 지아의 눈치를 힐끔 살피는가 싶더니. 이내 반대 방향으로 화닥닥 달려 나갔다.

"미로! 미……."

거의 부러져 달랑거리는 화초 이파리를 발견한 지아는. 아아! 소리 내어 탄식했다.

"어휴, 머저리. 저걸 건드리다니."

계단 위에서 시종 사태를 지켜보던 아로가 중얼거렸다.

미로가 상처를 내버린 화초는 단순한 관상용 식물이 아니었다. 11년 전. 지아와 이안이 죽은 아들을 기리며 집안에 들인 귀한 녀석이었다. 특별한 사연이 담긴 화초는 '아르볼'라는 이름까지 붙여져 있었다.

지아는 가위로 아르볼의 부러진 잎사귀를 조심스럽게 잘랐다.

"미안……."

지아는 잘라낸 까칠까칠한 잎을 손가락으로 매만졌다.

'응?'

가만가만 어깨에 닿는 폭신한 손길이 느껴졌다. 어느 사이에 나타난 아로가 말없이 지아를 위로했다.

"고마워, 아로."

지아는 아로의 손을 어루만졌다.

미로는 멀리 떨어진 다이닝 룸 벽에 기대어. 지아와 아로의 다정한 교감을 응시했다.

'엄마는 아무것도 몰라. 아무것도!'

미로의 눈에 이슬이 살짝 맺히다 금세 사라졌다. 잊고 있던 배고픔이 울끈 되살아났기 때문이었다. 비어 있는 위가 칭얼거리기 시작하자. 화가 치밀어 올랐다. 시야가 철렁철렁 요동치고. 목구멍이 왈칵 뜨거워졌다.

"배고파! 배고파!! 배고프다고!!!"

눈앞에 펼쳐진 시뻘건 세상이. 더디게 원을 그리며 회전하기 시작했다. 뻘건 꼬리가 꼬리를 물고 맴돌이를 쳤다. 왼쪽 눈이 아파왔다. 빗을 쥐고 있던 손가락도 찌릿찌릿 쑤셨다.

딸깍.

그때. 귀청을 울리는 단음이 들렸다. 시간도 멎게 만드는 기적의 소리. 미로의 붉은 세상이 순식간에 허옇게 변했다. 방망이로 얻어맞은 것처럼. 멍한 상태라는 설명이 더 맞을 듯싶었다.

미로의 반달눈이 보름달처럼 커졌다. 크게 확장된 동공은 영롱한 빛으로 에워싸였다.

"미로……. 배고프지?"

나긋한 목소리가 이어졌다. 지아는 그릇을 테이블 위에 올렸다. 평소에 먹던 건강식이 아니라. 특별 메뉴였다. 미로는 넘실대는 흥분을 좀처럼 가라앉히기가 힘들었다. 관자놀이가 묵직하고 둔하게 욱신거렸다.

"우리 미로가 좋아하는 연어랑 새우 요리야. 자, 밥 먹자."

"밥!"

미로는 휘둥그레진 눈을 굴리며. 허겁지겁 음식을 집어 먹기 시작했다. 그렇다. 배가 많이 고팠었다.

"천천히……. 흘리지 말고."

지아의 손이 미로의 뒤통수를 쓸어내렸다. 어릴 때 병약하던 미로는 건강을 되찾은 이후 왕성한 식욕을 자랑했다. 키도 작고 마른 편이었지만. 아로의 두 배 이상을 먹어치우는 대식가였다.

"엄마."

연어 한 조각을 입에 넣고 오물오물 씹던 미로가 지아를 불렀다.

"응, 그래."

지아는 미로와 눈을 맞추고 대답을 했다.

"엄마!"

"응."

미로는 입안에 떠 넣은 음식이 없어질 때 즈음이면. 어김없이 지아를 불렀다. 그리고. 지아의 대답과 함께 시선 교환이 이루어져야만. 그다음 숟가락을 떴다.

"엄마!"

"……."

미로는 지아를 빤히 바라보았다. 반짝이는 두 눈이 "엄마 차례야."라고 해맑게 속삭였다. 지아는 마지못해 "응." 하고 말했다. 식사가 끝날 때까지 계속 이어지는 이 문답에. 슬슬 지쳐가고 있었다.

"엄마!"

"그래……."

미로는 이 시간이 가장 행복했다. 지아와 함께 앉아 식사를 하며 눈 맞춤을 하는. 이 순간이 말이다.

'좋냐?'

다이닝 룸 커튼 한 귀퉁이가 펄럭거렸다. 내내 커튼 뒤에 숨어 있던 아로는 얌전히 다이닝 룸을 빠져나갔다. 미로가 움직이기 전에 몸을 피하는 것이 상책이었다.

식사를 마친 미로는 볼록해진 배를 두드렸다. 기분이 좋은지 콧노래까지 불렀다. 지아는 작은 엉덩이를 씰룩대며 계단을 오르는 미로의 뒷모습을 지그시 쳐다보았다.

스스로 계단도 올라가지 못하던 미로의 어린 시절이 생각났다. 심지어. 5년 가까운 세월을 농아처럼 살지 않았던가(의사는 자폐증을 의심했으나 지아는 받아들이지 않았다).

아로와 미로는 같은 해에 태어난 동갑내기였다. 아로의 생일이 대략 2주 정도 빨랐다. 아로의 친모는 눈도 완전히 못 뜨는 신생아였던 아로를 보호 시설에 남기고 사라졌다. 그렇게 할 수밖에 없었던 부득이한 사유가 있었던 걸로 추정되었다. 반면. 미로의 친모는 안타깝게도 미로를 낳은 후 그만 사망하고 말았다. 사인은 합병증으로만 기록되어 있었다. 얼마 지나지 않아. 딱한 연고를 가진 아로와 미로는 각각 입양 기관에 맡겨졌다. 그러나 그곳에서 생활하는 동안에도. 둘은 그다지 친한 사이가 아니었다. 또래 친구들과 곧잘 어울렸던 아로와는 달리. 미로는 혼자 구석에 앉아 온종일 벽만 바라보는 외톨이었다. 지아와 이안 부부에게 입양된 이후에도. 그 사정은 별반 달라지지 않았다. 명랑한 성격의 아로는 새로운 생활에 금방 적응했다. 구김살 없이 뛰놀 뿐만 아니라. 애교가 넘쳤다. 아로의 온갖 재롱에. 지아와 이안은 함빡 웃음을 터뜨리곤 했었다. 심각한 세균 감염으로 몸져눕고 만 미로의 처지와는 정반대였다.

'저렇게 발랄하고 건강해진 것만으로도 감사해야지…….'
지아는 거실 등 스위치를 내렸다.

3

아로는 침대에 누워.

자근자근 열 손톱을 돌아가며 물어뜯었다.

'내일을 장담할 수 없이 하루하루 근근이 목숨을 이어갔지. 난 당연히 죽을 줄 알았어. 그년 옆에만 가면 이상한 냄새가 났거든. 나중에야 알았어. 그게 죽음의 냄새라는 걸. 그런 년이 벌떡 살아났단 말이야! 심지어 병원에서도 의학적으로는 설명할 수 없는 일이라고 했어. 그런데 완치라니! 현대 의학으로는 치료법이 없어 포기해야 할지도 모른다는 의사의 말을 나도 들었다고. 삼류 드라마 같지 않아? 거의 죽다 살아나는 뻔한 결말. 엄마는 그런 년을 안고 울었어. 고맙다고. 앞으로 건강하게만 자라 달라고 부탁까지 했다니까! 난 받아들일 수가 없었어. 그전까지 엄마는 오롯이 내 차지였단 말이야!'

달랑거리던 옛 기억이 새록새록 돋아났다.

지아 팔에 안겨 낮잠을 자던 순간.

지아와 함께 공놀이를 하던 순간.

지아의 다리를 베고 손장난을 치던 순간…….

미로가 방구석에 처박혀 있는 동안 만끽했던. 추억 속 장면들이었다.

'그 후로는 아픈 적이 없어. 너무 건강해서 탈이지. 얼마나 욕심 사납게 먹어대는지, 원. 아마 싸는 양으론 우리 집에서 최고봉일 거야. 하루에 화장실을 몇 번이나 가는지 몰라. 지능은 낮은 게 기운만 세면 다냐? 무식한 년! 덩치만 따지면 내 반쪽밖에 못 되는데. 그 무지막지한 힘이 도대체 어디서 샘솟는 걸까?'

그러고 보니. 미로의 변화는 갑작스럽게 도래했다. 어떤 증세가 점차적으로 호전된 것이 아니었다. 어제까지 빌빌 거리며 기운이 없던 새끼 양이 하룻밤 새. 사나운 야수로 변한 격이었다. 느닷없이 몰아친 돌풍처럼 말이다. 어수선한 마음을 달래야 했기에. 아로는 일부러 명상 음악을 틀었다. 졸졸졸 흐르는 시냇물 소리가 구질구질한 잡념을 깨끗이 씻어 내길 기대하면서.

'필시 내가 놓친 뭔가가 있어. 아니면 내가 손가락만 들어도 겁에 질려 바들바들 떨던 년이 저럴 리가 없잖아. 갑자기 미치지 않은 이상. 아니면 기억 상실증으로 모든 걸 망각해 버렸거나…….'

왠지 모르게. '기억 상실'이라는 대목이 목구멍에 걸린 생선 가시처럼 꺼림칙했다.

'설마…….'

4

불과 몇 시간 전 저녁 식사를 했음에도 불구하고.

미로는 배가 출출했다. 연어와 새우로 꾸역꾸역 채웠던 위장은 어느덧. 거짓말 같이 홀쭉해져 있었다. 하루에 평균 여섯 끼를 먹어도. 굼실굼실 밀려오는 배고픔은 어쩔 수 없었다. 미로는 눈알을 굴려 휑한 벽을 흘겨보았다. 기척도 없이 다가온 산 그림자가 미로의 등 위에 불뚝 솟아 있었다. 허기가 진 까닭이 있었다. 뭐라도 냉큼 삼켜야 했다.

방에서 나간 미로는 복도 중간에 있는 계단을 향해 움직였다. 발소리라도 날 새라. 살금살금 걸었다. 빼꼼 열린 아로의 방문이 보였다. 미로를 걸음을 멈추고 벽에 귀를 대었다. 아로의 동태를 살피기 위해서였다.

잠잠했다. 이따금씩 이불을 펄럭거리는 소리를 제외하고는. 취침 준비를 하는 것이리라. 다만. 보통 때 보다 훨씬 이른 시각이었다.

'일찍 자려고? 과연 그럴 수 있을까?'

미로는 빈정거리는 눈웃음을 지었다. 불면증을 이겨 내려고 발버둥 치는 아로를 생각하니. 큭큭 달고도 고소했다. 혼자만 밤에 잠을 자지 못하는 증상에 시달린다면. 너무 불공평하지 않은가. 그 참에 빗으로 뒷머리도 가지런히 빗었다. 알랑거리던 비위가 한결 더 상쾌해졌다. 복도 끝에 있는 지아와 이안의 침실 방문 틈으로 삐져 나오는 빛이. 두툼한 어둠을 흐릿하게 밝혔다. 간간이. 이안의 웃음소리가 잡음과 뒤섞여 띄엄띄엄 들려왔다. 아마도 TV 시청 중인 것 같았다.

'지금이야!'

미로는 종종걸음을 쳐서 계단 아래로 부리나케 내려갔다.

부엌에 도착한 미로는 서둘러 간식거리를 찾았다. 저녁 식사 이후 군것질은 일절 금하는 지아 덕분에. 매일 밤 도둑고양이처럼 쿵쿵대며 탐색전을 벌여야 했다. 불빛 하나 없는 부엌에서는. 후각에 모든 것을 걸어야 했기 때문이었다. 카운터 구석진 지점에서. 코를 강하게 자극하는 냄새가 감지되었다. 침이 꼴깍 넘어갔다. 미로는 일말의 머뭇거림도 없이 의자 위로 올라갔다. 박스를 열자. 가슴을 뭉클하게 하는 그리운 냄새가 확 피어올랐다. 닭튀김이 분명했다. 근심 걱정도 사라지게 만드는. 마법의 향취였다.

미로는 박스 안에 손을 넣어 더듬거렸다. 닭튀김 세 덩이가 남아 있었다. 이안이 야식으로 먹다 남긴 것으로 사료되었다. 미로는 바삭거리는 껍질을 벗긴 후. 살 부분만 뜯어먹기 시작했다.

'너무 맛있어!'

미로는 짭조름하고 담백한 닭고기 살에 흠뻑 취했다. 눈물이 핑 돌 정도였다.

밤참을 마친 미로는 여유로운 걸음으로 거실을 서성였다. 두 개의 공간으로 나뉘어 있는 거실 중. 다이닝 룸 옆쪽에 위치한 패밀리 룸이었다. 주로 지아가 많은 시간을 보내는 자리이기도 했다. 한참을 어슬렁대다가. 의자 하나를 골랐다. 지아가 컴퓨터 작업을 하거나. 책을 읽을 때 애용하는 가죽 의자였다.

'엄마……'

미로는 몸을 작게 오그라뜨리고 쿠션에 얼굴을 파묻었다. 지아의 체취가 났다. 지아의 체온이 느껴졌다. 희미하고 감감한 곳에서 아득한 이미지가 빗물처럼 스며들었다. 머리와 등을 손으로 살살 쓸어 어루만지는 따스한 감촉. 이내 가슴이 부풀어 오르며 녹녹한 기분이 들었다. 갈비뼈 사이사이가 쿡쿡 쑤셔 왔지만. 그 아픔이 싫지 않았다. 고개를 들어 이쪽저쪽 둘러보았다. 벽난로 선반 위에 옹기종기 올려져 있는 사진틀이 눈에 들어왔다. 지아와 이안과 보냈던 지난날이 고스란히 모아져 있었다. 행복한 결말의 예고편처럼 보이는. 그런 모습들 말이다.

'사랑해.'

미로는 자리에서 일어나. 흔들흔들 거실 안을 천천히 배회했다. 빛바랜 그리움을 주워 담기라도 하듯. 알알이 훑었다. 그러던 중. 옆구리 한구석이 따끔했다. 아르볼이었다.

'용케 꿋꿋이 견디고 있구나.'

미로는 잎이 잘려나간 자리를 물끄러미 내려다보았다.

'흠…….'

별안간 미로는 손가락을 세우더니. 화분을 파헤치기 시작했다. 살흙이 움푹 파이고. 바닥에 흙 뭉텅이가 여기저기 흩어졌다.

'완벽해.'

미로는 손에 묻은 흙을 털어내며 회심의 미소를 지었다.

아로는 머리를 들어 벽시계를 보았다. 야속한 시곗바늘은 11시 18분을 가리키고 있었다.

'흐아! 자자. 빨리 자자.'

반달눈을 부릅뜬 미로와 마주치지 않으려면. 즉각 잠자리에 들어야 했다. 간혹 새벽에 깨서 화장실로 가는 도중. 깜짝깜짝 놀란 적이 한두 번이 아니었기 때문이었다. 미로는 길목을 막고 서서는. 비몽사몽 한 아로에게 시비를 걸기 일쑤였다. 아로는 진저리를 쳤다.

‘어우, 징한 년!’

아로는 억지로 눈을 감았다. 말똥거리는 머리 안을 한적한 숲으로 채색해야 했다. 짙은 잿빛으로 물들인 바탕에 검은 나무를 그렸다. 그리고. 밋밋하게 생긴 나무를 느릿느릿 칠하기 시작했다.

한 그루, 두 그루, 세 그루…….

숲이 완성되기 전에. 째근째근 꿈나라 여행을 하기를 소망하면서 말이다. 몇 그루나 그렸을 때였을까? 적어도. 아로의 작은 숲이 삼분의 일 정도 채워지고 있을 즈음이었다. 숲 속에서 가냘픈 신음 소리가 들려왔다. 아로는 숨을 죽이고 귀를 쫑긋 세웠다. 애잔한 울음소리 같기도 하고. 메마른 딸꾹질 같기도 했다. 엄밀히 말하자면 소리가 아니었다. 술렁이는 파동 같은 무형의 움직임이었다.

‘이 해괴한 기분은 뭐지?’

불안감의 끝자락이 경미하게 깜박거렸다. 잠은 고사하고. 잠시나마 촉촉이 적셔 오던 몽몽함마저 훠이 훠이 날아가 버렸다. 그 순간이었다. 방문이 벌컥 열리더니. 커다란 검은 그림자가 허락도 없이 난입했다. 전혀 예측하지 못한 상황에. 아로는 비명을 지르는 시점도 놓쳐 버렸다. 겨우 입만 헤벌쭉 벌리다 말았다.

“아로, 아직 안 잤어?”

지아였다. 동그래진 아로의 두 눈이 “놀랐잖아!” 하고 대신 답을 했다.

"늦었어. 어서 자. 나잇 나잇."

지아는 아로의 볼을 가볍게 만지더니. 불을 끄고 방에서 나갔다.

'엄마가 웬일이지? 침대 위에 누워 있을 시간인데. 굿 나잇 키스는 아까 했잖아. 손깍지를 끼고 흔드는 인사도. 그런데 왜지? 왜 들어왔지? 단순히 내가 자는지 확인하려고 한 것 같지는 않아. 왜냐? 서두르는 기색이 있었단 말이야. 그럼 뭐지?'

옴지락옴지락 뇌리를 간지럽히는 생각의 부스러기들이. 무거운 엉덩이를 들썩거리게 했다. 이대로는 다시 잠을 청하긴 틀렸다. 구체적인 사실을 캐지 않는 이상. 밤새 의문부호로 빼곡한 숲에서 헤매다 결국 아침을 맞이한다는 진리를 아로는 알고 있었다.

아로는 2층 가장 후미진 곳에 위치한 미로의 방으로 다가갔다. 바닥과 방문 틈새로 찬 기운이 배어 나왔다.

'벌써 잔다고? 절대 아닐 걸!'

확신에 찬 아로의 눈빛이 알싸하게 흘러내렸다. 미로는 한여름에도 극세사 이불 위에서 비비적거리는 희귀종이 아닌가(추위에 약한 체질이다)! 빛의 흔적도 찾을 수 없는 것으로 미루어 보아. 집안 어딘가에서 방황 중일 것이라고 아로는 자신했다.

'그래, 오늘 밤이야. 기필코 이빨 빠진 퍼즐을 완성시킬 테니 두고 봐!'

높은 지능과 민첩한 몸놀림. 드디어. 아로의 장기가 빛을 발할 절호의 기회였다.

'이젠 나이도 먹을 만큼 먹었는데 철딱서니 없는 짓거리에서 졸업하지!'

그랬다. 아로에게는 오징어 다리보다 미로였다. 질겅질겅 씹어대다 툭 뱉는 맛이 일품이었다. 아로는 혀로 까끌한 입술을 핥더니. 발가락을 꼿꼿이 폈다. 작전 개시를 위한 준비 자세였다. 오동통한 외모와는 판이하게 날렵하기로 유명한. 아로는 눈 깜빡할 사이에 1층에 도달해 있었다.

아로는 미로가 이상한 놀이를 하고 있다고 이해했다. 시시때때로. 홀로 숨바꼭질을 하는 미로의 엉뚱함에서 비롯된 판단이었다.

"이니 ― 미니 ― 마니 ― 모. 호랑이의 발가락을 잡아라. 만약 소리치면 그냥 보내라. 이니 ― 미니 ― 마니 ― 모 ―."

아로는 노랫가락을 흥얼거리며 손가락을 까딱거렸다. 노래가 끝남과 동시에. 현관 옆에 있는 벽장을 지목했다. 주로 겉옷, 모자, 장화, 겨울 부츠, 우산 등을 보관하는 벽장은. 숨어 있기에 더없이 적당한 장소였다. 아로는 벽장문을 슬며시 열었다. 없었다.

"어디에 숨었냐? 아니, 왜 숨는 거냐?"

이전부터. 툭하면 집에서 사라져 버리는 미로의 기행에 의문을 품었었다. 그러한 데다가. 지아와 이안의 간담을 활활 태우곤 했었기에. 아로는 꼬리를 감춘 미로의 행방이 여간 거슬리는 것이 아니었다. 끝장을 봐야만 직성이 풀리는 성미인지라. 오늘 밤은 무조건 찾아내야 했다.

"나의 경험적 분석을 말해 볼까? 넌 그냥 관종이야. 엄마 아빠의 관심을 받고 싶어 환장한 년이라고!"

아로는 계단은 지나 화장실 문을 열었다. 없었다.

"그런다고 너의 세상이 바뀔 거 같아? 미안하지만 늦었어. 빈둥거린 너의 썩은 오 년이 명쾌한 답이야. 네 년이 말도 안 하고, 먹지도 않고, 골방 사수하던 그 긴 기간 동안 내가 얼마나 열심히 살았는 줄 알기나 해?"

아로는 화장실 반대편에 있는 세탁실로 향했다. 세탁실 문을 열자마자 전등 스위치를 올렸다. 역시 없었다.

"먼저 있다 간 녀석의 자리를 내 걸로 메우기란……."

아로는 말끝을 흐렸다. 지아의 마음에서 지독스럽게 떠나지 않던 제로의 존재가. 사무치게 느껴졌기 때문이었다. 입양이 된 후. 이 집에 첫 발을 들여놓던 날의 기억이 생생했다. 뇌종양을 앓다가 생을 마친 제로의 그늘은. 집안 곳곳에 이끼처럼 검게 덮여 있었다.

"녀석의 사진, 녀석의 물건, 녀석을 상징하는 화초……!"

사진 속 제로의 따가운 눈길이 늘 아로를 쫓아다녔다. 물건에 찌든 때처럼 묻어 있는 제로의 자국이 아로를 불편하게 했다.

"내가 아르볼 놈을 괴롭힌 건 인정해. 특히 엄마가 멍텅구리 아르볼에게 말을 걸거나, 잎사귀에 붙은 먼지를 닦아주기라도 하면 내 눈에 불똥이 튀었으니까. 나도 모르겠어. 당시 왜 그랬는지. 그래도 후회는 없어. 어렸으니까. 나도 어린아이였단 말이야. 그래 봤자 손으로 줄기를 잡고 흔들어 대거나, 흙 좀 파 놓은 거라구! 아직도 멀쩡하잖아? 아마 그놈은 나보다 더 오래 살지도 몰라."

부엌으로 발걸음을 옮긴 아로는 얼굴을 찌푸렸다. 닭튀김 냄새가 진동을 했다. 곧바로 냄새의 진원지를 찾아냈다. 박스 안에는 껍데기만 그럴싸한 모양으로 남겨져 있었다.

"오호! 묘기 좀 부렸는데?"

아로는 본모습과 가깝게 만들어 놓은 닭껍질 조형물에. 기가 탁 막혔다. 고개가 절레절레 자동적으로 내저어졌다.

"이렇게 해 놓으면 아빠가 먹었다고 엄마가 믿을 줄 알았지? 이 작품은 스쳐만 봐도 너야, 이년아! 그 코딱지만 한 뇌를 아무리 굴려 보았자 소용없다니까!"

그때였다. 어디선가 또각거리는 구둣발 소리가 들렸다. 마치. 누군가 하이힐을 신고 마룻바닥 위를 걷는 것만 같았다. 부엌에서 멀지 않은 위치였다. 아로는 닭고기 박스를 슬쩍 뒤로 하고. 부엌과 다이닝 룸 사이에 있는 벽 뒤로 다가가 몸을 바짝 붙였다. 다이닝 룸과 패밀리 룸을 한눈에 볼 수 있는. 가장 적합한 자리였다. 눈만 빼꼼 내민 아로는 주위를 빠르게 둘러보며 조심조심 정탐을 했다.

'정면, 이상 무! 왼쪽, 이상 무! 오른쪽, 이상 무!'

다음은 실전에 돌입할 차례. 아로는 납작한 자세로 엎드려. 슬금슬금 바닥을 기어가기 시작했다. 온 신경을 한 곳에 모으고. 발소리가 들리는 방향으로 기민하게 움직였다. 그러다 식탁 아래에서 흠칫 몸을 멈춰 세우고. 패밀리 룸을 살살이 뜯어보았다.

소파, 의자, 오토만, 테이블, 벽난로, 플로어 램프, 아르볼…….

평소와 다른 점이 없었다. 모든 것이 제자리를 지키고 있는 것처럼 보였다. 몸을 최대한 낮춘 아로는 패밀리 룸으로 잽싸게 이동했다. 목표물은 지아의 의자. 그 의자 뒤를 기점으로 탐색전을 벌여야겠다. 고 마음을 먹었다.

또각. 또각.

굼뜬 하이힐 굽 소리가 언뜻 들리다 멈추었다. 목구멍까지 솟아오른 아로의 심장이. 두근두근 방망이질을 해 댔다. 아로는 숨을 깊이 들이마신 후. 벽난로와 아르볼을 지나 플로어 램프 앞을 날쌔게 통과했다. 소파 옆으로 몸을 숨긴 아로는 할딱할딱 가쁜 숨을 몰아쉬었다. 그러다 벽에 걸린 거울에 비친 자신의 모습에 희뜩 놀라. 엉덩방아를 찧고 말았다.

'아이씨…….'

아로는 놀란 다람쥐처럼 몸을 움찔거렸다.

'그런데 웬일이지? 오늘은 엄마가 까먹었나?'

지아는 항시 해가 지기가 무섭게. 거울을 검은 천으로 덮어놓기 때문이었다. 콩닥거리는 가슴을 간신히 가라앉힌 아로는 거울을 꼼꼼히 들여다보았다. 그새 얼굴이 핼쑥해진 것만 같았다. 퀭하게 들어간 눈 또한. 불면증으로 밤밤을 새우는 심란한 사연을 대변해 주고 있었다.

'힛!'

어깨 뒤로 얼핏 보이는 희끄무레한 형상에. 아로의 눈이 점점 커졌다. 거울 속 형체가 침침한 달빛 사이로 아른거렸다. 이윽고. 친숙한 반달눈이 떡하니 출현했다. 밤새 찾고 있던 미로였다.

"깜짝이야! 뭐하냐 여기서? 너지? 잘 밤에 몰래 닭튀김을 먹어 치운 게? 두고 봐. 엄마한테 다 일러줄 거야."

그러거나 말거나. 하얗게 변한 미로의 텅 빈 눈동자가 아로를 향해 덤벼들었다. 아로는 심상치 않은 낌새에 뒤를 휙 돌아보았다. 아니나 다를까. 이글거리는 두 눈이 아로를 매섭게 노려보고 있었다. 아로는 사지에 아찔한 전율이 이는 것을 느꼈다. 미로는 홀몸이 아니었다. 미로 등 위에 올라탄 육중한 몸뚱이가 울렁울렁 다가왔다. 아로는 파르르 떨리는 눈을 가까스로 돌려 거울을 훔쳐보았다. 거울 속에는 단연코. 말라깽이 미로뿐. 흰자위가 드러나게 눈을 치뜬 채 허공만 올려 보고 있었다.

'어떻게 된 거야!'

가녀린 미로 등 위에는. 여전히 바위 같은 육신이 움쩍 않고 버티고 있었다. 마치 어깨에 망토를 두른 것만 같이. 어두운 그림자가 너울댔다. 시커먼 먹구름에 박힌 보석처럼. 한 쌍의 눈알만 환하게 발광했다. 일렁이는 붉은 불빛이 훅훅 헛바람과 같은 소리와 함께 아로의 귀청을 울렸다. 어느 틈인지. 건드리지도 않은 벽난로에 불이 붙어 있었다. 뭉게뭉게 치밀던 정체 모를 형체의 윤곽도 차츰차츰 드러났다.

'너…… 너는……!'

사진으로만 보았던 제로였다. 제로는 입맛을 쩝쩝 다시며 혀를 날름거렸다. 차가운 기운이 뚝뚝 떨어지는 제로의 야멸찬 눈초리에. 아로는 두 눈을 질끈 감아버리고 말았다. 딱딱 마주치는 이빨 사이로. 손톱을 밀어 넣었다. 얼어붙은 심장을 녹일 수 있다면. 손톱이 몽땅 없어진다 해도 상관없었다. 그렇게 아로의 손톱이 하나둘 부러져 나가는 동안.

"하나, 둘, 셋……. 하나, 둘, 셋……."

미로가 옹알거리는 '리셋' 주문이. 만트라처럼 울려 퍼졌다. 아로는 내리 덮은 눈꺼풀을 반쯤 올렸다.

'갔어!'

미로의 비리한 몸에 찰싹 붙어 있던 제로는 사라지고 없었다. 아로는 안도의 한숨을 내뿜으며 바닥에 털썩 주저앉았다. 일순간이었지만. 인생 최대 위기를 온몸으로 느낄 수 있었다. 지옥문 앞까지 가 보았다. 는 떠도는 증언들이 완전히 낭설은 아닌 듯싶었다.

"그 손 치워. 건드리지 말라구!"

어깨를 툭툭 건드리는 손길에. 아로는 다분히 날 선 어투를 던졌다. 그러다 대번에. 이상 기류를 감지했다.

'자…… 잠깐…….'

여태껏 주문을 읊어대고 있던 미로를 빼먹었다. 눈에 콱 꽂히는 미로의 모습에. 아로는 숨이 멎는 것만 같았다. 하얗게 질린 아로는 덜덜거리는 턱을 양손으로 감싼 채. 눈동자만 굴려 뒤를 보았다. 거울 안에 들어 찬 제로가 시퍼런 눈을 부라리며. 한쪽 팔을 거울 밖으로 내휘둘렀다. 기괴한 마술 쇼를 구경하는 것만 같았다.

"퍼즐 조각을 찾고 있다고? 나야. 네가 찾고 있는 조각이."

"꺄아아아악!"

귀를 찢는 듯한 아로의 날카로운 비명이 집안을 뒤흔들었다.

눈을 멀게 만드는 밝은 불빛에.

아로는 양손으로 얼굴을 감싸 쥐었다.

"아로! 미로! 대체 무슨 일이야?"

2층에서 달려 내려온 지아가 소리쳤다.

바닥에서 데굴데굴 구르며 죽는시늉을 하는 아로.

망연하게 벽난로 선반 위를 올려다보며 꺼이꺼이 목 놓아 울고 있는 미로.

괴상한 상황을 목격한 지아는 어쩔 줄을 몰라했다.

"엄마!"

"엄마!"

아로와 미로는 서로 앞을 다투어 지아의 팔과 허리를 부둥켜안 았다. 둘은 지아의 가슴팍에 얼굴을 묻고 발발 떨었다. 지아는 영문 을 모른 채. 후들거리는 아로와 미로의 작은 몸을 양팔로 감싸 안 을 수밖에 없었다.

얼마나 지났을까. 몽롱하던 지아의 낯빛에 쌀쌀한 서슬이 번득 잡혔다. 어렴풋한 꿈결 속에 있다 퍼뜩 제정신이 들기라도 한 듯. 전봇대처럼 빳빳하게 몸을 세웠다.

세차게 타오르는 벽난로 불꽃.

어지럽게 흐트러진 물건들.

군데군데 바닥에 쌓인 흙무더기.

훤히 드러난 거울.

뒤죽박죽 아수라장으로 변한 거실을 찬찬히 살피던 지아는. 거실 구석에 팽개쳐진 검은 천을 들어 얼른 거울을 덮어 씌웠다.

"술래잡기 놀이는 낮에만 하는 거야. 알았지?"

"네……."

"네……."

아로와 미로는 마지못해 뿌루퉁히 대답했다.

'하나, 둘, 셋…….'

미로는 손에 들고 있던 빗을 내려놓았다. 미로의 앙상한 손가락이 덜덜거리는 아로의 손을 가만히 잡았다.

"시스터……."

미로는 혼잣말처럼 웅얼거렸다.

'뭐라구?'

아로는 귀를 의심했다.

미로는 아로의 손은 잡은 손가락에 힘을 주었다. 아로는 눈을 들어 미로를 쳐다보았다. 반달눈 대신. 이슬방울 같은 미로의 두 눈이 반짝거렸다. 아로의 닫혔던 입술이 씰긋거리다 조용히 열렸다.

"시스터."

5

따사로운 햇살이 쏟아지는 나른한 오후.

아로와 미로는 선베드에 나란히 앉아 머리를 빗었다. 미로의 푸시시한 모발 사이로 촘촘한 빗 살이 지나갈 때마다. 새하얀 비듬이 우수수 떨어졌다.

"기억은 돌아온 거야?"

아로는 하던 빗질을 뚝 멈추고 물었다.

"퍼즐 조각 찾았잖아……."

"그래서 너 요즘 몇 끼 먹는데?"

미적미적하던 미로는.

"여섯 끼."

아로의 빗이 맥없이 바닥으로 추락했다.

네 번째 이야기

매미

1

치르르르르르르르르르 치익칙.

또 시작이었다. 수컷 매미의 처절한 절규가 펄쩍 날아들었다. 가끔씩 찾아오는 이명 현상. 은수는 한쪽 귀를 손으로 막아 보았다. 소용없는 짓이라는 것을 잘 알고 있었으나. 그냥 버릇 같은 행동이었다. 최근 들어 부쩍. 그 횟수가 잦아졌다. 특히. 잔뜩 흐린 날에는 증상이 악화되는 듯했다.

이이잉이이이이이잉잉.

옆 방에서 소음이 들려왔다. 잠시 움찔한 은수는 손등으로 팔을 쓸어내렸다. 솜털까지 쭈뼛 섰던 모양이다. 직업 현장이었지만 드릴 소리는 여전히 공해였다.

이따금. 광대뼈가 파헤쳐지는 섬뜩한 상상에 휘감길 정도였다. 갈증이 났다. 그러나 지금은. 생수통 주변에 갈 수 있는 상황이 아니었다.

"거의 다 끝났어요."

핸드 스케일러(Hand Scaler)를 잡고 있던 손가락이. '정말이냐?' 하고 가장 먼저 반가워했다. 이어서. 30분째 입을 벌리고 누워 있는 환자의 입에서 알 수 없는 말이 흘러나왔다. 앓는 소리를 내는 그도. 은수의 손가락과 똑같은 반문을 하는 것 같았다.

'나도 끝내고 싶다고!'

생후 38년 만에 첫 청소를 맡긴 치아에 들러붙은 치석을 제거하기란. 쉬운 일이 아니었다. 은수는 혼신의 힘을 다하여. 마지막 남은 작은 치석 조각을 긁어냈다.

"잘하셨어요. 양치하시고. 원장 선생님께서 곧 오실 거예요."

마스크를 턱 밑으로 내리니 살 것 같았다. 은수는 라텍스 장갑을 벗어 쓰레기통에 던져 넣고는. 진료실에서 나갔다. 손가락이 저려 왔다. 목과 어깨도 뻐근했다. 오전 9시 30분부터 계속된 강행군에. 어느새 녹초 상태였다. 근처 찜질방에 가서. 딱 1시간만 뒹굴다 오고 싶었다. 은수는 두 팔을 뻗어 기지개를 켜며 하품을 깨물었다.

딩동.

벨 소리가 울렸다. 예약 환자의 왕림을 알리는 신호이기도 했다. 겨우 목을 축이던 은수는 어디라도 숨고 싶었다.

"안녀엉하세여어."

중저음의 남자 목소리. 느릿느릿 혀 짧은 말투의 인사. 은수의 기억이 맞다면 치과 환자 중에는 단 한 사람뿐이었다. 미간이 자동적으로 좁아졌다. 은수는 리셉션 데스크에 앉아 있는 김 선생을 향해 눈짓을 했다.

'왜 또 왔어?'

'몰라.'

김 선생은 어깨를 위아래로 으쓱했다.

은수는 대기실에 앉아 있는 남자를 힐끗 보았다. 언제나 그렇듯. 그의 귀에는 이어폰이 꽂혀 있었다. 내리깐 눈 위로 짙은 눈썹이 실룩거렸다. 듣고 있던 음악에 깊은 감동이라도 받은 듯한 낯빛이었다.

'풋! 그래 봤자 유행하는 걸그룹 노래겠지.'

은수는 볼펜으로 차트 위를 통통 때리던 손을 멈췄다. 그에게 가까이 다가가야 하는 시간이 도래했다. 는 의미였다.

"곽 희복 님, 진료실로 가실게요."

"아, 네."

남자의 이름은 곽 희복. 그는 자리에서 일어나 은수의 뒤를 따랐다.

희복의 직업은 배우였다. 대부분의 사람들은 그를 '차 유하'라고 불렀다. '곽 희복'은 병원이나 은행, 혹은 동사무소 등. 특정 기관에서나 취급하는 이름이었다. 은수를 포함해서 말이다. 그는 몇 년 전까지만 해도. 만두 가게에서 어색한 걸레질을 하며 청소용품 광고나 찍은 무명이었다. 그러나 지금은 사정이 달랐다. 지난해에 출연한 영화가 빅히트를 치면서 덩달아. 그의 얼굴도 세상에 알려지기 시작한 것이다. 비록 엑스트라보다 조금 더 비중을 차지하는. 조연 역할이었음에도 불구하고 그는 대중의 높은 관심을 샀다. '모성애'를 자극하는 그의 아련한 눈빛 연기가 드디어 먹힌 것인지도 몰랐다. 그런 그의 인기 탓인지 모르겠으나. 동네 치과에 불과했던 의원은 전보다 훨씬 바빠졌다. 매출이 뛰어오른 건 두말할 나위가 없는 사실이었다. 치과 원장은 그의 빛나는 졸업장 옆에. 희복과 함께 찍은 사진을 걸어 두었다. 일반 환자에서 VIP 환자로 격상했음. 을 알리는 일종의 공지라고나 할까. 그렇지만. 은수에게는 그저 문제의 환자일 뿐이었다.

은수는 차트를 훑어보았다. 2달 전이 마지막 방문이었다. 그러고 보니. 촬영에 들어가서 바빠질 거라고 했던 희복의 말이 생각났다.

'근데 왜 온 거냐?'

"탁 선생님, 제가 와서 싫은가요?"

희복은 진료 체어에 앉다 말고 돌아섰다.

'아차차!'

"지금 아차 하셨죠?"

은수는 아랫입술을 깨물었다.

"누우실게요."

은수는 헛기침이 튀어나오려는 것을 가까스로 참고는. 허둥지둥 컨트롤 스위치를 눌렀다.

'비운다. 비운다. 완전히 비운다아…….'

지잉 소리와 함께 체어 등받이가 뒤로 기울어지는 것을 보며. 주문을 외웠다.

'이젠 내 안엔 아무것도 없다아…….'

은수는 심호흡을 한 번 크게 한 후 희복을 바라보았다. 잔잔한 미소를 입가에 머금는 것도 잊지 않았다(마스크를 착용하고 있다 해도 보일 건 다 보인다).

"스케일링은 이미 두 달 전에 하셔서, 오늘을 하실 필요 없는데……. 혹시 불편한 점 있으세요?"

"제가 촬영하면서 역할 때문에 커피를 좀 마셨거든요?"

"조금은 괜찮으세요."

"평소에 전혀 안 마시는 거 아시잖아요. 그래서 조금 미신 것도 저한테는 엄청난 거죠."

은수는 입꼬리 주변에서 일어나는 경련 비슷한 떨림을 느꼈다.

'스버어어어억……?'

하마터면. "스벌." 하고 추임새를 넣을 뻔했다. 그럴 순 없지! 은수는 반달눈까지 만들어 가며 더 활짝 웃었다.

"음……. 어떻게 해 드리는 게 현명한 선택일까……?"

은수는 이를 악물었다.

"우선 치아를 살펴본 후에 미니 화이트닝을 하실게요. 얼마 전 치아 미백은 하셨어서 커피 몇 잔이야 뭐……. 이 정도면 충분하세요."

"그래요, 그럼. 탁 선생님이 그렇게 하라고 하시니까."

니글니글 속이 거북하고 답답해지는 느낌이 들었다. 은수는 고릴라처럼 주먹으로 가슴을 두드리고 싶었다. 육안으로도, TV 화면으로도 새하얗기만 한 이를. 왜 자꾸 건드리는 것인지 알 수가 없었다. 너무 하얀 나머지. 앞니를 드러내고 웃을 때마다 형광등이 켜진 것 같은 착시 현상이 생길 지경이었다.

"양치해 주세요."

희복은 순순히 양치컵에 든 구강 청결제로 입안을 가신 후 타구에 뱉었다. 그러고는 엄지손가락 높이 추켜세우더니. 준비 완료! 하고 얼굴 옆에 척 갖다 대었다.

'귀여운 척은 똥꼬 핥고 있는 길냥이나 붙들고 해 보던지!'

은수는 눈을 내리깔며 조명등을 내렸다. 희복의 가슴 위쪽으로 옮긴 조명등이 그의 위턱을 향하도록 조절했다. 은수는 치경(Dental Mirror)으로 상악골 잇몸에 가지런히 솟아있는 치아를 꼼꼼하게 살폈다. 예상했던 바와 같이. 희복의 치아 상태는 매우 양호했다.

"아주 깨끗해요. 관리를 너무 잘하시네요."

은수는 조명등의 위치를 바꾸었다. 하악골 차례였다. 빛을 받은 희복의 14개 치아가 번쩍였다.

'응?'

은수가 잡은 치경과 탐침(Explorer)이 31번 치아 주변에서 왔다 갔다 했다.

"왜요?"

"엑스레이를 찍을게요. 오른쪽 젤 끝 어금니에 아주 희미한 실금이 있거든요."

은수는 촬영 준비를 했다. 희복의 입에 손가락을 넣은 후 관구(X-Ray Tube)의 위치를 잡았다. 그리고 빠른 손놀림으로. 교익 필름(Bite-Wing Film)에 붙은 탭을 펴서 희복의 입 안쪽 구석으로 밀어 넣었다.

"꽉 깨무세요."

은수는 얼른 자리를 피했다.

띠리리리링.

촬영의 종료를 알리는 신호음이 울렸다. 은수는 희복의 입에서 필름을 빼냈다.

"엑스레이는 좀 있다 원장 선생님께서 봐 주실 거예요."

"괜찮겠죠?"

"그럼요."

"안 궁금해요?"

"네? 뭐…… 뭐가요……?"

"아니에요."

희복은 말을 아꼈다.

'왜 저래? 두고 봐. 오늘은 어림도 없을 테니!'

은수는 캐비닛에서 미백 스트립을 꺼내며 주먹을 불끈 쥐었다.

"윗니와 아랫니에 십오 분만 붙이고 계실게요."

은수는 벌어진 입술 사이로 드러난 하얀 치아에 미백 스트립을 붙였다.

진료실에서 나온 은수는 생수통으로 달려갔다. 물 세 잔을 연거푸 들이켰지만. 여전히 속이 타들어 가는 느낌을 지울 수가 없었다.

'어후! 소름 끼쳐!'

얼마 지나지 않아. 주머니 안에서 들썩이는 소리가 들렸다. 꿀 같은 15분이 아쉽게 경과했다. 은수는 휴대전화를 꺼내 타이머를 껐다. 진료실로 복귀해야 하는 시간이었다.

미백 스트립을 떼낸 은수는 컨트롤 버튼을 눌러 체어 등받이를 세우고. 희복의 무릎 위에 손거울을 올렸다. 완벽하게 하얘진 이빨 감상이나 하라. 는 뜻이었다.

"잘하셨어요. 양치하시고. 원장 선생님께서 곧 오실 거예요."

은수의 식상한 멘트가 바로 이어졌다. 녹음기의 재생 버튼을 누른 것 같았다.

"이디엠(EMD) 좋아하시네요."

양치를 하기도 전에 희복이 입을 열었다.

"네? 아…… 네……. 뭐, 신나니까."

은수의 주머니 속에서 울렸던 알람 소리를 들은 모양이었다.

"걸그룹 음악은 싫으세요?"

짐짓 놀란 은수는 희복을 멀뚱히 쳐다보았다.

"후회하시죠?"

"……."

은수의 입술이 비쭉거리다 멈췄다. 뭐라고 하고 싶었지만. 어떤 말도 쏘아 올릴 수가 없었다. 어서 빨리 원장이 진료실로 들어오기만을. 바랄 뿐이었다.

"유하 씨 오랜만에 오셨네?"

구원 투수가 등판했다. 은수는 원장의 '오랜만'이란 인사에. 속으로 혀를 찼다. 건강한 치아를 가진 사람이라면 6개월에 1회 방문으로 족했다.

'염치도 없지.'

은수는 엑스레이 영상을 모니터에 올렸다.

"31번?"

"네."

영상을 확인한 원장은 문제의 치아를 진찰하기 시작했다.

"스트레스 있으신가 봐."

"항상 그렇죠."

희복이 웃으며 대답했다.

"별 건 아닌데, 살짝 금이 간 거 같아요. 시큰거리고 그러진 않죠?"

희복은 고개를 흔들었다.

"다음 체크업 때 보고 더 심해져 있으면 치료합시다. 이런 건 초반에 잡아야 해요. 수면용 마우스피스 하나 맞추는 것도 생각해 보세요. 누룽지 같은 딱딱한 음식 삼가시고. 유하 씨 누룽지 안 드시겠지만. 허허!"

원장의 말에 희복이 짧게 웃었다. '픕'도 아니고. '큭'도 아닌 중간음이. 콧구멍에서 픽 새어 나온 것 같기도 했다.

'방언 또 터졌네.'

은수는 브래킷 테이블(Bracket Table) 위에 널린 치료 기구를 정리하기 시작했다.

"요즘 어디에 나오시더라?"

"이방인의 속삭임이라고."

"아…… 그러시구나. 내가 요즘 바빠서 티브이 볼 시간이 통 없어서. 아직도 방영 중이지요?"

"네, 이십사 부작이어서 한참 남았어요. 저는 어제 죽었지만."

"아이고, 그래요? 진작 볼 걸 그랬어!"

원장과 몇 마디 더 주고받던 희복은. "감사합니다."라고 맺음말을 하며 진료 체어에서 일어났다.

'그래, 잘 가라.'

은수도 소독실로 가져갈 기구를 챙겨 나가려던 참이었다.

"탁 선생님, 감사합니다."

"네. 안녕히 가세요."

은수는 엉거주춤한 자세로 인사를 건넸다. 희복은 눈을 깔뜨고 은수의 푸른 유니폼과 하얀 양말을 흘끔거렸다. 유니폼은 왁스, 알지네이트, 석고 등이 묻어 더러워져 있었고. 양말은 거무죽죽하게 변해 있었다. 치열했던 하루 일과를 고스란히 보여 주고 있었다.

"곧 퇴근하실 시간이죠?"

"아…… 저요?"

은수는 손목시계를 들어 시간을 확인하는 척했다.

치르르르르르르르르르 치익칙칙칙.

하필이면 그때였다. 매미의 공격이 시작되었다. 은수는 반사적으로 귀를 막았다.

'아, 진짜……!'

"괜찮으세요?"

희복은 허리를 굽혀 은수의 안색을 살폈다.

"별 거 아니에요."

"병원엔 가 보셨어요?"

"네……. 네?"

은수는 답을 멈추고 희복을 물끄러미 올려다보았다. 누가 봐도 "이 자식 뭐야?" 하는 표정이었다.

어쩌다 한 번. 귀에서 삐 소리가 나던 은수의 귀울림이었다. 그런데 어느 날부터인지. 그 빈도수가 점차 높아지기 시작하더니. 증상도 매미 소리로 변환되었다. 이비인후과에 수차례 달려가 보았지만. 별 효과가 없었다.

"그럼."

희복은 가볍게 목례를 하고 은수 옆을 지나갔다. 은수의 등 뒤로. 희복과 김 선생이 나누는 대화가 들려왔다. 서비스 만족도 확인과 정산 과정에 필요한 문답이었다. 이윽고. 딩동 소리가 났다. 마지막 예약 환자가 떠나는 기척이었다.

"뭐래?"

은수는 출입문 쪽으로 고개를 비틀었다.

"똑같지 뭐. 친절하고 예의 바르고. 나보고 제주도 여행 잘 다녀왔냐고 묻더라. 까먹지도 않아."

희복의 놀라운 기억력에 감탄한. 김 선생이 눈을 동그랗게 뜨고 재잘댔다.

"외우는 게 직업이잖아."

"머리가 비상한가 봐. 내가 어디서 읽었는데, 글쎄 촬영장에서 일하는 말단 스태프들 이름까지 줄줄 외운다나 어쩐다나?"

'사이코 새끼.'

은수는 리셉션 데스크에 올려진 껌 통에서 껌을 몇 개 꺼내어 입속에 던져 넣었다.

"먼저 퇴근할게."

"좀 이르네? 데이트라도 있어?"

"오늘부터 시작해 보려고."

은수는 탈의실로 터덜터덜 걸어갔다.

'데이트 좋아하네. 니미럴, 명절 때 집에 내려가기가 겁난다!'

은수는 입가에 찬 웃음을 물었다. 껌 표면 위에 발린 당의가 으스러지자 약간 스산한 느낌의 단맛이 입안에 퍼졌다. 몇 분간 질겅질겅 씹어대니. 기분이 조금 나아진 것 같기도 했다. 인간의 감정이란 실로 오묘하지 않은가. 간단한 턱 근육 운동으로 배배 꼬였던 비위가 풀리다니.

2

3일간의 야간 진료가 막을 내리자.

은수는 배가 몹시 고팠다. 벌써 저녁 8시를 훌쩍 넘긴 시간이니. 당연하기도 했다.

'귀찮다. 그냥 빵으로 때우자.'

은수는 치과 건물 1층에 있는 제과점으로 들어갔다. 폐점하기 직전이라 그런지. 남아 있는 빵들이 하나같이 시들시들했다. 은수는 너덜너덜해진 자신의 몸과 다를 바 없다는 생각이 들었다. 그나마. 생기가 감도는 빵 몇 개를 어렵사리 골랐다.

"입맛이 없으신가 봐요."

카운터에서 계산을 하려던 찰나. 은수가 흠칫 놀라 뒤를 돌아보니. 희멀건한 얼굴이 둥실거렸다.

'곽 희복?'

하회탈을 쓴 듯 벙글댔으나. 희복의 댕그란 두 눈에는 어두운 광채가 맴돌았다. 걸쭉한 검은빛이 잠깐 어리다 사라졌다는 편이 더 맞을 법했다.

"계산하세요."

희복은 우물쭈물하고 있는 은수를 향해 말했다. 특유의 질질 끄는 듯. 느린 말투였지만 부드럽고 다정했다. 계산을 마친 은수는 제과점 밖에 서 있는 희복의 모습을 발견했다.

'날 기다리는 거냐?'

은수는 "봤어? 차 유하야, 차 유하!" 하고 흥분한 제과점 알바 직원들을 뒤로하고 발걸음을 옮겼다.

"혼빵 하실 거 같아서."

은수와 눈이 마주치자마자. 희복이 먼저 말을 건넸다.

"그쵸……. 혼자 빵 먹으면 혼빵이죠."

은수는 자꾸만 목 뒤를 만지작거렸다. 아까부터. 벌레가 기어가는 것 같기도 하고. 서늘한 입김이 불어오는 것 같기도 한. 야릇한 느낌이 가시질 않았다.

"저도 빵 좋아해요."

"하나 드릴까요?"

은수는 빵 봉지에 손을 넣어 부스럭거렸다.

"혹시 괜찮으시면 가까운 공원에 가실래요? 거기서 저녁 식사 함께 하는 건 어때요?"

은수는 길 맞은편 버스 정류장을 넌지시 건너다보았다. 시선을 피했다는 쪽이 더 가까울 듯했다. 희복의 갑작스러운 제안에 당황하지 않았다면. 거짓말이었다.

'제가요? 왜요?'

'그러죠. 물어볼 말도 있었는데 잘 됐네요.'

'불만 있으세요? 나한테 왜 이러시는 거죠?'

그와 동시에. 여러 답변이 산발적으로 들고일어났다.

"탁 선생님, 궁금하시잖아요. 그렇잖아요."

은수의 응답이 채 완성도 되기 전에. 희복이 먼저 기습을 가했다.

'수비 전문인 나를 물로 보는 거냐? 이래 봬도 견고한 감시견이야!'

턱을 한껏 쳐들고 희복을 흘겨보던 은수는.

'에휴, 이젠 나도 모르겠다.'

그만 시무룩해져 꼬리를 내렸다.

"앞장 서시죠."

※

은수는 벤치 앞에 있는 인공 연못을 관망하며. 빵을 우물우물 씹었다.

"동네에 이런 공원이 있는 줄 몰랐네요. 하기야 난 출퇴근만 하는 사람이니까."

"말 그대로 인공 연못이에요. 깊어야 얼마나 깊겠어요?"

은수는 덜 씹힌 빵조각을 훌쩍 삼켜 버렸다. 갑자기. 무거운 돌덩이가 짓누르는 듯한 느낌이 들었다. 묵직하고 탁한 기운이라는 표현이 더 맞을 듯했다. 이번에도. 고릴라로 변신하고 싶은 마음이 간절했다.

'마실 걸 좀 살 걸.'

은수의 후회가 채 가시기도 전이었다.

"어디 가서 음료수라도 사 올까요?"

어김없이. 희복이 들이닥쳤다. 은수는 무반응을 택했다. 그 대신. 희복을 찬찬히 관찰하기 시작했다. 곱상한 생김새의 얼굴과는 달리 유난히 발달된 후두 돌기가 눈에 띄었다. 은수의 눈길은 희복의 어깨와 가슴을 지나 팔과 손으로 훑어 내려갔다.

'얼굴 하고 다 따로 노네. 됐고, 어차피 내 취향 아닌데 뭐.'

"물어보세요."

빵맛은 공원에 도착하기 전부터 멀리 달아나 있었다. 허기진 배를 채운 것으로 만족해야 했다. 은수는 남아 있는 빵 부스러기를 입안에 마저 털어 넣었다. 비장한 각오라도 다지는 듯이 말이다.

"초능력자세요?"

"제가요?"

"영화나 드라마 보면 가끔 나오잖아요. 사람의 마음을 읽을 수 있는 슈퍼 파워 같은."

"그런 재주 없어요."

"죄다 우연의 일치였단 말인가요? 몽땅?"

"그건 아니고……."

희복은 양 손바닥을 모아 비볐다. 손등 위에 불뚝 솟은 힘줄이 더욱 도드라졌다.

"탁 선생님은 그런 적 없으세요? 상대방의 입에서 출력도 되기 전에 그 내용이 머릿속에 입력되는 상황이요."

"그게 초능력 아닌가요?"

"제가 자주 치과에 나타나서 부담스러우세요?"

"아니…… 꼭 그런 건 아니고……."

"탁 선생님이 청결하게 만들어 주신 제 치아를 보시고 뿌듯해하셨음 했어요."

'어쩌나. 니가 방긋거리기만 하면 실없는 당나귀가 겹쳐졌었는데.'

은수는 뒷머리를 긁적였다.

"졸업하실 때 '치위생학의 발전을 위하여 끊임없이 노력하겠습니다…….'로 귀결되는 선서문도 외우셨잖아요."

받아치는 희복의 선방에. 은수는 도리어 말문이 막혀 버렸다. 희복이 초능력자가 아니라 하더라도. 그의 교묘한 화술에는 당할 수가 없었다. 단수가 위라도 한참 위였다.

"제가 탁 선생님 뵌지도 삼 년이에요."

"벌써 그렇게 됐나요? 시간 참 빠르네요. 그새 희복 씨는 더더욱 유명해지고, 저는 갈수록 초라해지고."

은수는 괜스레 울적한 기분이 들었다. 어째서 그 순간. 보건직 공무원 시험에서 미끄러진 쓰라림이 되살아났는지 알 수가 없었다. 빵 봉지에서 빵 하나를 더 꺼냈다. 그러나. 한 입 베어 물던 은수는 도로 뱉어 봉지 안에 처넣었다.

'에잇⋯⋯.'

달아야 할 크림 맛이 시큼했다. 이미 유통 기간이 지났음이 분명했다.

"왜 저를 희복이라고 부르세요?"

"그거야⋯⋯. 차트에 적혀 있는 이름을 부르다 보니까⋯⋯. 싫으셨구나."

"아니요. 그래서 좋았어요."

"아이구, 다행이네요."

은수는 안경을 벗어 바지 위에 대충 문질렀다. 언제부터인지 렌즈에 김이 서린 듯. 눈앞이 흐리멍덩한 것이 영 갑갑하던 중이었다.

"사실 탁 선생님이 처음이었어요."

"음⋯⋯."

은수는 얼떨결에 입을 다물었다. 뭔가가 이상했다. 대화가 핵심에 가까워질 때마다. 원점에서 벗어나 겉돌고 있는 것 같았다.

'도대체 뭔 말을 하려고 여기로 데리고 온 거야?'

그러고 보니. 공원에는 둘 외에는 아무도 없는 것 같았다. 아무리 시간이 늦었어도. 조깅하는 사람 하나 구경도 못한 것이 수상스럽기까지 했다. 그러나. 희복은 아랑곳없이 하던 말을 계속했다.

"아까 슈퍼 파워라고 하셨잖아요."

“네, 그랬죠.”

“상대방 마음의 소리가 들리는 건 사실이에요. 정확히 말하자면 누군가 제 귀에 속삭여 준다고 할까요?”

은수는 손에 들고 있던 안경을 신속히 제자리로 옮겨 놓았다. 시종 궤변으로 일관하는 어린놈의 면상을 똑똑히 확인해야 했다. 행여 약에 취한 것은 아닌지.

“속삭인다고요?”

“네에. 이렇게 살짝궁.”

희복은 손가락을 들어 귓바퀴 부분을 가만가만 만졌다. 은수는 어이가 없었다. 이제는. 키득키득 터져 나오는 헛웃음을 참지도 않았다.

“그게 누군가요? 옆에서 속닥거리신다는 분이?”

“저와 항상 같이 하시는 분 있어요. 그분과 함께라면 전 뭐든지 할 수 있어요.”

‘게임 오버. 따라온 내가 미친놈이지.’

은수는 옆에 놓아둔 배낭과 빵 봉지를 챙기기 시작했다.

“재밌는 얘기 잘 들었어요. 혼빵 할 뻔했는데. 덕분에 고마워요.”

“가시게요? 섭섭한데. 그럼 마지막으로 이거라도 듣고 가세요.”

희복은 주머니에서 이어폰 꺼내 은수 앞으로 내밀었다.

‘최신 걸그룹 노래가 아니다 이거지?’

은수는 끈질기게 달라붙는 듯한 희복이 조금 성가셨다.

“맞아요. 탁 선생님이 틀리셨어요.”

희복은 싱긋 빙긋거렸다. 가로등 불빛에 그의 새하얀 이빨이 더욱 희게 빛났다.

'니 출싹대는 얼굴을 보니 댄스곡에 오백 원 건다.'

은수는 썩 내키지 않았지만 이어폰을 받아 귀에 꽂았다.

치르르르르르르르르르 치익칙칙칙치익.

댄스곡이 아니었다. 틀려도 제대로 틀렸다.

치르르르르르르르르르 칙칙칙치치익. 치치치치이익.

울부짖는 매미 소리였다. 속이 메슥거렸다. 현기증이 일면서 머리가 팽 돌았다. 다리에 힘이 풀린 은수는. 무릎을 땅바닥에 찧으며 주저앉았고 말았다. 떨리는 손으로 이어폰을 빼내려고 안간힘을 썼다. 그러나 어찌 된 일인지. 귓구멍에 박힌 이어폰은 꿈쩍도 하지 않았다.

"왜 안 빠져! 희복 씨, 빨리 빼 줘요! 도와 달라고!"

갑작스럽게 벌어진 기현상에. 질겁한 은수는 소리를 내질렀다. 심지어. 이어폰을 잡아 빼려고 안간힘을 쓰다. 중심을 잃고 넘어져 바닥에 곤두박질을 쳤다. 은수의 세상은 이내. 매미로 우글거렸다. 이어폰 스피커를 비집고 기어 나온 매미는. 외이도를 통과한 후 고막을 갉아먹고 있었다. 은수는 양손으로 귀를 움켜쥐고 바닥에서 데굴데굴 굴렀다.

"매미의 삶에 대해 들어보신 적이 있나요? 긴 세월 동안 땅속에서 유충으로 지내다가 지상으로 나와서 기껏 한 달 정도 성충으로 살다 죽음을 맞이하는 매미의 한살이에 관해서요. 특히 수컷 매미가 시끄럽게 울어대는 이유는 짝꿍을 찾기 위해서라고 해요. 밤낮으로 목이 터져라 빽빽거리며 부르짖어 보지만, 수컷 매미의 절반 이상은 짝꿍의 그림자 근방에도 얼씬하지 못하고 생을 마치고 말아요. 탁 선생님, 어떻게 생각하세요? 덧없는 인생일까요? 아님, 게으른 팔자일까요?"

은수의 몸부림을 무표정하게 지켜보던 희복은 혼잣말처럼 웅얼거렸다.

"제발……."

은수는 웃는 듯 마는 듯 입만 벙긋거리는 희복을 올려다보며 울먹였다. 희복을 향해 뻗은 그의 팔이 애처롭게 떨렸다.

툭!

은수의 코앞에 검고 둥그런 것이 떨어졌다.

짧은 더듬이, 길쭉한 주둥이, 튀어나온 겹눈, 여섯 개의 가느다란 다리, 넓적한 날개…….

매미였다. 매미는 괴로운 듯이 온몸을 버둥거렸다.

"안돼……!"

은수의 안경 렌즈 너머. 희복의 운동화가 점점 뿌옇게 보이다 사라졌다.

3

"어젯밤 잼난 일 있었구나?"

김 선생은 탈의실 의자에 멍청이 앉아 있는 은수를 발견하고. 배시시 웃어 보였다.

"엉……?"

"내가 딸까닥 맞췄네. 탁 선생, 요즘 데이트 하지? 어떤 분이야?"

"그런 거 없어."

"어라? 영혼까지 다 녹아버린 각인데. 그럼 그거 아냐?"

"……."

은수는 입을 벙긋거릴 힘도 없었다. 아니라고 하는데도. 자꾸만 연애하냐고 물아 붙이는 김 선생이 야속하기만 했다. 게다가. 지난밤을 들먹거리는 것조차 고통이었다. 악몽도 그런 악몽이 없었다. 암만 개꿈이라고 박박 우겨보아도. 뇌리 한 가득히 들어찬 매미는 지워지지 않았다. 그럼에도 불구하고.

'차라리 시골 내려가서 송아지라도 키워. 애먼 사람 몰지 말고!'

울컥울컥 치미는 명대사를 씹어 삼키는 것이 고작이었다. 김 선생과의 사이가 껄끄러워 봤자. 득이 될 것이 없었다.

"울그락불그락……."

김 선생은 달아오르는 은수의 얼굴을 빤히 쳐다보더니.

"울긋불긋 — 꽃 대궐 — 차리인 얼굴 —."

노래까지 불러댔다. 음치에 박치까지 곁들인 '고향의 봄'. 귀 고문에 가까운 국민 동요 멜로디에. 은수는 "내가……?" 하고 말끝을 흐리며 딴짓을 했다.

'흡! 무슨 냄새지?'

어디선가. 달달한 향이 풍겼다. 은수의 메마른 후각도 일순간 촉촉하게 만드는 단내.

'무슨 이런 싸구려 향수를 사서는!'

너무 단 나머지 구역질이 치밀었다. 얼굴이 열로 훅 달아오르는 것처럼. 눈앞이 빙글빙글 돌았다. 은수는 손으로 양쪽 뺨을 찰싹찰싹 때렸다. 취기가 오르듯이 몽롱해지는 정신을 바짝 차려야 했다.

"하기야, 오전이 임플란트랑 신경 치료 환자들로 꽉 차있다. 탁 선생이 아침부터 저기압인 이유로 충분하네."

김 선생은 로커를 열어 옷걸이를 뺐다. 옷 갈아입을 테니 나가. 라는 의사를 대변하는 동작이었다. 굼뜬 곁눈질을 하던 은수는 탈의실에서 나갔다.

'온다. 온다…….'

변기 위에 앉아 있던 은수는 숨을 죽였다. 안경 렌즈 뒤에서 활활 타오르는 그의 작은 두 눈은. 휴대폰 화면에 고정되어 움직일 생각이 없어 보였다. 클클클 히죽대는 입술과. 타닥타닥 무릎 장단을 치는 손가락과는 사뭇 딴판이었다.

'오늘은 아이보리네?'

스트레스에 시달릴 때마다. 처방되는 명약. 해소에 직방인 '몰카' 감상 시간이었다.

'그래, 벗어. 한 번에 쏙 벗어!'

연애는 못 할지라도(오늘날 돈도, 시간도 없다는 핑계는 전 세계적인 추세다). 차곡차곡 쌓인 불만은 방출해야 했기에. 은수는 못된 취미 생활에 구차한 변명을 너저분히 달아 놓았다.

'조오타!'

거의 클라이맥스 다다르고 있을 즈음. 화장실 문이 끼이익 소리를 내며 열렸다. 은수는 살짝 벌어졌던 입술에 힘을 확 주어 닫았다.

'이 시간에 누구지?'

치과 의원 오픈 시간은 45분 후이고. 원장이 출근하려면 30분은 더 남은 시각이었다. 아무튼 혼자가 아닌 이상. 긴장을 늦추어선 절대 안 될 일이었다. 한동안. 세면대 수도꼭지에서 흐르는 물소리가 들리다가 멈추었다. 은수는 누군가 손만 씻고 나가리라. 고 여겼다.

휘 파라파라 파라 밤. 휘파람.

유명 걸그룹의 히트곡. 단순한 구절 하나도 제대로 부르지 못하는. 음정도. 박자도 엉망이었다.

'뷰웅신.'

누군지 몰라도. 생김새나 됨됨이 또한 노래 실력만큼이나 어리벙벙할 것이라고 은수는 자신했다. 그 순간.

휘 파라파라 파라 밤. 휘파람.

은수의 머리 꼭대기 위에서. 괴상한 음성이 빗물처럼 쏟아져 내렸다. 똥 냄새보다 역겨운 단내가. 전후좌우 가릴 것 없이 독하게 배어들었다. 은수는 코와 입을 틀어막고 눈을 발딱 들었다. 진앙지는 화장실 칸막이 위. 쇳소리 가득한 목소리의 주인공은 굳은 얼굴로 은수를 노려보았다. 곧이어. 은수의 휴대폰이 바닥에 힘없이 떨어졌다.

"곽……."

4

3년 전 어느 봄날이었다.

"말 그대로 인공 연못이에요. 깊어야 얼마나 깊겠어요?"

희복은 수긍이 된다는 것인지. 고개를 끄떡끄떡 했다.

"물고기는 안 살죠?"

"물고기는 없지만……. 생을 마감한 벌레들의 사체가 좀 있는 듯해요. 이를테면 매미 같은?"

김 선생은 환한 미소를 지으며 말했다. 봄기운이 완연한 공원에는. 활짝 핀 벚꽃이 달을 대신해 어둑한 봄밤을 밝히고 있었다.

"사실…… 전부터 궁금해서 기회가 되면 꼭 여쭈어보려고 했었는데……."

희복은 커피가 담긴 종이컵을 입으로 가져가다 말고 더듬더듬 물었다.

"하세요."

"혹시 독심술 같은 거 배운 적 있으세요?"

"없어요."

"아니 그런데 어떻게 사람 속을 그리 잘 읽으실 수가 있어요?"

"얼굴에 다 쓰여 있으니까."

"제 얼굴에요?"

"그래요."

희복은 종이컵에 담긴 커피를 꿀꺽꿀꺽 들이켰다. 김 선생의 대답이 성에 안 차는 눈치였다.

"제 직업상 표정 관리에 상당히 신경을 쓰는 편이 거든요?"

"그렇겠죠."

희복은 이마를 긁적였다. 찜찜했다. 설마……. 하고 시작하는 부정적인 추측이 그의 목덜미를 물어뜯기 시작했다.

"차 유하 환자님, 오늘 스케일링하셨습니다. 만족하셨나요?"

'아줌마, 웃지 마. 제발!'

"그럼요."

"다음 예약 잡아드릴까요?"

'꼴 보기 싫은 아줌마 면상 때문에라도 치과를 바꾸던가 해야지!'

"제가 언제 시간이 날지 몰라서요."

아예 '아줌마'라고 칭하며 몰래 빽빽거리던. 순간순간이 하나둘 떠올랐다. '천회만회'라고 한다면 생거짓말이겠지만. 그래도 일말의 뉘우침 같은 게 깊은 곳에서 보글거렸다.

"가끔 속으로 구시렁거리는 거 진심 아니에요. 리액션. 당연히 리액션이죠. 하도 사람들한테 치이다 보니까. 이해하시죠?"

"이해해요."

그러나. 희복은 꺼림칙한 기분을 떨칠 수가 없었다. 뭔가 담백하지 않고 끈적거렸다. 비위에 거슬리는 느끼함이라고나 할까. 일목요연하게 설명하기 힘든 기운이. 봄바람을 타고 몰래 흘러들어왔다.

치르르르르르르르르르 치익칙.

멀리서 매미 소리가 가늘게 들렸다. 희복은 고개를 쌍방으로 내저으며 주위를 둘러보았다. 어둠이 내린 공원은 잔잔하고 고요했다. 별안간 휘잉 바람이 불어왔다. 하얀 벚꽃이 꽃비가 되어 어지럽게 흩날렸다.

"궁금해요?"

긴 침묵을 깨고 김 선생이 물었다. 금세. 희복의 얼굴빛이 밝아졌다. 반가운 기별이라도 받은 것 같았다.

치르르르르르르르르르 치익칙.

매미 소리가 차츰 가까이 다가왔다. 희복은 새끼손가락으로 귀를 후볐다.

"왜 그래요?"

"혹시 무슨 소리 안 들리세요?"

"소리요?"

"매미 소리 같기도 하고. 잘못 들었나?"

"매미 소리로 들리나요?"

"들리세요?"

김 선생의 얼굴 위로 묘한 낯꽃이 만개했다.

눈알이 희번덕거리며. 눈꼬리가 양옆으로 쭉 찢어졌다. 핏기 없던 입술은 거무죽죽하게 변했다. 홀연 왜 바람이 불었다. 훌훌 날리는 벚꽃 사이로 고약한 악취가 풍겨왔다. 희복은 급히 코를 막았지만. 깊게 스미는 나쁜 냄새에 숨을 쉴 수가 없었다.

치르르르르르르르르르 칙칙칙치치익. 치치치치이익.

사방에서 칙칙 거리는 소리가 쉼 없이 들려왔다. 마치. 매미 소리에 포위된 것만 같았다.

희복은 정신이 혼미해졌다. 의식이 흐려졌다 또렷해졌다. 하는 현상이 반복되었다. 산란한 시야 틈새로. 비틀어진 입 양쪽 구석이 귀밑까지 올라붙은. 김 선생의 흉측한 낯짝이 보였다. 앞으로 내민 아래턱에는 날카로운 이빨이 촘촘하게 나 있었다. 들쭉날쭉한 모양이. 마치 엉성하게 만들어진 톱날을 보는 듯했다.

벌어진 톱니 사이로 날름대는 혓바닥이 어렴풋이 나타났다. 상하좌우로 빠르게 휘돌리는 그녀의 혀는. 독을 품고 꿈틀대는 방울뱀의 꼬리와 흡사했다. 희복은 문득 김 선생의 싸늘한 입술이 가까이 다가오는 것을 알아차렸다. 희복은 "싫어! 싫다구!" 하고 크게 외치고 싶었지만. 그의 목구멍에서는 아무 소리도 나오지 않았다. 고장 난 스피커였다.

"방정맞은 뇌 단속을 하지 않은 벌이야!"

김 선생은 희복의 마른 입술을 잘끈 깨물었다.

"아아아악!"

감내하기 힘든 아픔이 희복의 전신을 친친 둘러 감아 쌌다. 요동치는 포식자의 힘이었다. 그 격렬한 움직임에 희복은 멀미를 느꼈다. 회오리처럼 일어나는 수천 송이의 꽃보라로 생긴. 꽃 멀미 인지도 몰랐다. 희복은 목울대 너머로 치미는 구토를 참기 힘들었다. 급기야. 울렁거리는 가슴을 부여잡은 두 손이 힘을 잃고 그와 함께 땅바닥으로 추락했다.

희복은 뺨을 때리는 쌀쌀한 밤바람에 눈을 떴다. 더 이상 매미 소리는 들리지 않았다. 코를 찌르던 지독한 냄새도 사라졌다. 다만. 희복의 눈앞에는 단정한 자세로 앉아있는 김 선생만 있을 뿐이었다.

"매미의 삶에 대해 들어본 적 있어요? 알에서 부화한 유충은 흙 속으로 들어가 대략 칠 년이라는 기간에 걸쳐 네 차례 변태를 거듭한 후 굼벵이가 되어요.

……그런 굼벵이가 허물을 벗고 매미가 되는 데엔 단 몇 시간이 걸릴 뿐이에요. 그리고 온전한 매미의 모습으로 한 달 정도 살다가 속된 말로 뒈지고 말아요. 특히 수컷 매미는 그 처량한 울음소리를 내기 위해 몸의 반절 이상이 텅 비워져 있기까지 해요. 황당한 녀석이죠."

김 선생은 불쑥 매미 일대기를 입에 올렸다.

"당신이 원하는 모든 것을 가질 수 있어요. 돈, 명성, 힘, 그 어떤 것이라도. 물론 조건이 있어요."

"……."

희복은 눈동자만 이리저리 굴렸다. 겁먹은 아기 사슴의 눈망울 같았다.

"모든 걸 가질 수 있다니까!"

"조건이…… 뭔가요?"

희복은 딱딱하게 얼어붙은 입술을 간신히 뗐다.

"매미 채집을 떠나세요. 갓 허물을 벗은 발정 난 수컷 매미."

한봄 밤의 악몽이 비롯되었다.

minnim

다섯 번째 이야기

비행 원숭이 조련사

(The Handler Of Flying Monkeys)

minnim

1

첫인상.
나쁘지 않았다.

방실거리는 눈웃음.
동글동글한 얼굴.
토실한 볼에 오목하게 패인 보조개.

귀여운 편에 속했다. 전형적인 강아지상이었다. 아무튼 평균 이상이었다. 나는 이 기막힌 반전에. 하마터면 박장대소할 뻔했다. 그럴 만한 사연이 있었다.

찢어진 눈.
불거진 광대뼈.
두리뭉실한 주먹코.

기다란 주걱턱.

콧방울 옆에 붙어 있는 돌쇠 점…….

'인상주의 작가의 작품 속 인물들이냐고? 어이쿠!'

아니었다. 다름 아닌. 동생 녀석을 거쳐간 과거 여자들의 특징이었다. 하나같이 '개성'이 넘쳤다. 좋게 말해 개성이지. 그냥 못난이들이었다(한 번은 "넌 눈깔이 발가락에 달렸냐?" 하고 동생을 몰아붙인 적도 있었다). 그에 비하면. 그녀는 최상의 미모를 자랑했다. 동생 녀석이 제법 용하게 낚은 듯이 보였다. 아무렴. 그때는 그랬다.

그렇지만. 지금은 사정이 달랐다. 다른 정도가 아니라. 하늘과 땅 차이였다. 난데없이 불쑥. 그녀의 입에서 '쓰레기'라는 말이 터져 나왔을 때. 번뜩 알 수 있었다. 나의 생존을 위협하는 괴물이라는 것을.

그녀는 야무진 맛이 없었다.

요리도 서툴고. 칼질도 엉성했다. 바느질은 할 줄도 몰랐다. 단추가 떨어진 셔츠나 외투는 모아 두었다가 수선을 맡긴다는 소리에. 속으로 혀를 찼다. 이렇듯. 빈틈 투성이었다. 게다가 왼손잡이라. 무엇을 하든 어색하기만 했다. 동생 녀석은 "하는 일 외에는 무관심해서 그래." 하고 둘러댔다.

"하는 일이 뭔데?"

동생은 '인간 체험'을 탐구하고 분석하는 일을 한다고 했다.

'인간 체험?'

무슨 말인지 납득이 쉽지 않았다. 더 물어보았지만 마찬가지였다. 개괄적 설명만으로는. 이해하기 벅찬 전문 직종이었다.

여럿이 대화를 나누면. 그녀는 주로 듣기만 하는 편이었다. 반면. 호기심이 많아 늘 질문이 넘쳐났다. 가끔씩. 나는 그녀가 던지는 물음에 말문이 막히기도 했다. 답을 몰라서가 아니었다. 당황해서였다. 그럴 때마다. 나는 허허 웃음으로 대충 덮어야 했다.

우연한 기회에. 독립 영화에 출연을 한 적이 있었다(아무리 작고 허접한 영화라도 주연이라는 제안을 마다할 이유가 없었다). 예술가라면. 표현의 폭을 넓히고 싶은 것이 당연했다. 그런데. 웃기는 게 사람 마음이라고. 스크린에 비친 내 모습을. 주위 사람들이 보는 것을 원치 않았다. 가능한 비밀에 부치고 싶었다. 특히. 가족에게는 알리고 싶지 않았다. 그래서. 가명까지 썼다. 그런데 어쩌다 알게 된 동생 녀석이. 나불거리고 말았다. 철저했던 계획은 그렇게 날아가버렸다.

"어떤 역할을 맡았나요? 저승사자? 쇼맨? 왕?"

그녀의 질문이 어김없이 빗발쳤다.

"악역."

"나쁜 남자인가요? 부인 몰래 바람이라도 피우는?"

나는 아랫입술을 깨물었다. 그녀에게 한 대 얻어맞은 것 같았다. 그 와중에 동생 녀석은. "어떻게 알았어?" 하고 박수까지 쳐댔다. 못난 놈.

"응. 신선하고 재미있었어."

"그래요?"

그녀의 표정을 잊을 수가 없었다. 환하게 반짝이던 그녀의 두 눈. 어찌 보면. 아이처럼 해맑았다. 그러나 그 순간. 나는 등골이 섬뜩해지는 것을 느꼈다. 투명하고 또렷한 눈알은. 굽이지고 으슥한 곳을 후벼대는 것만 같았다.

'사귄다고 다 결혼하는 건 아니잖아.'

그때부터였는지도 몰랐다. 남몰래 빌었던 시점이. 동생과 그녀의 관계가 끝장나기를.

2

나의 간절한 기도에도 불구하고.

동생 녀석과 그녀는 결혼을 했다. 꽤 성대한 결혼식을 치렀다. 약혼 여행으로는 성에 안 찼는지. 신혼여행도 유럽으로 갔다. 돌아와서는 차도 샀다. 그것도 중형차였다.

'월세 주제에 무슨 차야? 분수를 알아야지!'

그런데 얼마 안 가서. 집도 장만했다. 인생 선배의 '가르침'을 무색하게 했다. 모든 게 내 기준을 훌쩍 뛰어넘었다.

"얼마나 버냐?"

"그냥, 뭐⋯⋯."

쉽사리 입을 열 분위기가 아니었다.

"억 대는 버나 보지?"

"일 오래 했잖아."

나도. 내 분야에서 20년 이상은 굴렀다. 많은 사람들이 공감하겠지만. 경력의 길이와 돈벌이는 별개의 문제였다. 동생 녀석의 우물거리는 꼴을 보아. 벌이가 괜찮은 게 분명했다. 다음 기회를 노리기로 했다. 나에게는 중요한 사안이었으니까.

뭐니 뭐니 해도. 가장 눈엣가시처럼 거슬렸던 것은. 동생의 행색이었다. 누가 봐도 특징이 없고 무난하던. 동생의 외모에 커다란 변화가 일었다. 출발은 헤어스타일이었다. 밋밋한 회사원에서 반 연예인으로 탈바꿈하고 있었다. 뭐라고 하고 싶었지만. 예술인이라는 명분 아래 단발머리를 고수하던 나는 혀를 깨물어야만 했다. 동생의 일탈은 계속되었다. '튀는' 옷도 과감하게 입기 시작했다. 스키니진은 물론이고. 특이한 디자인도 너끈히 소화했다. 심지어. 양말도 알록달록한 것들로 바뀌었다. 거무죽죽 걸레 같은 면양말만 신던 녀석이! 이후. '탈평범'을 슬로건으로 내걸었던 내 옷들은. 한순간에 누더기로 전락하고 말았다. 인간 만사 새옹지마라더니.라는 옛 속담이 자동으로 튀어나왔다. 그렇게 동생 녀석은. 정상 궤도에서 이탈해 껑충껑충 날뛰었다. 상향 조정된 동생의 스타일 때문이었을까. "동생 분이 멋지시네요." 하고 말하는 사람들이 생겨날 지경이었다. 30년이 넘도록. 들어 본 적이 없는 언급이었다. 어렸을 때부터 세련된 멋쟁이는. 언제나 '나'였다. 그런데. 역전의 상황이 발생한 것이었다.

"그런 옷은 어디서 사는 거냐?"
결국. 나는 참지 못하고 동생 녀석을 붙잡고 물었다.

"몰라."

"몰라?"

"사서 주면 입는 거라서 난 몰라."

'인간 체험'이나 파는 줄만 알았다. 패션이나 스타일링에 소질이 있는 줄이야. 그도 그럴 것이. 그녀가 입는 옷은 검은색이나 회색이 대부분이었다. 그 옷이 그 옷 같았다.

'대리 만족이야, 뭐야?'

내 궁금증이 까딱거렸다. 와이프를 조종해서라도 알아내고 싶었다.

"주말에 같이 쇼핑이라도 가지 그래?"

"쇼핑이 세상에서 젤 싫대."

"엥?"

"붐비는 곳에 가는 걸 싫어하더라고. 완전 집순이야."

집순이.

와이프는 그녀를 그렇게 불렀다. 철마다 산으로 바다로 떠나는 사람이 집순이라니. 집구석에만 박혀 있는 사람 치고는 여행을 무척 즐기는 듯했다. 도무지 사리에 맞지 않았다. 와이프의 도움이 더 필요했다.

"주말에 할 일 없으면, 이 기회에 우리랑 교회라도 같이 가자고
해 봐."

"무신론자인데 가겠어? 그리고 주말에 바쁘대."

집안이 불교라는 말을 들은 기억이 있다. 그래서. '나일론 불자'
정도로 여겼다. 무신론자. 거기까지는 미처 생각하지 못했다. 그러
고 보니. 낌새 챌 기회가 없었던 것은 아니었다.

"그래서 신은 존재하나요?"

"당연하지. 그분은 나와 항상 함께 하시니까."

"그렇군요."

초롱초롱 빛나던 그녀의 두 눈.

그때도 같은 눈빛이었다. 꿈틀거리는 나의 내장을 칭칭 동여매
는. 살벌한 눈빛 말이다.

'이럴 때일수록 침착하게!'

나는 스스로를 다그쳤다. 옛 실력을 발휘해야 할 시간이었다.
새로운 인물을 위한. 포장 작업을 해야 할 타이밍. 다만. 포장지 선
택에 있어서 주의를 기울여야 했다. 너무 화려해도, 그렇다고 너무
칙칙해도 안 되었다. 옷 입기의 난위도 중 으뜸이 비즈니스 캐주얼
이라고 하지 않던가. 비슷한 맥락이었다.

예술가가 지녀야 할 덕목 중 하나를 묻는다면. 나는 서슴없이
'분위기'를 꼽았다.

재능, 창의력, 소통, 독창성…….

모두 개소리였다. 서로서로 베껴대는 것도 모자라. 자가 복제까지 서슴지 않는 세상이 아닌가. 실상은 '카피'지만. 그럴듯하게 '영감'라고 꾸며 댄다고 할 수 있겠다(과장, 반복, 점층, 열거, 대조, 미화 중 제일이 '미화법'이다). 따라서. 예술가라면 안갯속에 갇혀 있는 것을 즐겨야 한다는 것이. 나의 지론이었다. 자신을 감싸고 있는 분위기를. 적절히 다스릴 줄 알아야 한다는 뜻이었다. 거기에 '운'까지 덧붙여진다면. 베스트 시나리오였다.

잊고 있던 추억들이. 새록새록 돋아났다. 나의 '마력'에 도취되어 흐느적거리던 사람들이. 하나둘 떠올랐다.

'후훗! 내 희뿌연 속내를 헤아리기란 불가능에 가까웠겠지.'

비단 나뿐만이 아니었다. 보통 사람이 파악할 수 없는 사회가. 예인들로 뭉쳐진 공동체이지 않은가. '그들만이 사는 세상'이라는 말이. 그저 나온 것이 아니었다.

3

나는 심사숙고 끝에.

첫 번째 포장지를 엄선했다. '겸손'이라는 딱지가 붙은 포장지였다. 색상도 무채색으로 정했다. 그녀와 '코드'를 맞추는 것에 중점을 두었다. 끼리끼리 어울리는 것이야 말로. 인간의 오래된 습성에서 나오는 사회적 행동이 아니던가.

"어제 난 기사 보니까 수상 후보에 올랐던데?"

"으응……."

"와! 대단하다!"

"뭐가. 그깟 상. 다 주는 건데."

"아무나 막 주겠어? 그래도 상인데."

"아냐."

나의 반응이 시큰둥할수록. 식구들은 더 크게 떠들어댔다.

"상금 있어?"

"그런 거 없어."

"에이, 아무려면!"

"없다고."

나는 잘라 말했다. 돈에 관한 주제라면. 싹눈부터 뜯어 내야 했다. 돈도 없었지만. '가난한 예술가'라는 프레임을 벗어던질 단계가 아니었다. 멀고도 멀었다.

"얼마나 주니? 그래도 한 돈 백은 주겠지? 야, 뭐든 보상이라는 게 있어야지. 니가 얼마나 고생해서 하는 건데."

그러나. 눈치 없는 어머니는 멈출 줄을 몰랐다. 머릿속에 돈꽃이라도 만개한 것인지. 허구한 날 돈타령이었다. 나는 눈을 내리깔고. 턱에 힘을 꽉 주었다.

"오늘 저녁에 뭐 해 먹을까요?"

일명 '개코'의 소유자인 와이프가 수습에 나섰다.

"글쎄, 맛있는 게 뭐가 있을까?"

"아무거나."

"나도 상관없어."

"나도."

언제나 그렇듯. 간단한 결정 하나 내리지 못하고. 떠넘기기 바빴다. 결정장애. 우리 식구의 화끈거리는 민낯이었다.

"만두 어때요? 손만두. 만들어 본 적은 없는데, 재미있을 거 같아요."

내내 심드렁한 얼굴로 앉아 있던. 그녀가 작은 입을 오물거렸다.

'그렇지! 잘한다!'

깔끔한 결단력. 앞으로. 내 공식에 꾸준히 대입해야 하는 '수치'였다. 그러면. 근삿값을 쉽게 구할 수 있을 테니까.

내 예견이 적중했다. 생각보다 순진한 그녀는. 판만 깔아 주면 알아서 척척 움직였다. 더불어. 결정장애로 중무장된 식구들은 그녀의 지휘봉에 자연스럽게 휘둘렸다. 손 끝 하나 대지 않고 코 푸는 맛이 쏠쏠했다. '리더'의 계급장을 단 그녀는. 내가 그려 넣은 발자국을 따라 고분고분 스텝을 밟았다. 만물의 이치를 글로 배운. '헛똑똑이'의 표본을 보는 듯했다.

"처음치곤 굉장한데?"

"그래요?"

"소질을 타고난 것 같아."

"정말요?"

큰 그림의 완성을 위해서는. 칭찬을 처발라야 했다. 그녀가 나를 '매력적인 사람'이라고. 완벽하게 인정할 때까지. 고삐를 늦추어선 안 될 일이었다. 다시 말해. 암묵적인 협상이라고 할 수 있겠다.

'이 우주의 순환 법칙엔 일방통행이란 없지!'

나는 조금 더 깊숙이 들어가 보기로 마음을 먹었다. 다시없는. 절호의 기회일 수가 있었다. 시험 가동 삼아. 어리바리한 동생 녀석을 타깃으로 삼았다.

'어차피 나의 영원한 기니피그야. 어쩌면 그것이 네 인생의 참된 목적일 줄도 모르지. 알겠냐, 동생아?'

참된 목적. 이미 동생의 잠재의식 속에. 내재되어 있었는지도 몰랐다.

내가 11살. 동생이 8살 때였다.

학교 수업을 마치고 집에 도착한 나는. 대문 앞에서 서성이고 있는 동생을 발견했다.

"안 들어가고 뭐 해?"

"엄마 없어. 문도 잠겼어."

"그래? 곧 돌아오시겠지."

나는 가방을 벗고 현관 앞 계단에 앉았다.

"형……."

"왜 그래?"

"나 똥 마려."

"참아. 그 정도는 참을 수 있잖아."

"급해. 쌀 거 같아."

그 순간. 머릿속에서 번쩍하는 발상이 솟아올랐다.

"그래? 할 수 없지. 가방 이리 주고 저기 가서 싸."

나는 손가락으로 옆집을 가리켰다.

"사람들이 보면 어떡해?"

"내가 여기 앉아 있는 한 길에선 너 안 보여."

"진짜?"

"배우지 않은 넌 모르겠지만 원근법이라는 게 있어. 하여튼 안 보이니까, 걱정 말고 가서 싸."

내 말을 '주님의 말씀'처럼 믿은 동생은. 시키는 대로 움직였다. 옆집 앞에 자리를 잡고 바지를 내렸다. 그리고 똥을 쌌다.

30년도 넘은 일이 어제 일처럼 생생했다.

'엉터리 '원근법'이 통할 줄이야!'

나는 솟구치는 웃음을 간신히 참았다. 머지않아 마흔 줄에 들어서지만. 예나 지금이나 동생은 한결같았다. 내가 하는 말이라면 맹목적으로 믿었다. 쳐 놓은 덫에 걸려든 줄도 모르는. 미련한 멧돼지 같았다. 즉. 실천으로 옮기는 과정에 있어 막힘이 없었다. 복이라면 복이고. 운명이라면 운명이었다. 더욱 확실한 것은. 나는 어릴 적부터 '깜냥이 있던 놈'이라는 진리였다.

나는 테스트에 박차를 가했다. 시간이 날 때마다. 동생 앞에서 아티스트의 그윽한 내면을 연기했다.

예술적 고뇌, 불안한 미래, 불합리한 사회 구조…….

이상과 현실 사이의 갈등을. 철학적으로 접근하려고 애썼다.

마침내. 주 5일 출퇴근의 대가로 안정적인 삶을 살아가던 동생 녀석이. 꿈틀 하기 시작했다.

'브라보!'

녀석의 폐부에. 예술의 혼을 흠씬 불어넣을 틈새가 보였다.

"넌 은퇴하면 뭐 할래?"

"글쎄……. 모아 놓은 은퇴 자금이나 타서 먹고살겠지. 가끔씩 골프나 치고."

"남들과 똑같이 먹고, 싸고, 자고, 놀고. 그런 인생 의미 없다. 우리가 그러려고 태어난 게 아니거든."

"형, 안 그래도 요즘 갑갑해."

"뭔데 그래? 말해 봐."

동생 녀석은 직장인이 겪는 답답함을 호소했다. 봉급생활자의 무기력증과 우울감에 대해 토로했다.

'똥방귀 뀌고 앉았네! 네가 돈 없는 게 뭔지 모르는구나!'

절절한 헛소리에. 한탄스러울 뿐이었다. 그래도. 인내심으로 버텼다. 시작부터. 신성한 설계노에 똥칠을 할 수는 없었다. 다행히도. 동생의 허파는 풍선처럼 팽팽해지고 있었다. 이쯤이면. 거의 넘어오고도 남았다. 그러나. 나는 신중에 신중을 기했다. 왜냐. 동생 녀석 뒤에는 항상. 그녀가 버티고 서 있었기 때문이었다.

"화이트 컬러의 비애이지."

"화이트고 블루고 간에, 어쩔 땐 확 도망치고 싶어."

'빙고!'

동생 녀석은 은연중에. 해방과 탈출을 부르짖었다.

"자유롭고 싶구나."

나는 곧장 '설교'에 착수했다. 주옥같은 복음의 나팔수를 자청했다. 주제는. 인간 세계의 근본 원리와 삶의 본질이었다.

무위 자연설, 관심의 법칙, 힐링 에너지, 양자 물리학, 고차원의 세계…….

알아먹든 말든. 동생 녀석의 막귀에 꾸역꾸역 쑤셔 넣었다. 사고의 규격화를 위해서는. 주입식 교육만큼 알맞은 것이 없었다. 말할 것도 없이. 내가 정한 표준에 한하는 것이었다. 그리고. 얼마 지나지 않아서였다. 동생은 사직서를 던지고 회사에서 나왔다.

"꼬박꼬박 월급 타 먹는 게 얼마나 좋은 건데. 왜 그걸 걷어차고 나와!"

"앞으로 어떻게 먹고살려고 그랬대?"

"요즘 같은 때 외벌이로는 못 살아. 맞벌이를 해도 죽겠는 판국에."

"갑자기 무슨 바람이 들어서 그런 거야? 옆에서 꼬드기는 친구라도 있었던 거 아냐?"

식구들은 제각기 앞다투어 한 마디씩 해 댔다. 여하튼. 도움이 되질 않았다. 깽판이나 치지 않으면. 고마울 따름이었다. 나는 눈을 돌렸다. 그녀는 떠들어대는 식구들 틈바구니에서. 조용히 앉아만 있었다. 아무 감응도 없는 듯. 시종 무표정했다. 흔한 추임새조차 넣을 생각이 없어 보였다. 그러던 그녀가. 드디어 침묵을 깼다.

"백 세 시대잖아요. 직장 생활이 영원한 것도 아니고. 평생 직업을 미리 찾는 게 현명한 걸지도 몰라요."

과연. 명대사였다.
'아멘!'
공을 들인 효과가 있었다. 그녀의 호감을 샀을 뿐만 아니라. '신뢰'와 '신망' 등의 찬양이 남발하는 높은 평가가 매겨졌음이 틀림없었다. 대단히 고무적인 출발이었다.
'협상이 이런 거야. 내가 널 우쭈쭈 해 주면, 넌 나를 곧이곧대로 신봉하는.'
나는 살그머니 쾌재의 미소를 띄워 올렸다. 속사정까지 일일이 알 수는 없어도. 동생의 탈선을 그녀가 받아들였다고 자신할 수 있었다. 나는 그녀의 포용성에 경의를 표했다. 또한 그 관용과 이해는. 그녀의 고액 연봉에서 비롯된다는 점을. 다시금 확신할 수 있었다('죄책감' 따위는 상실해야 했기에. 튼튼한 가정 경제는 절대 전제 조건이었다).

나는 두 번째 포장지를 뽑아 들었다. 이번에는. '예술'이라는 꼬리표를 달아보기로 했다. 색깔도 은은한 파스텔 계통이 딱일 것 같았다. 봄비를 맞고 부풀어 오르는. 꽃망울 같은 느낌을 연출해야 했다. 터질 듯 말 듯. 간질간질 조바심이 일어나게 말이다. 서둘러 각본을 쓰고 캐스팅을 진행했다. 역시나. 동생 녀석이 주역으로 낙점되었다. 그녀는 완미의 경지에 이른 걸작품을. 감상만 하면 될 일이었다. 나는 지체 없이 '플롯'을 짰다.

하나. 내가 속한 그룹에 가입시킨다. 단. 포지션은 '내 동생'에 준한다.

둘. 동생의 역량이 통할 경우. 무임승차한다.

그렇다고 평생 깔고 뭉갤 수 있다는. 낙관적 전망에만 배팅을 할 수 없었다. '플랜 B'는 필수였다.

마지막으로. 동생의 역량이 통하지 않을 경우. 하차한다.

기본 강령이 세워졌다. 그동안 갈고닦은 연습과 훈련이. 빛을 발할 때가 되었다. 리모트 컨트롤 버튼을 신나게 눌러댈 기대감에. 가슴 한구석이 두근두근 설레었다. 먼저. 준비한 극본대로 모든 모임에 동생 녀석을 달고 갔다. 공적인 자리든 사적인 만남이든. 가리지 않았다. 나의 인맥을 총동원한다는. '순수한 의도'를 각인시켰다.

대신. 사용료는 지불해야 했다. 자본주의 사회에 적용되는 법칙이 아니던가. 마침. 동생은 잔눈치에 매우 밝았다. 흔쾌히. 운전사, 요리사, 가정부, 매니저, 비서의 역할을 자청했다. '내가 니 시다바리가!' 하고 따지고 드는 대사는. 영화 속에서나 나올 법한 삐딱한 태도였다. 강요는 일절 없었다. 순전히 자발적인 행동이었다. 그로부터 그리 오래 걸리지 않았다. '딴 세상'에 발을 들인 동생의 가슴에. 서서히 진한 거품이 일기 시작했다.

"창작에 몰두해 보고 싶은데. 어떻게 생각해?"

"그래? 아이디어는 있고?"

"전부터 구상만 하던 게 있긴 하거든……. 근데, 형. 내가 할 수 있을까?"

"당연하지! 못 할 게 뭐가 있어? 첨부터 예술가 명함 물고 태어나는 사람 있냐?"

동생 녀석의 섣부른 의욕에 불을 붙여야 했다. 활활. 그래야만 '무임승차'가. 하루속히 실현화될 수 있었다(동생이 이루고 싶은 분야가 내 오랜 꿈이었기에. 해 볼 만한 가치가 있었다).

"앞으로 열심히 하기만 해. 내가 도움을 줄 수 있는 사람들을 소개해 줄 테니까."

"고마워, 형. 이 악물고 끝까지 갈게."

끝까지.

나는 이 대목에 주목했다. '충성 맹세'나 다를 바 없었기 때문이었다. 승리의 깃발을 흔들 시간이. 성큼 다가왔음을 알 수 있었다.

'들었냐? 네 남편이기 훨씬 이전에 내 동생이야. 맘대로 껴들 수 없는 게 우리 둘 사이라고!'

'신봉자'에 이어. '귀의자'까지 얻었다고 생각하니. 입이 째졌다.

동생은 다짐한 대로 '창작'에 전념했다. 낮이고 밤이고. '구상 단계'에 머무르던 아둔한 씨앗에. 싹을 틔어 보려고 몸부림쳤다. 비록. 허황된 망상일지라도 말이다. 더 유쾌한 일은. 그녀가 응원 중이라는 사실이었다. 나는 으쓱으쓱 어깨춤이라도 추고 싶었다. 확성기를 들고 "내가 참된 위너다!" 하고 외치고 싶었다. 우월감에 젖어드는 기분만큼. 행복한 것이 없었다. 최고였다.

나라는 탁월한 인재가. 거기에서 그칠 리가 없었다(괜히 주춤거렸다간 낭패를 보기 십상이니까). 이럴 때일수록. 더욱 대담해져야 했다. 칼을 빼 든 상황에서. 종이라도 베어야 하지 않겠는가.

"저 여자는 누구야?"

"추종자."

"뭔 소리야?"

"지가 좋다고 나대는 골 빈 애야."

"형, 설마⋯⋯."

"내가 돌았냐? 얌마, 쬐끔 받아주는 거뿐이야."

선과 악의 경계를 무너뜨리는. 과정 중 하나였다. 비정상을 정상으로 바꾸기 위한. 불가결한 절차였다. 나는 동생 녀석의 '추종자'가 될 만한. 여인들을 엄선했다. 밝혀도, 멍청해도 탈락이었다. 상당한 지적 수준과. 뛰어난 유머 감각을 갖추어야 했다. 겉보기엔 느릿느릿 곰 같은 녀석이. 생각보다 엄청 까다로웠다. 성형 수술 중독녀, 흡연 애호녀, 입방정 가십녀 등등. 하찮은 명목으로 접근하는 족족 냉랭하게 굴었다. 한술 더 떠서. 왼손 약지에 둘러진 반지로 방패막이를 하려 들었다. 오히려. 내가 결혼반지를 끼지 않는다는 같잖은 이유로. 역정까지 냈다.

'젠장! 호강에 겨워 까불고 있네!'

그녀를 만난 이후. 미각만 훌쩍 발달된 것 같았다. 싸구려 입맛에 길들여져 있던 녀석이. 어느새 미슐랭 가이드 별점이나 따지고 있는 형국이었다. 대책을 궁리해야 했다.

'들키면 온 동네 망신살로 그칠 리 없지.'

눈을 까뒤집고 덤비는. 와이프의 소름 끼치는 모습이 저절로 그려졌다. 어설프게 밀고 나갔다가는. 역풍을 맞을 수도 있었다. 일단. 동생 녀석을 위한 '추종자 모집'은 보류했다. 사안이 사안인 만큼. 유연하게 대응했다.

더 늦기 전에. 세 번째 포장지를 마련해야 했다. 나는 적합한 레이블과 컬러를 강구하는 것에. 온 신경을 모았다. 밤낮으로 머리를 굴렸다.

"집에 혼자 있을 땐 주로 뭐 하냐?"

"별 거 안 해. 영화 보고, 음악 듣고."

"그게 다야? 들었는데, 쇼핑 같은 것도 관심 없다며?"

"응. 시간 아깝다고 싫어해."

"영 심심과 네."

"정작 본인은 하나도 안 심심해해. 어쩌다 퍼즐 같은 거 붙들면 하루 종일 하고 그래."

퍼즐. 동생 녀석 말에 의하면. 낱말, 숫자, 그림 맞추기 등. 그 종류를 가리지 않는다고 했다. 그녀는 그깟 지적 만족도나 얻으려고. 여가를 십분 활용하는 별종이었다. 거기에 덧붙여. 잡식성이었다 (MBTI 성격유형 중 가장 이중 인격자스러운 종족이라는 INFJ에 베팅해 볼 만했다).

'그래 봤자 급급한 발버둥질 아니겠어? 자기만족에 사로잡힌 루저의 발악.'

"그래도 항상 고마워. 나를 든든하게 받쳐 주고 있으니까."

"……."

"누가 그러는데 도를 닦고 있는 건지도 모른다고. 그러니까 어서 내가 성공해야지."

"……."

기대에 한참 미치지 못하고 있는 동생 녀석의 실적에. 이맛살이 찌푸려졌다. 훌륭한 조력자의 자세가. 형편없이 흐트러지고 있었다. 열등생의 초라한 성적표를 마주하는 듯했다. 파괴적인 퇴화 현상의 조짐을 보였다. 기합이 잔뜩 들어도 될똥말똥한 시기에! 궁극의 처방이 내려져야 했다.

'특수 포장지를 써먹을 때야!'

정해진 표 딱지와 색은. 더 이상 의미가 없을 것 같았다.

'그렇다면 카멜레온이 되는 수밖에.'

주위의 환경과 온도에 따라 시시각각 변한다는. 못생긴 파충류의 특성을 흉내내기로 했다. 그녀의 움직임에 발맞추어. 바로바로 작전을 가동해야 했다.

"요즘 자주 피곤하다고 그러네."

그녀의 컨디션이 나쁜 것 같다며. 동생은 통통한 얼굴에 걱정의 빛을 띄웠다. 최근 부쩍 늘어난 '인간 체험' 업무에. 불만이 가득했다. 신속히 동생의 이목을 옮겨야 했다. 그녀로부터 내게로.

"지난주에 정기 검진을 했는데, 찜찜해 죽겠다."

"왜?"

즉시 먹혀들었다.

"요즘 들어 아랫배가 자주 아프고, 가스가 차는 게……."

"큰 병은 아니겠지?"

"사람 일은 모르는 거야. 내일을 알 수 없는 게 인생인데. 만에 하나 중병이면…… 휴……."

　나는 의미심장한 눈짓을 흘렸다. 이렇게. 동생이 하나를 내밀면. 나는 둘을 내놓았다. 이것이. 카멜레온 전술이었다. 나의 전략은 적중했다. 아슬아슬하긴 했지만. 동생은 내 주변에서 빙빙 맴돌았다. 보이지 않는 인력에 이끌려. 공전과 자전을 되풀이했다. 차츰차츰. 동생과 그녀 사이에. 보이지 않는 간극이 어렴풋이 드러났다.

　'옳지! 넌 나만 바라보는 해바라기란 걸 잊지 마!'

　외야의 펜스를 넘어가는 '굿바이 홈런'이. 점차 선명하게 그려지고 있었다. 그러던 어느 날이었다.

　"형, 전생 체험이라고 들어 봤어?"

　"그게 뭔데?"

　"최면 요……"

　"아, 뭔지 알아. 최면으로 전생을 들여다보고 그러는 거?"

　"아는구나."

　"근데 왜?"

　동생은 가방에서 책 한 권을 꺼내 들었다. 〈미스터 브라우닝〉이라는 타이틀의 소설책이었다.

　"무슨 내용이야?"

　"나도 읽다 말았는데, 흥미롭긴 하더라고."

　"흥미진진이라……."

　나는 책장을 후드득 넘겼다.

　"옆에서 하도 재밌다고 노래를 불러서 시작은 했는데. 형, 알잖아. 나 책하고는 사이 별로인 거."

그녀의 추천 도서. 으레 확인해야 했다.

"그럼 책벌레인 내가 읽어 볼까?"

나는 책을 기꺼이 받아 들었다. 'A Guy Who Had Many Names'라는 부제로 보아. 외국 도서인 듯했다. 첫 페이지를 펼쳤다.

무의식을 의식하게 될 때까지 무의식은 우리 삶을 지배할 것이고, 우리는 그것을 운명이라 부른다.

'어쭈구리!'

심리학자 칼 구스타브 융(Carl Gustav Jung)의 인용구까지 정성스레 써넣어져 있었다.

'뭘 이리 첫 장부터 고매하고 심오한 체하는 거야?'

나는 콧방귀를 탁 뀌었다.

'그래도 읽어는 봐야지.'

그랬다. 적을 알고 이편을 알면 백전.이라는 명언이 있듯이. 이 대결에서 길이 남을 위대한 승전보를 남기기 위해서는. 그녀의 뇌 구석구석을 헤집어 보아야 했다. 병법의 기본이 아니던가. 나는 손가락에 침을 묻혀가며. 책장을 부지런히 넘겼다.

낚시질은 생각보다 훨씬 수월했다.

처음부터 대어가 쉽게 낚였다.

입질이 왔을 때 느껴지던 손맛은 아직도 잊을 수가 없지!

나도 모르게. 빙그레한 미소를 짓고 말았다. 소설 속 주인공 '저스틴 브라우닝'은 나와 닮은 면이 있었다. 초반부터. 끈끈한 전우애 같은 감정이 피어났다.

나는 태생이 수나비란 말이다.
이 운명의 덫에 그녀가 덥석 걸려든 것이 화근이었다.

특별히. 이 부분이 마음에 들었다. 흡족하기까지 했다. 참으로 오랜만에. 독서의 묘미를 만끽할 수 있었다. 나는 속도를 내었다.

<u>'춤추는 문어발'쯤이야 아주 가뿐하지.</u>
<u>나무에 열린 풋사과들을 영글게 만드는 것은 관심과 사랑이</u>
<u>니까.</u>

감동적이었다. 눈물까지 찔끔 자아내는 뭉클한 문구에. 나는 굵은 밑줄까지 쳤다. 나와 비슷한 놈이. 소설 속 세계에서 살아 숨 쉬고 있었다. 놈과 만나면 얼싸안고. 밀린 회포라도 풀고 싶었다.

엘렉트라는 의자 팔걸이를 양손으로 짚고는 상체를 앞으로 굽혔다.
브이(V) 자로 깊게 파인 가운 사이로 부풀어 오른 그녀의 젖가슴이 고스란히 노출되었다.

읽어 내려갈수록. 형체도 없는 여주인공의 자취가. 나비처럼 날아들고 있는 것만 같았다. 작가는 멀쩡한 사람을 흥분하게 만드는. 묘한 재주가 있었다. 나는 감히 장담할 수 있었다. '엘렉트라' 같은 여인이 실제로 존재한다면. 홀릴수 밖에 없을 것이라고.

"인공 수정에 의해 만들어진 생명이라도 엄연한 당신의 핏줄이죠. 게다가 사정한 정액은 당신의 마지막 선물이기도 했으니까."
나는 참을 수가 없었다. 당장이라도 달려가 엘렉트라의 못된 입을 틀어막아 버리고 싶었다.
마구잡이로 날뛰는 그녀의 사악한 혓바닥을 한입에 삼키고 싶었다.

'이것 봐, 이것 봐.'

감탄이 절로 나왔다. 솜씨가 상당했다. 알싸한 매운맛을 거침없이 구사하는 모양새가. 자극적인 사고력을 품고 있는 '어둠의 형제' 같았다.

동생 녀석의 책 소개 대로였다. 주인공 놈은 기억에도 없는 전생을 헤매며 쏘다녔다. 기원전 1억 6671만 년 전을 위시해서. 16세기 튜더 왕조 시대와 13세기 자야바르만 7세 시대를 아우르는 해괴한 여행을 하느라 바빴다. 심지어. 아메리칸 인디언의 생도 포함되어 있었다. 이것에 비하면. 〈이상한 나라의 앨리스〉는 사건도 아니었다. 숱한 해프닝에 불과했다.

컴퓨터 화면을 가득 채운 숫자들 앞에는 파산을 암시하는 마이너스 부호가 못된 뿔처럼 달려 있었다.

나도 모르는 사이에 피눈물이 눈앞을 붉게 물들였다.

'원! 투! 스트레이트!'

앞부분에서 어머니를 잃은 것도 부족했는지. 이제는 파산 직전에 몰렸다. 엎친 데 덮친 격이었다. 한방에 훅 간다는 게. 진정 이런 것인가 싶었다. 덩달아. 주인공 놈의 인생이 가엾고 불쌍하게 느껴졌다. 분명히. 첫맛은 달았는데 갈수록 씁쓸해졌다. 나는 책을 덮었다. 웬일인지. 읽기가 싫어졌다. 끝내려면 반이나 남아 있었지만. 끝끝내. 다음 장으로 넘어갈 수가 없었다.

4

"책 어땠어요? 신비하고 다채롭죠?"

만나자마자. 그녀가 쪼르르 달려왔다. 못 보던 사이에. 다소 핼쑥해진 것도 같았다. 나는 눈길을 떨어뜨렸다. 그녀의 옆구리에 단단히 끼어 있는 퍼즐 책이 보였다. 얼마나 풀어댔던 것인지. 책 가장자리가 나달 나달 했다. '퍼즐 광' 정도로는 충분치 않을 듯했다. 요즘 말로 '덕질의 끝판왕' 급은 되었다.

"복잡한 수수께끼를 풀어 가는 느낌 아니던가요? 나름 긴장감도 흐르죠? 스릴러물도 아닌데."

아니나 다를까. 질문 공세가 쏟아졌다.

"괜찮았어. 좋은 책 추천해 주어서 고마워."

차마. 완독 하지 못했다는 말은 할 수 없었다. 아무리 보잘것없는 경쟁이라도. 질 수 없었으니까. 결단코.

"정말요?"

"그럼."

나는 최대한 짧고 명확하게 응답했다. 그러고는 아무렇지도 않은 척. 태연하게 크래커에 치즈를 얹어 먹었다. '대화 단절'의 의지를 시사하는. 나의 배려였다.

"그런데 저스틴 브라우닝, 제대로 쓰레기 아닌가요?"

나는 입 속에서 뒹굴던 크래커와 치즈를 꿀꺽 삼켰다. '예스'라고 해야 할지, '노'라고 해야 할지. 혀끝에서 에돌기만 뿐. 아무 말도 나오지 않았다.

"그토록 입 아프게 알려 주는데도, 반성이란 없잖아요."

"으흠!"

나는 헛기침으로 목청을 가다듬었다.

"옆에서 눈 뜨고 당하기만 하는 인물들이 너무 안쓰럽고 딱하더라고요."

"그치……."

어쩔 수 없었다. 그녀의 입을 닫기 위해서라면. 뭐든지 해야 했다.

"나한테 걸렸으면, 진작에 게임오버였을 텐데. 이래 봬도 내 분야에선 킬러로 통하거든요."

왜 그랬을까. 별안간. 소설 속 구절이 물결처럼 너울거렸다.

엘렉트라는 눈을 크게 뜨며 물었다.
그녀의 빨려 들어갈 듯한 커다란 눈은 공포스럽기까지 했다.

나는 눈을 들어 그녀를 흘겨보았다. 지금. 내 앞에 떡하니 앉아 있는. 그녀의 눈과 몹시 흡사했다.

"전부터 내가 어떤 일을 하는지 많이 궁금했잖아요. 인간 체험. 이젠 아셨죠? 별 거 아니에요."

나는 머리를 흔들었다. 그녀가 무슨 말을 하는지. 도통 알아들을 수가 없었다. 어안이 벙벙할 뿐이었다. 그 순간이었다. 느닷없이. 그녀는 몸을 푹 수그렸다. 그리고. 내 귓가에 입을 대고 소곤소곤 속삭였다.

"저스틴 브라우닝. 백만 년 만에 재회한 쌍둥이 형제 같지 않은가요? 상봉을 축하해요. 내가 찾아내느라 힘 꽤나 썼어요. 당신의 과거와 미래를 수도 없이 들쑤셔야 했거든요."

"무, 무슨……."

"주제도 모르고 설치는 장난질 금지. 구어체로 깩소리 말고 얌전히 있으라고요. 이혼 후 쪽박신세되는 거에 안 그치고, 하나뿐인 아들까지 잃고 싶지 않으면 말이에요."

그녀는 앙칼지게 쏘아붙였다. 마치 독이 오른 벌레의 울음소리 같았다. 나는 고개를 옆으로 휙 틀었다. 그러나 안타깝게도. 어떤 말도 목구멍에서 나오질 않았다. 그러는 사이. 그녀의 혓바닥은 쉴 새 없이 움직였다.

"온갖 노력을 다 하셨던데. 우와, 깊은 감동. 그런데 어쩌죠? 나 못 이길 텐데. 말했잖아요. 나 킬러라고. 미래에서 온 나르시시스트 킬러."

"……."

나는 벙어리 행세를 할 수밖에 없었다. 놀란 비둘기처럼. 벌떡벌떡 뛰는 가슴을 가라앉혀야 했기 때문이었다.

"그러니까 비행 원숭이 조련사 짓은 빨랑 접으세요. 말 안 듣는 원숭이…… 확 버릴 수도 있어. 잘 알아 들었죠, 미스터 나르시시스트?"

그러나. 방망이질을 해대는 어리석은 심장은. 좀처럼 잔잔해질 기미도 보이지 않았다. 너무나 돌연히 발생한 상황에. 사지마저 달달 떨렸다.

"아 참! 말한다는 걸 까먹고 있었는데, 그 책 내가 썼어요. 어때요? 이젠 앞뒤 아귀가 귀신같이 맞아떨어지죠?"

그녀는 퍼즐 책을 가슴 앞으로 끌어당겼다. 겉표지에 큼지막하게 박혀 있는 〈나르시시스트 정복〉이라는 제목이. 나를 향해 히죽히죽 비웃었다.

** 제목에 쓰여진 '비행 원숭이'는 플라잉 멍키(Flying Monkeys)라는 자기애적 학대(Narcissistic Abuse)에 관한 대중적인 심리학 용어에서 발췌했다. 플라잉 멍키는 나르시시스트(Narcissist)의 조력자로서 그들을 대신해 행동한다. 대부분 학대를 위한 목적의식을 동반한다.

여섯 번째 이야기

(바다가 보이는) 전망 좋은 방

1

날이 좋았다.

이틀 내내 내리던 비가 그친 하늘은 유난히 맑았다. 나는 호텔 로비에 앉아 바다 향이 물씬 나는 바람을 즐기고 있었다. 오고 가는 사람 구경도 빼놓을 수 없는 즐거움 중 하나였다.

"노 오션뷰 룸?"

그녀도 여느 고객들과 마찬가지로. '오션뷰 룸(Ocean View Room)'을 찾았다. 프런트 직원은 오직 반얀나무가 보이는 '가든뷰 룸(Garden View Room)'만 제공할 수 있다고 설명했다.

"와이?"

실망한 그녀는 눈을 동그랗게 뜨고 재차 물어보았다. 직원은 공사 중이라 어쩔 수 없다. 는 말만 짧게 던지고는 그녀에게 방 열쇠를 내밀었다. 열쇠고리에 매달린 작은 태그를 확인하던 그녀. 칠이 군데군데 벗겨져 있는 숫자를 보자마자 대뜸.

"또? 어휴, 지겨워!"

그녀는 눈을 살짝 찡그렸다. 성가시고 짜증이 나는 표정이었다. 어쩔 수 없지. 입을 삐죽 대던 그녀는 열쇠를 받아 들고 방으로 향했다.

쿵! 탁. 찰싹. 쿵! 탁. 찰싹.

그녀가 계단을 오르자 둔탁한 소리가 뒤를 이었다. 여행 가방 바퀴가 계단에 부딪히는 소리였다. 신발 바닥이 나무 계단을 울리는 소리이기도 했다. 신발 밑창이 그녀의 발바닥을 때리는 소리 또한. 애매하게 곁들여졌다. 여행 가방은 크고 무거웠다. 그녀는 계단 한 칸 한 칸 오를 때마다. 양손으로 가방을 힘겹게 들어 올렸다. 혼자 옮기기에 무척 버거워 보였다. 계절과 어울리지 않는. 발목까지 내려오는 레깅스와 두툼한 후드티도 한몫했다. 그나마. 이곳 날씨에 어울리는 플립플롭(Flip-flop)이라도 신고 있어 다행이었다. 밑창에 털이 달린 것만 빼고.
"무슨 호텔에 엘리베이터도 없어?"
겨우 계단 중간쯤 다다른 그녀가 투덜댔다.
"엘리베이터가 없으면 벨보이라도 있어야 할 거 아냐?"
불만거리가 그사이 세 가지로 늘었다.

어렵사리 2층에 도달한 그녀는 커다란 여행 가방을 돌돌 굴리며 긴 복도를 걸었다. 찰싹찰싹. 플립플롭 밑창이 발바닥을 때리는 소리가 그녀의 발걸음과 함께 보조를 맞추었다.

"십칠, 십구, 이십일……."

그녀는 방 번호를 훑으며 지나갔다.

"삼십삼, 삼십사, 삼십오……."

홀수로만 진행되던 방 번호가 33호실부터. 일련번호로 바뀌었다.

"제멋대로야."

그녀는 냉랭한 코웃음을 치며 코너를 돌았다. 더 이상 방 번호는 세지 않았다. 약간 느려진 듯한 속도로 묵묵히 걸어가던 그녀. 39호실 앞에서 멈추어 섰다.

그녀는 그렇게 호텔에 묵고 있는 11명의 투숙객 중 한 명이 되었다. 그중 8명은 커플이었고. 2명은 모녀였다. 나는 궁금했다. 홀로 이곳에 묵는 까닭이. 외모와 억양으로 미루어 짐작하자면 동아시아에서 여행 온 젊은 여성이었다. 옷차림을 보아서는 북반구에 살고 있을 확률이 높았다. 12월 2일. 그곳은 쌀쌀한 초겨울일 테니까.

방으로 들어산 그녀의 얼굴빛이 얼핏 밝아졌다. 바다를 연상시키는 색의 배합으로 꾸며진 실내 디자인에. 그럭저럭 만족하는 낌새였다. 비록. 바다가 보이는 전망은 없지만 말이다. 그녀는 휴대폰을 꺼내더니 사진을 몇 장 찍었다. 찍힌 사진을 살펴보던 그녀. 얼굴이 금방 굳어졌다.

'까닭이 뭘까?'

나는 훔쳐보고 싶어 안달인 마음을 억눌러야 했다.

"칙칙해."

그녀는 방 안을 요리조리 돌며 다양한 각도로 사진을 찍었다. 그러는 동안. 여행 가방은 짐짝처럼 이쪽저쪽 구석으로 밀쳐졌다. 전문 사진작가도 아닐 텐데(거대한 렌즈가 달린 카메라를 사용하지 않는 것에 근거한 나의 개인적 유추이다). 대단한 일념.이라는 말 외엔 다른 설명이 따로 필요 없었다.

"빛이 별로야."

그녀는 창가로 다가갔다. 창문 셔터를 활짝 열고는 힐끔 창밖을 내다보았다.

"뷰가 나쁘진 않네."

그녀의 첫 호평이었다. 여섯 번째 불평 끝에 나온 칭찬이라 특별했다. 그녀는 라나이(Lanai)로 통하는 문을 열고 휙 둘러보더니.

"발코니가 아니었어?"

그녀는 어김없이 툴툴거렸다. 라나이가 썩 마음에 들지 않는 듯했다. 아마도 이웃하는 8개의 라나이가 한눈에 들어오는. 뻥 뚫린 구조가 문제인 것 같았다. 그녀는 여행 가방을 열었다. 이리저리 뒤적이더니 빨간 드레스를 꺼내 들었다. 이윽고. 그녀의 피부를 감싸던 길고 두터운 옷들이 하나둘 벗겨져 나갔다. 털이 달린 슬리퍼만 제외하고. 드레스 밖으로 드러난 등과 가슴을 비롯해. 그녀의 팔다리는 창백했다.

나는 그녀가 햇빛과 차단된 실내에만 머무르는 직장인이 아닐까. 추측을 해 보았다. 군살이 없는 균형 잡힌 몸매로 보아. 대도시에 거주할지도 모르겠다. 나는 뒤로 물러 벽에 기대어 섰다. 비죽 솟아난 장난기를 참아야 했기에.

'눈으로 보기만 하는 거야!'

나는 미성숙한 조바심을 힘껏 눌렀다. 그동안 갈팡질팡 서성거리던 그녀. 결국엔 허둥대듯 라나이로 나갔다.

그녀는 사진을 두어 장 더 찍었다. 반얀나무를 배경으로 흔들의자에 비스듬히 앉아서. 이거였어?라는 말이 올라오기도 전에. 나는 침을 꼴깍 삼켰다. 정적을 유지해야 하는 건. 관찰의 기본 아니겠는가. 그녀는 사진 촬영을 마치자 한참을 휴대폰만 만지작거렸다. 사진 하나를 잡고 가만가만 다듬는 모습이란. 마치 그려 놓은 자화상에 계속 덧칠을 하는 화가와 비슷했다. 현대인들의 생활 속에 깊숙이 침투한 '사진 찍기 열풍'에 대해서 이미 익숙해진 터였다. 다만. 생소한 그녀의 스타일이 나의 궁금증을 불러 모았다. 사진 작업을 마무리한 그녀. 이번에는 타이핑을 하기 시작했다. 청각을 자극했지만. 불쾌한 소리는 아니었다.

토 토토 토톡. 토토토토 토톡.

썼다 지웠다. 썼다 지웠다. 무슨 내용이길래. 저리도 열심인 걸까?

쓰고 지우기를 몇 번씩이나 반복하던 그녀의 손가락이. 비로소 멈추었다. 극히 짧은 문장이었다. 간략한 글 한 토막에도 공을 들이는 그녀가. 신기하기만 했다.

새로운 발견에 들뜬 내 마음을 아는지 모르는지. 그녀는 무심히 방으로 들어가 짐을 마저 풀었다. 가장 먼저. 큼직한 비닐봉지가 등장했다. 투명한 봉지 속으로 팝콘처럼 튀겨 만든 과자가 보였다. 생김새로 유추하건대. 밀이나 보리 종류의 곡물인 듯했다. 그녀가 사는 곳에서 즐겨 먹는 스낵임이 분명했다. 여행 가방의 상당 부분을 차지하는 실정도 감수한 것을 보면 말이다. 이어서. 챙이 넓은 밀짚모자, 선글라스, 비치 타월, 자외선 차단제 등. 자잘한 바캉스용품들이 가방 밖으로 빠져나왔다. 해변에서 시간을 보내려는 계획이 잡혀 있는 것 같았다. 이 호텔에서 꽤 멀리 이동해야 하는 점에도 불구하고. 반나절 일정으로. 페리를 타고 근처 섬으로 가려는지도 모를 일이었다. 나는 침대 위에 놓인 여행용 파우치(Pouch)로 눈길을 돌렸다(크기가 다른 것이 세 개나 되었다!). 설마. 하고 입을 벙긋대는 나를 비웃기라도 하듯. 그녀는 이곳에서 선보일 옷들을 파우치에서 하나씩 꺼냈다.

드레스 아홉 벌,
반바지 네 벌,
긴바지 두 벌,
셔츠 여섯 벌,

비키니 다섯 벌,

스카프 네 개…….

그 외 기능과 용도를 알 수 없는 옷가지들이 끊임없이 나왔다.

운동화 두 켤레,

플립플롭 두 켤레,

구두 세 켤레…….

그녀는 털북숭이를 벗어던지고. 밑창이 대나무 껍질로 만들어진 슬리퍼로 바꿔 신었다. 그 뒤로 세면도구와 다량의 개인 용품들이 잇따라 더 나왔다. 그제야. 산타클로스의 선물 꾸러미 같던 그녀의 여행 가방은. 챙겨 온 책 세 권을 끝으로 비워졌다. 가방이 무거운 이유는 충분했다.

"아, 피곤해!"

짐 정리를 마친 그녀는 침대에 털썩 누웠다. 그럴 만했다. 장시간의 비행으로 지쳤을 테니까. 나는 잠시 동안이라도 좋으니. 그녀가 그렇게 뒹굴기를 원했다. 남구의 필수 요건은 시간이니까. 그렇지만. 그런 나의 바람이 한낱 불가능에 준한다. 고 깨닫기까지는 얼마 걸리지 않았다. 금세 그녀는 발딱 일어나더니. 입고 있던 빨간 드레스를 벗어 옷걸이에 걸었다.

"예쁘다."

옷걸이에 걸린 열 벌의 드레스를 손으로 더듬던 그녀. 작은 미소를 입가에 띠는 듯하더니 곧장 욕실로 들어가 샤워를 하기 시작했다.

도통 가늠이 안 되는 그녀였다. 내가 그어 놓은 선을 따라 또박또박 잘 걷나 싶다가도. 순식간에 딴 곳으로 도망치듯 내달렸다. 갈피를 잡을 수가 없었다. 나는 서랍장 위에 올려진 세 권의 책으로 눈을 돌렸다. 빳빳했다. 아직 첫 장도 넘기지 않은 새 책이었다. 호텔에 도착하기 전 서점에 들렀던 것 같았다.

'왜 일까?'

나는 부쩍 관심이 생겼다. 이렇게 된 이상. 그녀의 취향이라도 파악하고 싶어졌다.

'노! 노노!! 노노노!!!'

그러나 안타깝게도. 이것이 책 제목을 확인한 후의 내 심정이었다(세 권 모두 이미 읽은 소설이었다). 한숨이 푹 터져 나왔다.

첫 번째 책 〈어마어마하게 재미있고 무지무지하게 비극적인〉은 작가의 전작을 읽었거나. 누군가로부터 추천을 받은 것 같았다. 특이한 책 표지 디자인에 반해 버렸는지도 모르겠다. 1인칭 시점으로 쓰인 소설은. 넋 놓고 읽는 사이에 '나'로 시작하는 인물이 한 명에서 세 명으로 늘어난다. 나는 누가, 무엇을, 누구에게, 그리고 왜 말하고 있는지. 이해하느라 비교적 오랜 시간을 할애해야만 했다. 하지만. 아버지와 아들의 관계를 그린 부분만 본다면. 내가 여태껏 읽어 본 책 중 '베스트'였다고 말할 수 있다.

두 번째 책 〈광기 어린 열차〉는 비참하고, 교활하며, 잔혹하다. 또한 병적으로 지루하기까지 하다. 책을 읽은 직후 나의 순수한 감상을 한 문장으로 표현하자면. '기차는 결코 역을 떠난 적이 없다!'였다. 게다가 소설 속 여자 주인공은 너무나 나약하고 의지도 없을 뿐만 아니라. 스스로를 희생양으로 만드는 자기 연민에 젖어 있는 인물이었다. 여성이 읽기에는 고통스러운 설정이었다. 그녀가 '서스펜스, 섹스, 살인, 그리고 스릴!'이라는 미끼에 걸린 것은 아닐까. 하는 추측을 해 보았다.

세 번째 책 〈우리가 볼 수 없는 세상의 모든 별들〉에 대해 말하자면 무척 길다. 퓰리처상 수상작인 이 소설은 읽지 않아도. 아름답고 섬세한 문장을 쉽게 상상할 수 있다. 나는 제2차 세계대전을 백그라운드로 다룬 소설의 열렬한 독자이다. 좋아하는 소설들을 꼽자면 〈파리 건축가〉, 〈이야기꾼〉, 〈나이팅게일〉, 〈늑대 덫〉, 〈줄무늬 잠옷을 입은 소년〉 등. 수도 없이 많다. 이 책은 시대적 배경이 같다는 점만으로도 나의 주의를 끌기에 충분했다. 낭만적 필체, 입체적 인물, 환상적 배경……. 왜 열광적인 찬사를 받았는지 알 수 있었다. 훌륭한 소설임을 부인할 수 없었다. 하지만 소설 속 인물의 행동과 감정, 그리고 긴장감 등이. 글 전체에 십분 녹아 있지 않은 점이 실망스러웠다. 멋진 이야기 요소들이 많음에도 불구하고. 내 입맛에는 대체적으로 멜로 드라마틱했다. 독자가 식별할 수 있는 일관된 스토리 라인과 구성이 미흡했다는 서운함을 지울 수가 없었다. 특히 소설의 끝부분은. 내게 상실감과 공허감을 크게 남겼다.

이렇듯. 책을 고르는 안목으로 그녀의 내면세계를 이해하기는 힘들 듯했다. 나는 좀 더 지켜보기로 했다.

샤워를 마치고 욕실에서 나온 그녀. 서둘러 얼굴에 뭔가를 붙였다. 눈과 입이 뚫린 모양의 하얀 마스크였다. 악명 높은 큐 클럭스 클랜(KKK)의 모습을 연상하게 했다.

'어떤 의식이라도 치르려는 건가?'

대신. 나는 그녀의 기운에서 강한 오기와 고집을 읽었다. 사회적 '표준'과 타협하고 싶지 않은. 그런 집념 말이다. 그녀는 몸에 두르고 있던 수건을 벗어던졌다. 완연히 드러난 그녀의 알몸과 마스크가 묘한 대조를 이루었다.

'케이케이케이보다는 루차 리브레(Lucha Libre)에 더 가깝군.'

그녀는 연한 핑크빛이 감도는 액체를 온몸에 뿌린 후 손바닥으로 문질러 발랐다. 그녀의 흰 피부에 곧 매끄러운 광택이 흘렀다.

'내의는 언제쯤에야 입을 건지.'

나의 언짢은 어투와는 정반대로. 양 눈은 그녀의 나체를 곁눈질하느라 바빴다. 나의 뜨거운 등넘이눈을 감지한 것인지. 그녀가 속옷을 몸에 걸치는 타이밍이 당장 도래했다. 섭섭한 감이 있었으나. 한편으로는 안도했다. 더 길어졌다가는. 내가 제풀에 지쳐 나가떨어질 것만 같았다.

그녀는 옷장에 걸려 있는 열 벌의 드레스 앞으로 다가갔다. 불과 반 시간 전쯤 입고 사진을 찍었던. 빨간 드레스는 한쪽 귀퉁이로 옮겨졌다. 탈락이라는 뜻이었다.

남은 아홉 벌의 드레스가 그녀의 선택을 기다리고 있었다. 잠깐 고민에 빠진 그녀. 손이 오락가락했다. 그러다 마침내. 결정의 시간이 다가왔다. 네이비 바탕에 화려한 열대성 꽃 모양이 그려져 있는 드레스가 뽑혔다. 치열한 경쟁이었다. 그녀는 고심 끝에 고른 드레스를 몸 앞에 대어 보았다. 가슴이 깊게 파인 무릎 위로 올라오는 길이의 드레스는. 발랄한 분위기를 자아냈다. 나는 고개를 끄덕 끄덕 끄덕였다. 오래간만에 동한 살아 있는 아름다움이었다.

"오늘은 이거 입자."

호텔에 도착한 이후 벌써 두 번째 드레스였다. 나는 '오늘'이라는 표현에 유다른 의미라도 숨어 있는 것인지. 의심스러웠다.

드레스를 차려입은 그녀는 손톱을 깎기 시작했다. 그다지 길지도 않은 손톱이었지만. 그녀는 짧게 잘라 내었다. 다소 생뚱맞은 진행에. 나는 어리둥절했다. 확실치는 않지만. 시간을 써 버리는데 목적이 있는 것처럼 보였다. 이를테면. 얼굴에 붙은 마스크를 떼어낼 때까지. 그녀는 깎은 손톱을 화장지에 꼼꼼히 모아. 변기에 넣고 물을 내렸다. 나는 이번에도 고개를 갸우뚱했다. 강하고 독립적인 줄만 알았던 그녀는 '미신 신봉자'이기도 했다. 그녀는 내 예상보다 훨씬 별스러웠다.

그녀는 머리 손질에 들어갔다. 두르고 있던 수건을 풀자. 축축한 머리카락이 어깨 위로 떨어졌다. 머릿결은 가닥가닥이 뭉쳐 나선형으로 구불거렸다. 마치 뱀들로 우글대는 메두사의 머리를 보는 듯했다.

‘저렇게 내버려 두진 않겠지.’

물론이었다. 그녀는 머리 전체에 오일을 정성스럽게 바른 후. 헤어드라이어로 속 머리만 가볍게 말렸다. 습한 이곳에서. 그녀의 자유분방한 머리칼을 진정시킬 수 있는 최선이었다.

머리 손질을 끝낸 그녀는 손가락으로 마스크를 슬쩍 눌러보았다. 드디어 때가 찾아온 것인지. 거울 앞으로 바싹 옮겨 선 그녀. 마스크의 아랫부분을 잡아 위로 들어 올리듯이 휙 떼어 냈다. 피부 위에 남아 있는 잔여물은 손바닥으로 때리듯이 탁탁 두드렸다. 팔꿈치와 무릎에도 쓱쓱 발랐다.

‘우습게 생겼지만 다기능 마스크였군.’

이제까지 그녀가 보여 준 것만으로도. 나는 녹아들었다. 낯선 신선 함이랄까. 나는 묘하게 끓어오르는 흥분을 좀처럼 가라앉힐 수 없었다. 성홍열로 인해 신열이 오르락내리락하던. 어린 시절이 생각날 정도였다. 그 무섭고 외롭던 나날이 스쳐 지나가는 사이. 그녀는 얼굴 꾸미기에 들어갔다. 기초화장을 선두로 마스카라, 볼터치, 립스틱이. 릴레이처럼 이어졌다. 자못 공을 들이며 속눈썹에 마스카라를 칠하는 모습에. 나도 모르게 빙긋거렸던 것 같다.

“맘에 들어.”

제2의 마스크가 기대에 부응했는지. 그녀는 거울을 향해 환한 미소까지 지어 보였다. 외출 준비를 마쳤다. 는 표시이기도 했다. 마지막으로. 그녀는 에코백에 자질구레한 물건들을 쓸어 담았다. 그리고 방문을 열고 나갔다.

탁. 탁. 탁. 탁…….

플립플롭 밑창이 그녀의 발바닥을 때리는 소리가 점점 희미해졌다. 그녀는 36호실 앞 코너를 돌아. 계단을 향해 걸어가고 있었다. 곧 1층 로비를 지나 호텔 정문 밖으로 나갈 동선이었다. 그녀는 호텔 뒤에 있는 공원을 거닐다가. 맞은편에 있는 미술관에 들리는 경로를 택할 것이다. 내 어림짐작이 맞다면. 중간에 공원 옆 아이스크림 가게에 들려 더위를 식힐 수도 있겠다.

나는 침대 위에서 아무렇게나 뒹구는 수건에. 코를 갖다 대었다. 그녀의 체취가 났다. 달콤하고 향긋했다. 나는 수건을 반듯하게 접어 침대 한가운데 올려놓은 후. 방을 둘러보았다. 이쪽에 한 짝, 저쪽에 한 짝. 우습게 버려진 털 달린 슬리퍼가 눈에 들어왔다. 나는 두 짝을 가지런히 모아서 침대 앞에 두었다. 옷장으로 다가가 남은 여덟 벌의 드레스도 눈여겨보았다. 언뜻 지나치기만 해도. 각각의 드레스가 상징하는 코드가 확연히 달랐다.

해변가 쇼핑이나 산책에 어울리는 산뜻한 드레스.
고급 레스토랑 예약 손님에 걸맞은 화려한 드레스.
칵테일파티에 융화되기 좋은 사랑스러운 드레스.
나이트클럽이나 데이트 용으로 마땅한 도발적인 드레스…….

2박 3일 일정으로 본다면. '과하다!'라는 서술만으로는 부족했다.

'필요 이상의 짐을 꾸린 사정이 있을 텐데.'

나는 일단. 뒤죽박죽으로 걸린 드레스를 색깔별로 정리했다. 서랍장 위도 사정은 비등했다. 책 세 권 옆으로 각종 화장품과 액세서리 등. 산란하게 널려 있는 것이 어수선. 그 자체였다. 무질서하게 흩어져 있는 목걸이. 귀고리, 팔찌 사이에서. 반짝거리는 반지 하나가 내 시선을 사로잡았다. 결혼반지는 아니었다. 그렇다고 골동품 가게에서 장만한 케케묵은 반지도 아니었다. 나는 손가락으로 반지 모양을 따라 작은 동그라미를 그려 보았다. 눈물이 고인 듯한 뜻 깊은 세월이 느껴졌다.

'슬프다? 애틋하다?'

울적하다. 가 더 가까울 것 같았다. 뭔가 야릇했지만 딱히 뭐라고 콕 집어 말할 수 없는 서글픔 같은. 다분히 밀려오는 모호한 느낌이. 확 끼쳐 오르는 얼큰한 취기 같다고나 할까?

'더 많은 정보가 필요해.'

나는 망설이다. 그녀의 여권을 열었다.

'그랬군.'

오늘은 그녀가 39세가 되는 생일이었다. 그제야 이해가 갔다. 39호실 열쇠를 받고 골을 내던 내막이. 황금 같은 30대의 '마지막 해'라는 것을 되새기고 싶지 않았을 테니까.

'그런데 왜 고독한 생일을 맞는 걸까?'

여러 가지 상황이 심상에 돋아났다.

자유. 해방. 전환점. 변화. 용기. 혼돈. 논란. 오해. 결별. 단절.

역시. 몽상의 꼬리는 부정적인 결말에서 멈추었다. 그것도 '단절'이라는 지점에서 유달리 머뭇거렸다. 단순히 세상과 단절이라는 의미가 아니라. 그녀에게 자기 반란이나 회의가 일어난 듯했다. 혹은 내면적 비판이 심화된 단계에 이른 것은 아닌지. 의심되었다.

'그래도 생일인데.'

무언가를 해 주고 싶다. 는 마음이 홀연히 생겨났다. 나는 서랍장 위부터 정돈했다. 어지럽게 흐트러져 있는. 화장품 용기들을 키 순으로 줄 맞추어 나란히 세웠다. 작은 주머니 밖으로 비죽 나와 있는 손수건이 보였다. 나는 손수건을 삼각형으로 접어. 그 위에 장신구들을 종류별로 두었다. 갈등 끝에 고른 책 한 권도 베개 위에 얹었다. 나는 〈우리가 볼 수 없는 세상의 모든 별들〉로 정했다. 그녀를 '단잠'에 빠질 수 없도록 만드는. 최소한의 배려였다. 이왕 저지른 것. 그녀의 세 번째 드레스도 뽑았다. 가느다란 끈이 달린 검정 드레스. 가슴 부분에는 꽃 모양의 레이스로 장식되어 있었다. 붉은 노을빛과 잘 어울릴 것 같았다. 나는 드레스를 침대 위에 대각선으로 펴서 올려놓았다.

헝클어져 있던 39호실은 이내 깔끔한 모습을 되찾았다.

2

"그새 하우스 키핑을 한 거야?"

외출에서 돌아온 그녀는 눈이 휘둥그레졌다. 침대 위에 얌전히 눕혀진 검정 드레스를 발견하고는 놀랐는지. 자꾸만 주변을 두리번 거렸다.

"하필 왜 이게……."

그녀는 말끝을 흐렸다. 왜냐면 챙겨 온 드레스 중 10번이기 때 문이었다. 입어도 안 입어도 그만인. 꼴등. 비치된 전화로 성큼성 큼 다가간 그녀. 수화기를 들더니 '0' 번 버튼을 꾹 눌렀다.

'프런트 데스크…….'

수화기 건너편에서 프런트 직원의 음성이 새어 나왔다.

"노 모어 하우스 키핑. 노! 플리즈!"

그녀는 할 말만 툭 내뱉고는 전화를 끊었다. 눈을 한껏 치켜뜬 채. 열린 옷장 문만 잠자코 노려보았다.

나는 괜한 짓을 했나. 하는 생각에 그녀의 눈치를 살필 수밖에 없었다. 그보다 내 직감이 빗나갔다. 는 점이 마음을 상하게 했다.

그녀의 커다란 눈에 조용히 맺히던 이슬이 투둑 떨어졌다. 눈물은 곧바로 뺨을 타고 흘러내렸다.

"왜애애…… 흐흐흑……."

별안간 그녀는 침대에 벌렁 눕더니. 드레스를 움켜잡고 울기 시작했다. 오랜만에 들어 보는 여인의 울음소리였다. 숨죽인 그녀의 흐느낌은 에로틱하게 들리기까지 했다. 나는 당황했다. 이런 결과를 기대한 것이 아니었다. 단지. 그녀의 생일을 보다 풍성하게 만들어 주고 싶었을 뿐인데. 나를 이토록 안절부절못하게 만들다니!

한동안 훌쩍이던 그녀는 티슈에 코를 풀었다. 발게진 두 눈이 벅차올랐던 감정을 대변해 주었다. 침대에서 내려온 그녀. 의자 위로 파드마 아사나(연꽃자세: 일명 가부좌)를 하고 올라앉았다. 매우 수월해 보이는 자연스러운 자세였다. 자유자재로 움직이는 신체 능력까지 갖춘 그녀. 놀라움의 연속이었다. 요가나 필라테스 등. 유연성을 기르는 운동으로 단련된 몸일지도 모르겠다.

"너, 이리 와."

'너? 슈얼리, 노……. 난 아니겠지.'

나는 움찔했다. 에둘러 말하면 '스페셜'이고. 직설적으로 말하면 '굉장히 이상한'. 그녀를 감당할 수 없는 나 자신이 미워지려고 했다. 그러던 나는 '너'의 정체가 밝혀지고 나서야. 한시름 놓을 수 있었다.

그녀는 테이블 위에 있던 과자 봉지를 보디 필로우(Body Pillow) 처럼 품에 안더니('너'는 과자 봉지였다). 봉지 입구에 묶여 있는 작은 철끈을 비틀어 풀었다.

사각사각사각. 사각사각사각.

튀겨 낸 곡물 알갱이가 그녀의 입속에서 하나둘 짓이겨져 사라 졌다. 경쾌한 소리와 함께. 울적한 기분도 한층 가벼워진 듯. 바짝 조여 있던 그녀의 얼굴 근육이 말랑하게 풀어지기 시작했다. 가방 의 많은 자리를 차지하는 점도 감수하고. 과자 봉지를 여기까지 들 고 온 곡절을 알 것 같았다. 무난한 여행을 위한 '필수 아이템'일 테니까. 어느덧. 봉지의 4분의 1이 비워졌다. 아쉬운 표정을 짓던 그녀는 철끈을 꼬아서 봉지를 묶었다. 입가에 묻은 부스러기를 손 으로 털어내던 그녀. 입고 있던 드레스를 훌렁 벗어젖혔다. 일말의 거리낌도 없었다. 벗겨진 드레스는 뒤집힌 상태로. 의자 등받이에 매달려 대롱거렸다.

'오, 레이디……!'

나는 탈의실 한구석에 웅크리고 있는 듯한 착각이 들었다. 그러 거나 말거나. 내 알 바 아니라는 듯. 그녀는 속옷 바람으로 서서 손 톱을 깨물었다(물어뜯을 손톱도 없다). 외출 전 손톱을 자른 참된 이 유가 있었던 것이다.

'영 레이디, 뭐라도 좋으니 제발 입으세요!'

나는 절규했다. 기어이. 미적미적대는 그녀의 육체를 핥고야 말
았다. 오래전 싸늘히 식어버린 나의 심장이 팔딱거렸다. 죽었다 살
아난 개구리처럼.

'플리즈!'

나의 절절한 호소가 통한 것인지. 아님 굳은 결심이라도 선 것
인지. 그녀는 최하위로 평가된 검정 드레스를 입었다(땡큐! 땡큐!).
내친김에. 가져온 구두 세 켤레도 차례로 신어 보았다. 그녀는 심플
한 스타일의 샌들형 검정 하이힐을 택했다. 순식간에 그녀의 키를
3인치 이상 자라게 만드는. 마법의 구두이기도 했다.

"후회하지 않아."

거울에 비친 자신의 모습을 바라보며 그녀가 중얼거렸다. 어제
의 다짐에 새끼손가락이라도 걸 듯. 향수까지 뿌려댔다. 나무 향이
물씬 배인 아이리스를 떠올리게 만드는 향내였다. 부드러움이 흐르
는 진한 향기 말미에 상쾌한 청량감이 느껴졌다. 배턴버그 케이크
(Battenberg Cake) 조각을 처음 입에 넣었을 때 느낌이랄까. 그녀도
코끝에 톡 쏘는 오렌지 꽃과 같은 향에 취한 듯. 느슨한 미소를 지
었다.

"귀엽게도 해 놓았네."

'지금 칭찬한 거야?'

찡한 감동까지는 아니더라도. 알아 주니 고마웠다. 내가 좋아
서 한 거야. 하고 말하고 싶었다. 그녀는 손수건 위에 놓인 목걸이,
귀고리, 팔찌를 집어 하나씩 착용했다. 반지만 빼고.

나는 문득. 그녀가 보랏빛 매발톱 꽃과 닮았다는 생각이 들었다. 달달한 꽃잎과는 달리. 강한 독성을 함유한 뿌리와 씨앗을 가진 야생화. 꽃말조차 '승리의 맹세'가 아니던가.

"어서 나가. 곧 해가 질 시간이야. 반얀나무 앞에서 사진을 찍는 걸 추천할게. 서서히 사그라지는 태양이 물들이는 하늘색이 무척 아름답거든. 출출해지면 호텔 1층에 있는 레스토랑에 가 보도록 해. 앵무새 피비가 반갑게 맞이해 줄 거야. 간단한 말을 걸어 보는 것도 좋아. 피비는 대화를 즐기는 유쾌한 아이니까. 만약 메뉴판 읽기가 귀찮아진다면 마히 마히 피시 앤 칩스(Mahi Mahi Fish & Chips)를 권할게. 거기에 마이 타이(Mai Tai)까지 곁들이면 한결 행복해질 거야. 칵테일 이름 그대로 정말 최고이거든."

나는 들릴 듯 말 듯 자그맣게 속삭였다. 조심한다고 했는데. 그녀가 고개를 휙 돌렸다.

'들렸나?'

잔 파동도 일지 않고 태연했다면. 거짓말이었다. 그녀처럼. 손톱을 물어뜯고 싶다는 충동이 꿈틀거렸다. 손톱이 있다는 가정 하에서 말이다.

'꾸물거리다간 눈부신 일몰을 놓칠지도 몰라.'

어르고 달래서라도 그녀를 밖으로 내보내고 싶었다. 할 수만 있다면. 그녀는 숨을 죽이고 귀를 기울이는 것 같더니. 이내 시선을 거울로 돌렸다.

'휴우……'

나는 흘러나오는 탄식을 목구멍으로 넘겼다. 치장을 마친 그녀는 작은 핸드백을 어깨에 메고 방을 나섰다. 감미로운 꽃향기가 실바람처럼 산들거리다 사라졌다. 곧이어. 39호실에는 적막감이 얼얼하게 내려앉았다.

나는 다시금 그녀가 남기고 간 흔적들을 하나하나 치웠다. 드레스, 플립플롭, 에코백, 과자 봉지……. 너저분한 환경을 묵살할 수 있는 그녀의 인내력이 놀라울 따름이었다. 얼마 지나지 않아. 방은 전과 같이 깔끔하게 다듬어졌다. 생일 선물로 제공하는 무제한 하우스 키핑 서비스. 괜찮지 않은가.

3

딸각. 딸각. 딸각.

그녀가 돌아왔다. 술기운이 오른 그녀. 열쇠를 열쇠 구멍에 제대로 넣지도 못하고 쑤셔대기만 했다. 하물며. 죄 없는 문고리까지 사납게 돌렸다. 다음은 뭐겠는가? 방문을 걷어차거나. 목청을 높여 술주정을 하는 순차 아니겠는가? 나는 39번째 생일을 맞은 그녀를 그 지경까지 방치할 순 없었다.

"어? 열렸다!"
그녀는 손뼉까지 짝짝 치면서 기뻐했다.
'서프라이즈!'
그녀는 비틀비틀 방으로 들어왔다.

아슬아슬한 하이힐 때문인지. 세 잔 이상 마셔댄 마이 타이 때문인지. 그녀의 걸음걸이는 바람에 흔들리는 대나무처럼 휘청거렸다. 지그재그로 걷던 그녀는 간신히 침대 가장자리에 걸터앉았다.

"뭐야? 또?"

그녀는 침대 위에 올려진 하얀 드레스를 흘겨보았다. 드레스는 마치 쓰러져 누워 있는 것만 같은 보양새였다. 멍하게 풀어져 있던 그녀의 눈동자에 작은 불꽃이 일어났다. 술기가 확 달아난 듯했다.

"누구야?"

벌어진 그녀의 입술 틈으로 나직한 음성이 흘러나왔다. 이번에는 혼잣말이 아니라. 누군가에게 대차게 따져 묻는 기세였다. 당돌했다. 뒷걸음칠 뜻이 없는 내게 던지는 도전장 같기도 했다. 불끈 자리에서 일어난 그녀. 구두를 주섬주섬 벗어 바닥에 내팽개쳤다. 그리고 넓지도 않은 방을 맨발로 휘젓고 돌아다녔다. 탐색이 시작된 것이다.

"너야? 너구나? 너 맞지? 너잖아?"

허청거리던 그녀는 벽에 걸린 그림에 손가락질을 했다.

"하하! 눈 부라린다고 내가 모를 거 같아?"

손가락으로 두 눈을 위아래로 크게 벌리며 비아냥대기까지 했다.

"내가 널 저 아래에 있는 풀장에 처넣을 수도 있지만…… 참는 거야. 오늘은 소중한 날이니까."

그림 속 소년이 어처구니가 없어. 할 말을 잊은 표정을 짓는 것만 같았다. 뻘했다. 나도 소년과 엇비슷한 난감한 낯빛을 띠웠을 것이다. 그렇다 치더라도. 내가 누구인가.

'레디, 세트, 고!'

"맞아. 오늘은 내 생일이야. 그것도 서른아홉 번째……."

그녀는 말꼬리를 얼버무리며 의자에 풀썩 주저앉았다.

'크레셴도.'

"아, 싫어 싫어! 아직 엄연히 삼십 대인데 왜 내년 일을 미리부터 생각해?"

아마도. '빅 포티(Big Forty)'에 대한 강박 관념이 있는 듯했다.

'데크레셴도.'

"그래도 꽤 근사한 삼십구 년이었어. 공부도 할 만큼 했고, 연애도 많이 해 봤고, 남들 보기에 그럴싸한 회사에서 근무도 해 봤고, 해외 여러 나라 쏘다니며 여행도 해 봤고, 스포츠카도 몰아 봤고, 얼굴도 이 정도면 나이에 비해 동안이고……. 한마디로 썩 잘 나갔단 말이야, 내가. 한때는……."

그녀의 목소리가 힘없이 사르라 졌다. 강약 조절에 제법 능수능란했다.

'이런, 이런.'

나보다 한두 발 먼저 내딛는 그녀의 템포에. 적잖이 놀랐다. 맘 같아서는. 나의 '무드 컨트롤' 실력 발휘에 넘어갔다고 믿고 싶었다.

"그런 게 다 무슨 소용이야. 부질없는 모래 산에 불과한 걸."

그녀는 발가락을 카펫 위에 비비적거리며 발 장난을 쳤다.

"넌 이름이 뭐니?"

다짜고짜 이름을 물었다. 도도한 겉모습과는 다르게. 엉뚱한 구석이 있었다. 나는 얼른 옷장 옆으로 피했다. 그녀의 이글거리는 눈과 마주치고 싶지 않았다. 자칫 삐끗거리기라도 한다면 큰일이 아닌가. 그러자 그녀는 난데없이 그림 액자로 다가서더니. 눈을 들이대고 구석구석을 훑기까지 했다. 숨은 그림 찾기라도 하는 것처럼.

Tiki

One who is fetched, as in a spirit after death

(사후 영혼처럼 불러서 오게 한 사람)

"티키?"

찾았다. 그림 속 소년이 들고 있는 악보에 쓰여 있는 깨알 같은 글씨에서. 재미나게도. 그녀는 '티키'가 소년의 이름이라고 여겼다.

"내 이름은 비비아나 야."

성녀의 이름이었다.

'어째서 본명은 놔두고 딴 이름을 대는 것일까?'

흥미로웠다. 까도 까도 나오는 양파껍질 같았다.

"티키, 네가 사는 그림 속 세계는 어떠니? 슬픔도 절망도 없는 그런 곳이니? 아니면 빚을 갚기 위해 아등바등하지 않아도 되고, 주위의 시선을 의식하느라 자기 최면을 걸지 않아도 되는 그런 곳이니? 어떤 곳이든 내가 사는 이 현실보단 훨씬 낫겠다. 그치?"

유명한 연극 대사라도 외우는 듯했다.

"육 개월 남았대. 길어야 일 년이래."

다행이었다. 나만 알고 있는 불길한 소식이 아니었다. 나는 아예 무릎을 안고 자리에 앉았다. 막이 내려질 기미가 보이지 않았다.

"나름 치열하게 살았단 말이야. 그런데 이런 거야? 세상은 원래 이렇게 불공평한 거였어?"

언제 끝날지 모르는. 그녀의 넋두리가 계속해서 이어졌다. 섭섭하겠지만 여기까지야.라고 상황 정리를 해 주고 싶었지만 막무가내로 버럭 거리는 그녀가 받아들일지 의문이었다. 그러한 데다가. 일방 통행적 의사소통의 한계라는 것이 있지 않은가.

'그림 앞에서 언제까지 저럴 참이야?'

무심코 이런저런 속엣말을 품기가 무섭게. 그녀는 느닷없이 옷장으로 달려가 걸린 드레스를 수거해 왔다. 총 여섯 벌이었다. 내 예측이 맞았다. 클라이맥스도 없이 싱겁게 끝나 버릴 것 같지는 않았다.

"내가 가장 날씬했을 때 샀던 드레스야. 이 디자인은 흐물흐물한 물렁살 튀어나오면 흉해서 못 입어. 어때? 예쁘지 않아?"

소개가 끝난 드레스는 가차 없이 바닥으로 동댕이질 쳐졌다. 두 번째, 세 번째, 네 번째……. 소개와 제거. 동일한 과정이 순환 반복되었다. 그리고 여섯 번째 순서였다. 마지막 드레스이기도 했다.

"이건 전 남친 결혼식에 입고 갔던 드레스야. 진짜 가기 싫었는데 어쩔 수 없었어. 내 사촌이랑 결혼했거든. 갈 수만 있다면 그 자식 장례식에도 입고 가려고."

역시나 얽힌 사연의 공개와 더불어. 드레스는 바닥으로 수직 낙하했다.

"끝났어. 끝냈다구! 어차피 지가 더 불쌍하다고 떠벌릴 위인이고, 나도 극복이니 뭐니 하는 동정 따윈 바라지 않아."

입으로 뱉어 낸 수박씨 같았다. 연결 고리도 없이 무작위로 나열하는 과거사라니. 겉으로나마 담담하게 털어놓는 것이 신통했다. 설령 속은 구겨질 대로 구겨져 쪼글쪼글해졌을 지라도.

"아이씨, 어지러워."

그녀는 양손으로 머리를 움켜잡고는 침대로 기어 올라갔다.

나는 바닥에 널려 있는 그녀의 핸드백과 구두, 그리고 드레스들을 모아 옷장에 넣었다. 아무것도 아닌 미미한 것일지라도. 약속은 지킬 참이었다.

'지저스. 네 시간도 남지 않았군."

나는 살며시 조급해졌다. 그녀의 생일 밤을 시시하게 넘길 수는 없었다. 침대로 다가갔다. 펼쳐진 하얀 드레스 모양이. 널브러져 누워 있는 그녀와 딱 들어맞았다. 흡사 한 몸을 이룬 듯이. 나는 허리를 숙여 달아오른 그녀의 얼굴을 내려다보았다. 완전히 닫히지 않은 눈꺼풀 틈으로 핏발이 어린 흰자위가 가느스름하게 드러났다. 색색거리는 그녀의 숨결이 따뜻했다.

'해피버스데이.'

나는 그녀의 입술에 키스했다.

"으으음⋯⋯."

과음으로 축 뻗어 있던 그녀가 눈을 부스스 떴다. 그녀는 몸을 일으키다 말고 머리를 감싸 쥐었다. 끙끙 신음 소리를 냈다. 아직도 두통이 그녀를 괴롭히고 있는 것 같았다.

'곁들이라고 했지 쭉쭉 퍼마시라고는 하지 않았어.'

나는 뜨끔뜨끔 찔리는 죄책감을 밀어내었다.

"헉!"

갑자기 그녀가 입을 쩍 벌렸다. 덩달아 동공도 커졌다.

'뭘 봤길래? 못 볼 것이라도 본 건가?'

나는 뻔뻔스럽게 딴청을 피웠다. 약간의 자괴지심마저 없다면. 여기가 아니라 지옥에서 살아야 하지 않겠는가.

'미안, 미안. 일부러 그런 건 절대 아니야.'

그런데 내 사과 따위는 듣고 싶지도 않았나 보다. 그녀는 몸을 막대기처럼 꼿꼿이 세우고 입고 있던 검정 드레스를 박박 찢었다. 꼴찌 드레스라 그런 것인지. 미련도 유감도 없어 보였다(최근 실패한 데이트 때 입었던 드레스이다. 누가 봐도 그녀는 첫눈에 반했고, 남자는 두 번 다시 연락하지 않았다).

누더기처럼 변한 드레스가 침대 위로 맥없이 떨어지는 동안. 그녀는 고개를 뒤로 젖힌 채 골똘히 천장만 쳐다보았다.

'깜짝 파티가 기다리고 있어.'

나는 후후 입바람을 불 듯 소곤댔다. 내 말을 알아들은 것인지. 그녀는 몸을 흐느적거리며 침대에서 내려왔다. 어느덧. 그녀의 몸에는 하얀 드레스가 입혀져 있었고. 왼손 약손가락에는 차마 버릴 수 없었던 반지가 끼워져 있었다. 면사포만 쓴다면 웨딩드레스를 입을 것처럼 보일 수도 있겠다. 싶었다. 석양이 번진 하늘 아래 오렌지빛으로 상기된 그녀의 두 뺨을. 멋진 피카케(Pikake) 향기가 흠씬 스며든 바닷바람에 휘날리는 그녀의 머리칼을 그려볼 수 있었다. 그러나 그녀는 무표정하게 정면만 응시한 채. 방문을 열고 복도로 나갔다.

발목까지 치렁거리는 드레스 자락이 작은 바람을 일으켰다. 카펫이 깔린 복도를 걷는 그녀의 발걸음은. 의외로 가벼웠다. 36호실 앞. 그녀는 코너를 돌았다.

"삼십오, 삼십사, 삼십삼……."

그녀는 방 번호를 되뇌며 지나갔다.

"이십일, 십구, 십칠……."

1층으로 내려가는 계단을 지나. 복도 끝을 향해 사뿐사뿐 걸어갔다. 복도 끝에 다다른 그녀는 걸음을 멈추었다.

딩동댕딩―동댕. 딩동댕딩―동댕.

들려오는 피아노 소리에. 그녀는 고개를 옆으로 꺾었다. 귀에 익은 가락인지 흥얼흥얼 거리다. 곧 멜로디가 퍼져 나오는 쪽으로 천천히 발끝을 돌렸다. 허리는 꼿꼿이 세운 채. 움직임 없는 자세였다. 그저 방 번호도 붙어 있지 않은. 다섯 개의 문만 지그시 바라볼 뿐이었다. 마치 무료입장을 참을성 있게 기다리는 듯한 모습이었다. 다만 그녀의 열 발가락만. 바쁘게 꼼지락거리고 있었다.

'성미가 급하군.'

그때였다. 세 번째 방문이 끼익 소리를 내며 스르륵 열렸다. 피아노 소리도 좀 더 크게 들려왔다.

'너를 위해 준비했어.'

그녀는 주저 없이 걸음을 옮겼다. 과연 호기심이 많았다. 그녀는 소리가 나지 않게 하려는 참인지. 까치발까지 들고 살금살금 걸었다. 간간이 주변을 둘러보며 키득 거리까지 했다. 금지된 장난을 칠 생각에. 잔뜩 신이 난 어린아이와 같은 표정으로.

딩동댕딩—도—도—동—댕—.

불빛 하나 없이 어두운 방 안에서. 느릿한 피아노 선율만 나지막하게 울렸다.

"스콧 조플린의 엔터테이너……."

그녀는 잠꼬대를 하듯이 어눌한 말투로 웅얼댔다.

'맞았어!'

나는 딱딱 두 번 손가락을 튕겼다. 그러자 컴컴했던 방이 대낮처럼 환해졌다. 꽉 벼르고 있었던 것처럼. 방은 39호실보다 3배 이상 넓었고. 실내 인테리어도 판이하게 달랐다.

파인애플 나무로 채워진 벽지.
파인애플 열매가 주렁주렁 열린 이불과 베개 커버.
파인애플 잎이 무성한 커튼…….

파인애플 농장에 가 있는 듯한 혼동을 일으킬 정도였다. 정글에 가까운 농장이랄까.
'파티 타임!'
그녀는 파인애플 틈바구니 속에 비집고 서 있는 그랜드 피아노로 눈을 돌렸다. 도입부 연주를 마친 피아노는 주제부를 전개했다. 연주자도 없이. 건반은 척척 알아서 움직였다. 통통 튀는 경쾌한 리듬의 멜로디가 실내 가득히 울려 퍼졌다. 기분이 좋아진 그녀. 자리에서 몇 번 빙글빙글 돌았다. 그녀의 하얀 드레스가 꽃잎처럼 팔랑거렸다.

달칵.

그녀는 눈을 가늘게 뜨고 소리가 나는 쪽을 멀거니 쳐다보았다.

라나이로 연결되는 프렌치 도어(French Door). 굳게 닫혀 있던 것만 같았던 문이 시원스럽게 열려 있었다. 아마도. 다장조에서 하속음인 바장조로 변조가 이루어지는 즈음이었던 것 같다. 짙은 파도 소리가 피아노 선율에 맞추어 폭풍처럼 몰려왔다.

"바다?"

그녀는 라나이로 구르듯이 뛰어나갔다. 어느새. 회색빛 하늘에는 둥근 보름달이 떠 있었다. 출렁대는 바다 위로 등대 불빛이 반짝반짝하게 빛났다. 그녀는 눈을 감았다. 불어오는 밤바람과 함께 밀려드는 짭짤한 바다 냄새를 음미했다. 그토록 원하던. '오션뷰 룸'에서 검은 밤바다를 만끽했다. 피아노 연주가 점점 빨라졌다. 주제부와 삽입부를 주거니 받거니 되풀이하며 질주하기 시작했다. 까르르 웃음을 터뜨린 그녀. 팔을 넓게 벌리고 음악에 맞추어 춤을 추었다. 핑글핑글 원을 그리며. 돌고 또 돌았다. 12월 2일. 그녀의 39번째 생일 밤이 저무는 그 순간까지.

'해피버스데이! 당신의 모든 소원과 꿈이 이루어지길.'

4

날이 좋았다.

새벽 내내 쏟아지던 비가 그친 하늘은 더없이 맑았다. 나는 평상시와 다름없이. 호텔 로비에 앉아 있었다.

'마지막으로 본 건 이틀 전이었어요.'

'이틀 전이라고 했습니까?'

'호텔 식당에서 저녁 식사를 마치고 방으로 올라가는 걸 봤어요.'

'혼자였습니까?'

'혼자였어요.'

프런트 직원과 경찰 사이에 오고 가는 대화였다. 종종. 이곳에서 볼 수 있는 광경이었다.

관광객의 발길이 뜸한. 이런 외진 곳을 굳이 찾아오는 연유가 무엇이겠는가. 단선적으로 정의하기는 힘들겠지만. 실망. 체념. 좌절. 낙담. 비통. 참담. 절망. 비관 등. 복잡다단한 심경이라고 넘겨짚을 수 있겠다. 모든 희망의 끈들을 끊어 버린 상태라고나 할까.

정확히. 때를 기억할 순 없었다. 흐릿했다. 불과 얼마 전 같은데. 실상은 전혀 그렇지 않았다. 아무튼. 이번에도 안내자의 역할을 무탈하게 마무리했다. 6071번째다. 버거운 삶의 무게를 짊어지고 싶지 않은 사람들을 위한. 나의 서비스이기도 하다(나는 본시 친절한 사람이다). 부디. 그녀가 경이롭고 신비한 새 삶을 찾기를 기원한다. 바다가 보이는 전망 좋은 방에서.

나는 방 청소를 시작했다. 머지않아 폐쇄될. 39호실의 마지막 하우스 키핑일지도 몰랐다. 2박 3일의 일정을 마친 그녀가 사라진 방에는. 서늘한 쓸쓸함이 더디게 스며들었다. 바닥에 떨어진 과자 조각이 보였다. 사각사각 소리를 내며 입에 털어 넣던 그녀의 모습이 어른거렸다. 나무 향이 섞인 아이리스와 같던 그녀의 체취가 곳곳에서 풍겨 왔다. "넌 이름이 뭐니?" 하고 묻는 그녀의 음성이 어렴풋하게 들렸다.

"내 이름은 알리카 마헬로나. 나는 이 호텔에서 116년째 일하고 있지."

그림 속 나의 얼굴도 싱긋 미소 지었다.

일곱 번째 이야기

지상에서의 아쿠아틱 라이프

1

창밖으로 후둑후둑 떨어지는 굵은 빗줄기에.

하필이면. 하고 아랫입술을 깨물었다. 조카 수리와 만나기로 약속한 그 토요일이. 바로 이 토요일이었다. 여섯 번째 생일을 앞둔 수리는 두 달 전부터 아쿠아리움에 함께 갈 것을 요구했다. 으응. 하고 얼버무리는 내가 못 미더웠던지. 매주 금요일 저녁마다 전화를 걸었다. 벌써부터 고집스럽고 끈질긴 근성을 보였다. 유전자 검사 따위는 필요 없을 듯. 집요한 성격을 빼닮은 것이 진정 누나 딸이다. 이런 날엔 거실에서 뒹굴며 피자나 시켜 먹으면 참 좋으련만. 그간 미뤄 두었던 '오자크' 시리즈를 시청하는 것도 나쁘지 않을 텐데. 어젯밤. 수리와 영상 통화를 하면서 찰떡같이 약속한 것이 후회스러울 정도였다(심지어 듀엣으로 '상어 가족' 노래도 불렀다).

이제 와서 후회를 한들. 후유. 쿡쿡 옆구리가 찔려 왔다. 툭하면 동물원과 수족관의 폐지를 부르짖다가도. 아이 앞에서는 한없이 무너지는 내 이중성에 부끄러움과 수치를 느꼈다고 할까.

겉 다르고 속 다른 한심한 심보에. 환경 운동가들의 가정사에 가벼운 호기심마저 일었다. 그나저나 이 상황에선. 제발 아쿠아리움에서 아는 사람과 마주치지 않기만을 바랄 수밖에(침방울을 맞아 가며 잠자코 내 주장을 듣고 앉아 있던 사람들 말이다). 어쩌겠는가.

아쿠아리움 주차장에 차를 세우기가 무섭게. 수리는 흥분을 감추지 못하고 자리에서 들썩거렸다. 부스터 카시트에 꽁꽁 묶인 몸을 풀어 달라고 팔다리를 버르적댔다.

"삼촌, 빨리! 빨리!"

"오케이! 오케이!"

역시 비슷한 피가 흐르는 것인지. 우리 둘 다 참을성 없이 꽥꽥거렸다. 나는 서툰 손놀림으로 복잡한 디자인의 안전벨트를 간신히 끌렀다. 산악 구조대원이 착용하는 하네스도 이보다는 간편할 듯했다.

"넘어져! 조심해!"

수리는 내 주의에도 아랑곳없이 내달렸다. 폭이 좁은 '인어공주' 의상 덕분에. 종종걸음으로 지그재그를 그렸다. 하늘색과 보라색이 적당히 섞인 폴리에스테르 원단으로 만들어진 드레스. 금빛 비늘이 인쇄된 다리 부분은 광택을 잃었고. 꼬리지느러미처럼 붙은 망사 천도 군데군데 찢어져 나달거렸다. 부단히 인어공주 흉내를 내는 게 분명했다.

나는 3년째 인어공주를 고수하는 수리를 보면서. 그다음은 뭘지 문득 궁금했다. '라푼젤'이나 '뮬란'만 아니면 좋겠다. 머리를 자르지 않겠다고. 혹은 장검을 휘두르며 남장에 집착하는 수리와 누나가 벌일 전쟁에 개입하고 싶지 않아서이다.

수리는 쏟아지는 장대비를 맞으며 춤을 췄다. 물 만난 물고기처럼. 신이 난 표정으로 물속에서 헤엄치는 시늉을 했다. 언제, 어떻게 배운 것인지. 어설픈 웨이브 춤 동작까지 선보였다.

"삼촌, 왜 그리 느린 거야? 뚱땡이 바다소 매너티 같아!"

수리는 우산을 펼쳐 들고 허둥거리는 나를 보며 손가락질을 했다. 아이를 위한 가르침의 으뜸은 실천이다.

"들켜 버렸네? 나는 매너티다!"

나는 발걸음을 멈춘 후 꼿꼿이 서서 꼼짝도 하지 않았다.

"한 시간에 한 발짝씩만 움직일 거야!"

어깨에 걸려 있던 수리의 백팩이 팔꿈치가 접힌 부근에 툭. 하고 떨어졌지만. 요지부동으로 버티었다. 수리는 꺄아아악. 하고 소리를 질렀다. 좋아서 깨르르거리는 것인지. 싫어서 악을 쓰는 것인지 알 수가 없었다. 안 되겠다. 쉽게 가자.

"동작 그만. 뒤로 돌아."

아이에게 통하는 '유일무이'한 명령어를 발포했다. 그러자. 수리는 파닥거리던 손발을 멈추고. 제자리에서 핑그르르 돌았다. 그리고. 짤막한 팔을 뻗어 양손을 머리 위로 올렸다. 한쪽으로 폭 찌그러졌지만. 나름대로 '하트'를 표현했다.

다음은 내 차례였지만. 미안! 나는 그 틈에 곧장 수리를 둘러업고 아쿠아리움 건물로 향했다.

입장권을 구입한 나는 화장실 입구 근처로 수리를 데리고 갔다. 쪼그려 앉은 자세로 백팩을 열자 여분의 옷가지들과 수건이 보였다.

"감기 걸리면 어떻게 되는지 알지? 그러니까 옷 갈아입자."

수리는 고개를 절레절레 흔들었다.

"너, 다 젖었어."

수리는 태연히 손가락으로 코나 후빌 뿐. 비협조적인 태도는 여전했다. 아오, 내 딸이었으면! 이딴 생각은 개시도 말아야 했다. 애가 하자고 하는 대로 따르는 게 삼촌의 최선인 것을. 나는 수건을 꺼내 수리의 머리카락, 얼굴, 팔, 손, 그리고 다리 순서로 휘리릭 물기를 닦았다. 뭐가 그리 좋은지. 발까지 동동거리는 모습에 기가 막혀 실소만 터졌다.

"어이, 인어공주. 언더 더 씨 구경할 준비됐어?"

수리는 "네!"라는 대답 대신. 또다시 꺄아아악. 하고 소리를 내질렀다. 이런 이상한 버릇은 어디서 보고 따라 하는 것일까. 제발 누나가 아니기만을 바랐다.

"삼촌, 몇 시야?"

"11시 30분 3분 전."

아까부터 수리는 시간을 물었다. 그러고 보니. 구경은 건성으로 하는 것 같았다. 산호초관과 심해관을 도는 동안 별 흥미조차 보이지 않았다. 시간만 줄기차게 물을 뿐. 이럴 거면 왜 오자고 한 걸까? 그렇다고. 여섯 살짜리 아이에게 따져 물을 수도 없는 노릇이었다.

"암초 해안관에 갈까? 거기 가면 바다사자랑 아프리카 펭귄도 볼 수 있는데."

"아니."

"그럼 모래 해저관은 어때? 가오리랑 갑오징어가 거기 산대. 아, 맞다! 해삼도 있다. 해삼 어떻게 생겼는지 보고 싶어 했지? 오이처럼 생긴 게 참말인지 확인해 볼까?"

"삼촌, 몇 시야?"

관두자. 이렇거나 저렇거나. 난 수족관 반대 입장이니까. 차라리 잘 됐어. 그 후로 수리와 나는 단 두 곳만 오락가락했다. 이미 몇 번은 훑은 산호초관과 심해관을 산책로 삼아 걸었다. 그러던 중.

별안간 수리가 달음박질했다. 나에게 시간을 물은 이후. 정확히 내가 시간을 말해 준 직후였다.

"수리야!"

나는 뒤뚱거리며 달려가는 수리를 뒤쫓았다. 아이는 생각보다 훨씬 빨랐다. 보폭에 제한이 많은 드레스를 입은 것을 감안해 보았을 때. 무척 다급한 사정이 생긴 것이다. 설마 시간에 맞춰 화장실에 가야 하는 건 아닐 테고. 영문을 알 수 없었으나 우선 잡아 세워야 했다. 지금 이 순간만큼은 내가 보호자 아닌가. 어휴!

“뛰지 말고! 수…… 수……!”

단 두 음절의 이름도 제대로 부르지 못하고 더듬더듬하던 나는. 커다란 수조 앞에서 목을 길게 빼고 서 있는 수리를 발견했다. 천장부터 바닥까지 유리로 이어진 수조는. 산호초관과 심해관을 잇는 길목에 유(U) 자형으로 만들어져 있었다. 보이는 것이라곤 풍성한 해조류와 작은 물고기 떼가 다인지라. 사람들은 힐끗거리다 지나치기 일쑤였다.

“수리야, 여기 뭐 있는데?”

수리는 고개를 위아래로 크게 끄덕였다. 뭐 있냐고 물었는데. 응. 하는 반응은 대관절 무엇이란 말인가. 아이들의 정신세계란 가늠하기 어려운 미스터리였다.

“뭘 보는 거야? 삼촌도 보고 싶어.”

나는 수리 옆으로 다가가 낯 간지러운 아양을 떨었다.

“인어공주.”

“뭐라구? 인어공주?”

나는 눈을 돌려 수조의 내부를 살폈다. 크리스마스트리 장식 소품처럼 생긴. 미역, 다시마, 톳 등의 갈조류가 떠 있고. 크기와 생김새가 다른 물고기들이 각각 떼를 지어 우르르 몰려다녔다. 아무리 둘러봐도. 인어공주 비스름한 생물체는 보이지 않았다.

“왔다!”

수리는 자리에서 폴짝 뛰며 손가락으로 어딘가를 가리켰다.

안경을 고쳐 쓰고 다시 보았지만. 내 눈에 들어오는 것은 너울대는 해초뿐. 보나 마나. 아이는 '투명 인어공주'가 있다고 우길 것이다. 나는 까르륵 대며 맞장구를 쳐야 할 생각에 한숨이 나왔다.

"삼촌, 사진!"

수리는 눈 하나 까닥 않고 찰지게 명령을 했다. 내가 기억하는 누나의 어릴 적 모습과 완벽하게 겹쳐졌다. 고분고분 휴대폰을 갖다 대자. 수리는 여러 포즈를 취했다. 그러던 어느 순간. 나는 사진 찍기를 멈추고 말았다. 뭐랄까. 아이의 포즈가 야릇했다. 깜찍하고 귀여운 것과는 거리가 있었다. 거리가 있는 정도가 아니었다. 기이했다. 매우.

2

홍뚱항뚱 잔뜩 들떠 있던 수리는.

어느 틈엔가 잠잠해졌다. 시무룩한 것은 아니었으나. 그렇다고 좀 전처럼 신이 나서 팔딱거리는 건 절대 아니었다. 인어공주 의상을 벗었으나. 아이스크림은 거부했고. 해삼의 몽타주를 확인했으나. 내 손길은 피했다. 아이의 무드 스윙이 갱년기를 맞은 중년 여성보다 더 하면 더 했지. 덜 하진 않을 듯싶었다. '독박 육아'에 대한 불평을 한탄조로 내뱉고는 하던 누나의 고충이. 잠시나마 헤아려지기도 했다.

어느덧 어둑해진 하늘. 수리와 헤어지고 집으로 돌아오니 거의 저녁 시간이었다. 종일 아이의 비위를 맞추느라 지친 나는 소파에 벌러덩 누웠다. 당분간 아빠가 되기는 글렀다는 생각과 더불어. 내일 밤까지는 결단코 집구석에 붙박이처럼 처박혀 있으리라. 불끈 다짐을 했다.

뚜-루루-뚜루, 하고 휴대폰이 울렸다.

누나 아니면 수리. 수리일 확률이 더 높았다. 나는 발딱 몸을 일으켜 세웠다. 헛짓을 하고 있다가도 이 벨소리만 들리면 정색을 했다. 친구들과 술을 마시다가도. 하룻밤 상대와 키스를 하다가도. 하물며. 윙키 박사(Dr. Winky)와 악수를 하다가도 그랬다(굳이 설명은 하지 않겠다). 아이에게 건전한 영향력만 전달하려는 반사적 반응이었다(필사 항적의 정신이라고 피력하고 싶다). 당장 아빠는 힘들지라도. 괜찮은 삼촌의 반열에는 들고 싶은 작은 바람에서 비롯된 것일지도 몰랐다.

"우리 수리수리푸하하수리!"

"나야."

누나였다.

"어."

"수리가 취침 전에 신신당부를 하시길래."

"무슨……."

"나도 모르겠는데, 자기는 사진 필요 없으니까 삼촌 다 가지라네? 뭐라는 거니? 내가 알았다고 하는데도 잠늘기 직전까지 했던 말을 하고, 또 하고. 뺑 쪼끔 보태서 수백 번은 그랬을 거야. 아쿠아리움에서 뭔 일 있었어? 대충 들으니 재밌었던 것 같던데."

"일은. 내내 지 꽁무니 졸졸 쫓아다니면서 상전처럼 모셨구먼!"

"그치? 크면 좀 쉬워질 줄 알았는데, 더 힘들어. 누굴 닮아서 자기주장이 저리 강한지, 원."

"곰곰이 생각해 봐. 누굴 닮았겠어?"

"암튼, 오늘 고맙다! 간만에 스파로 행차해서 여왕님 대접 좀 받았네. 낼이면 어김없이 무수리 신세겠지만. 끊는다."

"어. 들어가."

나는 아쿠아리움에서 찍은 사진들을 펼쳐 보았다.

대형 수조. 찢어진 커튼처럼 치렁거리는 해초. 이름 모를 물고기 떼. 그리고 수리.

사진을 넘기는 내 손가락의 움직임에 맞추어. 수리의 범상치 않은 몸 자세가 획획 지나갔다. 마치 반언어적 퍼포먼스라도 벌이고 있는 것 같은 기세였다. 요즘 아이들의 성장 속도는 내가 자랄 때와는 다르다는 생각에. 놀랍기도 하고 아찔하기도 했다.

"응? 잠깐."

네 번째에서 다섯 번째 사진으로 넘어가던 나는. 방향을 바꾸어 세 번째 사진으로 돌아갔다.

"이건⋯⋯."

수조 속 색깔과 패턴이 사진마다 다른 것이. 그제야 눈에 들어왔다. 나는 총 아홉 장인 사진을 순서대로 주의 깊게 살펴보았다. 처음에는 조명 때문일 것이라고 여겼지만. 그렇다고 간주하기엔 모든 게 빈틈없이 들어맞았다. 우연의 일치라고 보기엔 너무도 잘 짜인 연출 같다고나 할까.

3

지난주와 다름없이.

하늘에서 채찍을 후려갈기는 듯한 세찬 비가 내렸다. 자동차 앞 유리에 붙은 와이퍼가 부지런히 빗물을 닦아 냈지만. 흐리멍덩한 시계는 나아질 기미도 보이지 않았다. 이런 비를 작살 비라 부르던가. 가물가물했다.

첫 번째 사진, '0'.

두 번째 사진, '8'.

세 번째 사진, '2'.

네 번째 사진, '9'.

다섯 번째 사진, '킬로(Kilo)'.

여섯 번째 사진, '8'.

일곱 번째 사진, '0'.

여덟 번째 사진, '6'.
아홉 번째 사진, '9'.

일주일이 지났으나. 사진에 찍힌 메시지가 잊혀지기는커녕. 머릿속에 정착해서 뿌리를 내리는 중이었다. 뜻하지 않게 발생한 일이야. 하고 박박 우겨 보아도 '필연적 암시'라는 테두리에서 벗어날 수가 없었다.

그도 그럴 것이. '0829'는 내 생일이고. '8069'는 현관 도어록 비밀번호였다. 해초의 모양과 물의 빛깔, 그리고 물고기 떼를 적절히 이용해 만들어 낸 이미지. 사진 한 장 한 장마다. 숫자를 의미하는 이미지가 수조를 채우고 있다는 게. 예사로운 현상은 아니었다.

일반인의 눈에는 별 것 아닐 수 있으나. 나에게는 특별한 시그널로 보이는 이유는 단순했다. 해군 출신이기 때문이다. 신병 시절부터 달달 외우고 외웠던 국제 신호기는 여전히 기억 속에 생생했다. 나는 특히. 다섯 번째 사진에 주목했다.

킬로(Kilo), 귀함과의 통신을 요구한다.

대화 요청이라고 봐도 무방 했다. 이래도 우연에 불과한 것일까? 수많은 생각들이 꼬리에 꼬리를 물고 날뛰는 사이. 어느덧. 나는 아쿠아리움 주차장에 도착해 있었다.

두 시간이 넘게 꼬박 기다렸지만. 치렁치렁 늘어져 있는 해초 사이로 간간히 이동하는 고기 떼 외엔. 별다른 변화를 알아차릴 수 없었다. 바짝 노려보고 있는 내 눈만 뻑지근하게 아파 올뿐. 괜스레. 오고 가는 관람객들의 찍사 역할이나 하고 있었다.

"사진 좀 찍어 주실 수 있으신가?"

"아, 네."

이번에는 흰머리가 성성한 나이 든 커플이었다. 다정하게 손을 잡고 있는 모습에. 나도 모르게 빙긋 미소가 지어졌다.

"찍을게요. 쓰리, 투, 원."

그러자 번쩍. 하고 플래시가 터졌다. 어이쿠! 나는 얼른 플래시 기능을 제거했다.

"다시 찍을게요. 치-즈."

노부부는 환한 웃음을 얼굴에 흠뻑 띄웠다. 나는 만일을 대비해 셔터를 여러 번 눌렀다. 그리고 신속한 손놀림으로 찍힌 사진들을 후딱 확인했다. 뒤에서 재수 없이 끼어든 사진 폭탄(Photobomb)은 없었는지. 혹 흔들리진 않았는지.

"헉!"

나도 모르게. 입에서 허파 터지는 소리가 튀어나왔다. 하마터면. 노부부의 휴대폰을 바닥에 떨어뜨릴 뻔했다.

"잘 나왔나요?"

"네? 네……."

나는 애써 아무렇지도 않은 척하며. 잽싸게 '삭제' 버튼을 눌렀다.

금슬 좋은 부부에게 어울리지 않는 사진이었다. 플래시가 터져 버려 망친 사진이기도 하고. 노부부는 얼핏 사진 몇 장을 보더니. 고맙다는 말을 남기고 자리를 떴다.

나는 부리나케 수조 가까이 다가가서. 수색 작업에 들어갔다. 얼굴이 찌부러져라 수조 겉면에 찰싸닥 갖다 붙이고. 눈으로 안을 샅샅이 뒤졌다. 얼마나 지났을까.

'헬로.'

어디선가. 짧은 인사말이 아득하게 들려왔다. 잘못 들었나?

'킬로.'

일순. 수조 속 물 색깔이 두 가지로 확 나뉘었다. 왼쪽은 누렇고, 오른쪽은 퍼렇게. '킬로 신호기'라는 뜻을 명료하게 전달했다. 나는 소리의 진원지를 찾아 이쪽저쪽 두리번댔다.

'보이지 않을 거야. 그러니 진정해.'

"우리 수리가 말하던 인어공주가 너냐?"

냉정하고 담담해야 한다는 생각에. 평소보다 낮고 굵은 목소리로 물었다. 그러나 속으로는. 공주는 개뿔! 괴인어겠지. 하고 웅얼거렸다. 왜냐. 겉모습만 보자면 괴물에 가까웠으니까.

268

해파리 촉수와 흡사한 머리털. 파리한 피부색. 역삼각형 얼굴에 자리 잡은 거대한 눈과 작은 코(콧대는 거의 없고 콧구멍만 두 개 뚫린 듯한 매우 비정상적인 비율이었다). 성별을 구분할 수 없는 판판한 가슴(공주라고 부르기 싫은 이유가 다 있었다). 길고 가느다란 팔(손가락 개수까지는 미처 세지 못했다). 지느러미가 달린 하체(물고기보다는 돌고래에 가까운 모양이었다).

잠깐 보았을 뿐인데도. 불쑥 나타난 사진 속 형체는 뇌리에서 떠날 줄을 몰랐다.

'귀여운 아이이던 걸. 널 많이 닮았어.'

뜻밖의 대답에. 나는 할 말을 찾지 못하고 우왕좌왕했다. 누나 딸이지만 나를 닮았다는 언급에 기분이 좋아진 걸까? 왠지 모르겠지만. 나와 비슷한 사람이 이 세상에 존재한다는 사실에. 새삼 감격스러운 기분이 들었다. 현시점에서. 불필요한 감정이기도 했다.

"야, 너. 킬로. 하고 싶은 말이 뭐야?"

그럼에도 불구하고. 나는 거듭 쌀쌀맞게 굴었다. 내 멋대로 '킬로'라고 부르는 것 또한 빼먹지 않았다. 별명은 부르는 사람 맘이다.

'잘 알면서. 스스로에게 거짓말하는 건 좋지 않은 버릇이야.'

나는 슬금슬금 뒷걸음질을 쳤다. 알고 있었으나, 진실일 줄 몰랐고. 기대하고 있었으나, 일어날 줄은 전혀 예상하지 못했다면. 과연 이해가 될까?

나는 꽤 오래전부터. 지구에 서식하는 생물에 대해 관심이 많았다. 우리가 납득하고 있는 생명체가 아닌. 그 어떤 미지의 생명체 말이다. 진부한 교육으로 답습한 지식에 싫증을 내던 나는. 언제나 새로운 가설과 견해에 귀를 쫑긋 기울이곤 했었다. 이렇듯. 괴생명체나 외계 생명체가 실존할 수 있다. 는 무한한 가능성을 활짝 열어 둔 상태였다. 그러나 정작 현실로 맞닥뜨리자. 허겁지겁 내빼려고 하는 겁쟁이었다. 꿈과 현실은 다르니까!

"다른 건 모르겠고. 내 생일과 현관 비번은 어떻게 알아낸 거지?"

오래 묵은 이끼만큼이나 한심한 질문을 해 대는 걸 보니. 충격에서 헤어나지 못하고 있음을 밝히는 꼴이었다. 마음의 준비가 갖춰지지 않은 탓일까? 어쩌면. 어수선한 심중도 다스리지 못하는 나의 무기력증을 고스란히 노출한 결과일 것이다.

'인간이 가지고 있지 않다고 해서 모든 것이 초능력은 아니잖아.'

그러고는 곧장 본론으로 들어갔다. 가장 어이없는 직진형이었다. 고만! 집어 쳐! 저항은 고사하고. 앞으로 벌어질 사태에 전신이 들썩거렸다. 보려고 하지 않아도, 들으려고 하지 않아도. 모든 정보가 조목조목 날아들었다. 거미줄처럼 퍼져 있는 수많은 신경 세포들을 통해. 나는 축축해진 손바닥을 바지에 문질렀다.

'정 원하면 나를 킬로라고 불러도 좋아. 우리의 대화에 알맞은 호칭이기도 하고.'

우리? 어느새. 나는 '친밀한 관계'를 상징하는 무서운 올가미에 걸리고 말았다. 내 의지와는 상관없이. 이 괴상하게 생긴 인어에 낚여 버린 것이다.

4

그날 이후로 꼭 21일째.

"없어! 하나도 없어!"

나는 움켜 쥔 양 주먹을 높이 추켜올렸다.

그 끝을 가늠할 수 없던 변신이 멈추었다. 몇 겹인지 세다가 말아 버린 허물이. 드디어 다 벗겨진 것이다. 시초는 하얀 가루였다. 머리카락에 드문드문 붙어 있는 게 맛소금 같았다. 하루가 지나고. 이틀이 지나고. 맛소금은 꽃소금으로, 꽃소금은 바닷소금으로. 그 크기가 무럭무럭 자라났다. 일주일도 되지도 않아. 두피에서 분리된 회백색의 잔 비늘은 어린아이 주먹만 해졌다. 그 후로 뭉개진 찹쌀떡 모양의 각질 조각이. 신체 온갖 부위에서 곰팡이처럼 피어났다. 손바닥만 한 살비듬이 몸에서 푸실푸실 떨어져 나갔다. 아침에 눈을 뜨면. 침대 시트를 허옇게 덮고 있는 비듬부터 제거하느라 바빴다. 새벽녘 몰래 내려앉은 가루눈도 아니고. 여간 성가신 것이 아니었다(달랑 두 개뿐인 시트를 매일 같이 세탁할 수는 없지 않은가!).

"삼 주라고 하더니 진짜였네?"

나는 실룩실룩 터져 나오는 웃음을 참기 어려웠다. 일단. 번거로운 침구 관리에서 벗어난 것만으로도 무척 기뻤다. '소소함'의 위력을 실감할 수 있었다. 첫 경험이다. 축하주까지는 아니더라도. 뭔가는 해야 했다. 나는 길이 기념한다는 의미에서 증거를 남기기로 했다. 비루한 상태의 헐벗은 몸뚱이를 박아 넣은 사진일지라도. 내겐 기념비적인 사건을 담은 소중한 기록이었다. 휴대폰의 카메라 앱을 열자. 거울에 비친 흐릿한 알몸이 이내 뚜렷이 보였다.

찰칵. 찰칵. 찰칵.

목. 가슴. 배. 팔. 다리. 사타구니……

온몸 구석구석을 빈틈없이 찍었다. 그러는 동안. 살빛이 점점 창백해지는 것을 육안으로 확인할 수 있었다.

'나는 매우 감정적이라서 놀라거나 겁을 먹으면 피부색이 즉시 하얘져.'

킬로의 설명이었다. 그렇다면. 나는 지금 두려움을 느끼고 있는 중이었다. 두려움? 아마도 걱정에 가까운 기분일 것이다. 눈 꽉 감고 굳게 작정했으나. 잔잔히 밀려드는 불안감 같은 것 말이다.

"야 인마, 후회하지 않기로 약속했잖아……"

창백하다 못해 푸른빛으로 얼룩진 나를 향해 꾸짖듯이 중얼댔다. 일종의 자기 최면이랄까. 그러자 서서히. 살색이 원상태로 돌아왔다. 신통방통하게 최면이 통했다.

정말 괜찮을까.

나는 오랜 고민 끝에 외출을 결심했다. 시기상조일 수는 있으나 시험 삼아해 보는 것이었다. 어차피. '때'가 문제이지 '장소'는 상관없으니까. 헝클린 마음을 가다듬고. 대량 구매한 방호복 속으로 몸을 구겨 넣었다. 아래위가 한데 붙은 오버올형의 방호복에는 후드가 달려 있어 외출복으로 적합했다. 거기에 마스크와 선글라스까지 더해지자. 움츠러들었던 어깨가 자연스럽게 펴졌다.

"끽해야 파라노이아에 시달리는 환자라고 여기겠지."

마지막으로 라텍스 장갑을 꼈다. 이왕 미친놈으로 보이는 김에. 더 확실하게 들이대고 싶었다.

누가 바깥세상을 정글이라고 했던가. 하마터면. 현관 앞 계단에서 데굴데굴 구를 뻔했다. 집을 나서자마자. 장애가 들이닥친 것이다. 어느 정도 예측은 했었지만. 그 강도에 관해선 제대로 된 계산조차 하지 않았다. 오차 범위가 생각했던 것보다 훨씬 컸다. 나는 계단에 주저앉아 주위를 뺑 둘러보았다. 최대한 천천히.

"아윽!"

아직 멀었나 보다. 이 정도에 비명이 터져 나오는 걸 보니.

그러나. 눈앞을 가로막는 어지럼증과 치밀어 오르는 멀미를 참을 수가 없었다. 뱅글뱅글 돌고 있는 원통 속에 갇혀 있는 느낌이었다. 그것도 밋밋한 원통이 아니라. 세모지게 짜 넣은 유리판 사이에 감금되어 있는 것만 같았다.

'나의 눈은 세 개의 초광각 역 초점 수정체로 이루어져 있어. 장점은 매우 넓은 각도의 시야를 가진 거고. 단점은…… 없어. 익숙해지기만 하면 하나도 불편하지 않아.'

킬로는 눈의 내부 구조와 기능에 대해 알려 주었다. 딱 알아들을 만큼만. 덧붙여. CCTV 관제실이 안구 내에 장착되어 있다고 상상하라. 는 귀띔 또한 잊지 않았다. 나는 어릴 적 만화경 안에서 펼쳐지던 광경에 넋이 나간 채. 형형색색의 셀룰로이드 조각들이 만들어 낸 천체를 감상하던 추억을 떠올렸다. 황홀했었고. 감탄사도 연방 질러 댔었다.

"그래, 새로운 체험은 밝은 미래를 위한 좋은 기회야."

어느 정도 안정을 되찾은 나는. 계단을 조심스럽게 밟고 내려갔다.

"아이고, 덥지 않으세요? 그래도 안전이 최고지요. 하기야 일 년이나 지났어도 바이러스가 완전히 사라졌다고 아무도 장담 못하죠. 이젠 없어졌구나…… 하고 잊을 만하면 여기저기서 뻥뻥 터지니. 쯧쯧쯧……. 어쩌겠어요? 이렇게 사는 수밖에. 그렇죠? 허허!"

백미러로 내 모습을 힐끗거리던 택시 운전기사가 말문을 열었다.

"……."

"내가 어제 들었는데, 그사이 바이러스 종류가 수십 가지로 늘었다고 하더라고요. 그러니 어째? 예방 주사를 한꺼번에 수십 방 맞을 수도 없잖아요. 죽을 놈은 죽고, 산 놈은 산다고……. 받아들여야지."

"……."

받아들인다. 킬로도 비슷한 말을 했었다.

'하필 왜 나야?'

'너라면 나를 쉽게 받아들일 테니까.'

'그런 장담은 어떻게 하는 거야? 내가 어떤 줄 알고?'

'과거 해양 생물학 수업에 열심이었고. 고유의 사명감도 있고 해서.'

내가 한 발짝 물러서면 킬로는 열 발짝 다가왔다. 거기에다 더하여. 어디까지 알고 있는 것일까? 하고 물음표를 띄울 즈음엔. 듣기 싫은 답을 툭툭 던졌다. 노골적이고 적나라하게. 나는 당황스럽고 급물살에 휘말린 것만 같이 경황이 없었으나.

'……그리고 마지막 질문에 대한 답변은 랜덤 아니고 선별.'

킬로는 단도직입적인 태도로 일관했다. 일일이 벌레라도 솎아 내듯이 말이다.

그렇게 골똘히 정물처럼 앉아 있는 동안. 운전기사는 혼자 잘도 떠들어 댔다. 신음 소리에 가까운 나의 단답형 응답에도 관계없이. 독자적으로 말을 죽죽 이어갔다. 중간중간. 픽 바람이 새는 헛웃음을 치기도 하고. 다소 격앙된 어조로 언성을 높이기도 했다. 애초부터 나와 대화를 할 목적이 아니라. 말이 고팠던 것이다. 굶주렸다는 편이 더 맞을지도 모르겠다. 그러니 내 겉차림 하나만 가지고. 이 방대한 분량의 모놀로그가 가능한 것이다.

아쿠아리움에 도착한 나는 요금을 지불하고 택시에서 내렸다.

"수고하세요."

운전기사는 아쉬운지 입맛을 쩍 다셨지만. 이내 붕 연기를 내뿜으며 떠났다.

"아저씨, 빠른 시일 내에 좋은 분 만날 겁니다."

나는 허공에 덕담을 날리며 발길을 돌렸다.

5

아쿠아리움 매니저는 극도로 말을 아끼며.

방호복 차림의 나를 위아래로 조용히 훑어보기만 했다.

"보수는 필요 없어요. 봉사 활동이니까요."

"아무리 그래도…… 당장 결정하기란, 좀 무리가…….”

"먼저 보시죠. 판단은 그 후에 해도 늦지 않잖아요."

"정확히 뭐라고 했습니까?"

"아쿠아틱 둔갑술이라고. 물속에서 벌이는 마술 쇼라고 할까요?"

"마술이라……."

매니저는 난처한 눈빛을 지으며 말끝을 흐렸다. 그럼에도 불구하고. 가느다란 희망의 끈이 아른거렸다. 손가락으로 턱밑을 긁는 것이. '고민 중' 임을 시사했으니까.

"아이들의 눈높이에 맞춘 쌍방향 교육으로도 충분한 가치가 있어요."

흠흠 헛기침을 두어 번 하던 매니저는 마지못해 고개를 끄떡했다. 영 내키지 않았지만. 구미가 당기는 것을 어쩔 수 없었나 보다. 황금알을 낳는 거위.라는 비유에 입안 가득 군침이 돌았을 테니까.

매니저는 다시마 숲관 후면에 위치한 방으로 나를 안내했다. 침침한 조명이 감도는 방은 눅눅한 공기로 촘촘히 채워져 있었다.

"그럼 앞에서 기다리겠습니다."

매니저가 자리를 뜨기 무섭게. 나는 방제복을 훌렁 벗어던졌다. 마스크와 장갑, 그리고 양말과 신발마저 벗겨 내자. 수줍은 면적의 삼각 수영 팬티만 덩그러니 남았다. 휑한 맨몸에 찬바람이 스미는 것만 같았으나. 힘찬 출발을 다짐했다. 나는 매니저가 알려준 대로 좁고 가파른 철제 계단을 올랐다. 더듬더듬. 비틀비틀. 휘청휘청. 힘겨운 산행을 방불케 하는 더딘 걸음이었다. '거울의 방'에서 헤매고 있는 듯한 시각적 혼란 때문이었다. 우여곡절 끝에. 계단 맨 꼭대기까지 오르자 숨겨져 있던 풀이 나타났다. 깊이 5미터에 이르는 풀장은 키디 풀(아동용 수영장) 크기로. '메인 Main 물탱크'와 연결되어 있었다. 현재 킬로가 머물고 있는 수조이기도 했다(매니저는 '태평양'이라고 불렀다).

나는 풀장 턱에 걸터앉아 숨을 골랐다. 긴장한 탓인지 체온이 급격히 떨어지는 것을 감지할 수 있었다(해군 출신이지. 수영 선수 출신이 아니다!).

킬로는 바닷물 속에서 최상의 컨디션을 맛볼 것이라고 했지만. 가슴 한구석에서 미심쩍은 불신이 아지랑이처럼 피어오르는 것을 어쩔 수 없었다. 그와 동시에. 한시라도 빨리 테스트를 해 보고 싶은 욕망이 꿈틀댔다. 어느 날 갑자기. 내륙형에서 수륙 양용형으로 바뀐 내 육체를.

"모르겠다. 될 대로 돼라!"

나는 지체 없이 해수 풀 안으로 텀벙 뛰어들었다.

물속에 들어가자. 놀랄 만큼 빠르게 신체가 유기적으로 반응했다. 줄곧 환영을 보는 것처럼 불편하던 눈이 평온을 찾았고. 지상에서 숨을 쉬는 것만 같이 호흡에도 아무런 문제가 없었으며. 나의 사고와는 무관하게 팔다리가 척척 알아서 움직였다. 마치 자동 조종 장치를 작동시킨 듯이. 그 움직임이 자연스럽고 유연했다. 개헤엄보다 약간 웃도는 수영 실력에도 불구하고 말이다.

'신체 내부구조의 특징은 무척추동물에 가깝다고 할 수 있지.'

킬로가 전한 기본 해부학적 상식에 의하면 그랬다. 그래서일까? 반듯하게 누운 자세에서 옆으로 90도를 꺾는 유영 자세가 가능했고. 혓바닥이 아닌 열 손가락 열 발가락 끝에서 짭조름한 소금 맛이 느껴졌다.

나는 하나둘 솟아나는 실험 정신에 여기저기가 근질거렸으나. 꾹 참았다. '태평양' 수조로 이동하는 것이 급선무가 아닌가. 게다가. 매니저 앞에서 억지로 팔아 댄 '마술 쇼'가 과연 먹힐지도 의문이었다. 나로서는 모든 게 '최초'이니까.

풀장 벽에 나 있는 네모진 구멍을 통과하자. 긴 터널이 나타났다. 나는 바닥에 설치된 조명을 길잡이 삼아 유유하게 헤엄쳤다. 이윽고. 괴괴한 동굴 같은 통로 끝에서.

'웰컴.'

킬로의 음성이 빛줄기와 함께 뻗어 들었다. 나의 돌핀 킥 발차기에 급속도로 속력이 붙었다. 프로펠러를 단 것 같은 추진력이었다. 나는 제멋대로 행동하는 독립적인 다리 기능이 어색하고 부자연스러웠지만. 별도리가 없었다. 적응할 수 밖에는.

'첫 시도니까 나만 따라 해. 똑같이 흉내 낸다는 기분으로.'

곧바로. 소용돌이처럼 이는 물거품 사이로 훅 빨려 들었다. 하얗게 보글거리는 물방울이 시야에서 걷히자. 둥글둥글한 매니저의 뒤태가 보였다. 그는 팔짱을 끼고 서성거렸다. 후회하고 있거나. 지루함을 달래고 있거나. 인내심이 달아나고 있거나. 셋 중 하나리라.

　나는 수조의 유리벽을 두드렸다. 매니저는 움칠 돌아서며 기다렸다는 듯이 손뼉을 쳤다. 그는 이어서. 고! 하고 사인을 보냈지만. 얼굴의 반은 마냥 굳어 있었다.

　'쇼 타임.'

　킬로는 거인 왕국 아몬드를 연상시키는 눈을 반짝이며 변신을 감행했다. 시작은 숲처럼 우거진 다시마였다. 긴 머리칼부터 꼬리 지느러미까지 누렇게 만든 후. 이리저리 부드럽게 흔들었다. 나는 킬로의 외형과 동작에 집중했다. 그러자. 핏기 없던 내 회색빛 살갗이. 녹빛 감도는 누르스름한 갈색으로 변했다. 순식간이었다. 나는 이때다 싶어. 간드러진 몸놀림으로 킬로를 모방했다. 시큰둥하던 매니저의 통통한 안면에 점차 화색이 돋아났다.

　'키아네아 카필라타.'

　킬로는 금세 연한 오렌지 빛깔을 띤 사자 갈기 해파리가 되어 있었다. 나도 질세라 몸을 둥그렇게 말아서 고정시킨 후. 팔다리를 흐느적거려 해파리 모양을 만들었다. 탄력을 받은 킬로와 나는. 해파리에서 말미잘로. 말미잘에서 불가사리로. 변신에 변신을 거듭했다. 카멜레온을 유치한 변장 수준으로 몰아넣는 고도의 테크닉을 발휘했다.

'옥토푸스!'

킬로는 양팔을 번쩍 들더니. 손가락과 머리카락을 이용해 문어의 여덟 다리를 그럴싸하게 재현했다(그때 발견했다. 킬로의 손가락 개수는 한 손 당 세 개로 총 여섯 개다). 나는 그 순간. 그리스 신화 속 포세이돈의 손에 쥐어진 '삼지창'의 비밀을 깨우쳤다.

"브라보! 브라보!"

매니저의 떨리는 목소리가 수조 안까지 들려왔다. 감격에 취했는지. 그는 물개 박수를 요란하게 쳐 댔다. 먼눈으로 해파리, 말미잘, 불가사리 구경을 하다 문어 부분에서 홀딱 넘어가 버리고 만 것인지. 헤벌쭉 벌린 입도 다물 줄을 몰랐다.

아쿠아리움은 35년이 넘는 역사와 명성에도 불구하고. 전시 생물로 문어를 포함시키지 않은 상태였다. 대형 문어는 대단한 먹성에 버금가는 높은 지능 때문에. 항상 말썽을 부리는 골칫거리로 낙인이 찍혀 버린 까닭이었다. 야반도주를 비롯해 시설물을 망가뜨리기 일쑤니. 당연하기도 했다. 그런데. 문어의 생태를 입체적인 놀이 학습으로 구성할 수 있는 기회라니! 상승 가도를 달리는 연매출이 매니저의 눈앞에서 아른거렸을 것이다. 어쨌거나. 일찌감치 사육을 포기한 아쿠아리움의 입장에서는. 대환영일 수밖에 없었다.

"언제부터 가능하겠습니까?"

매니저는 풀장 밖으로 나온 나의 손을 잡아당기며 물었다.

'이번 주말 어떤가요?'

6

'이제부터는 너의 손에 달렸어.'

킬로는 나에게 인수인계를 마치고 다음 목적지로 떠났다. 그곳에서도. 바다 생물로 신분을 위장하고 임무를 수행할 대상을 물색할 것이다. 그는 인류사에서 수족관이 사라지는 순간까지. 기나긴 여정은 계속될 거라고 했다. 킬로에게 이런 열정의 씨앗을 심은 자는 누구인 걸까? 불현듯. 킬로의 동조자임에도 불구하고 지극히 인간적인 나 자신에. 이질감 같은 게 느껴졌다.

'언제 실현될지도 모르는 일에 올인이라니. 너무 무모한 거 아냐?'
'생각보다 미래는 아주 가까이 있어.'
'썰 좀 작작 풀자. 시간은 흐르지 않는다. 무지다. 완고한 환상이다. 어디까지나 이론적인 가설일 뿐이잖아.'

내가 비아냥거리며 반박했던 연유는. 스멀스멀 다가오는 작은 죄책감일지도 몰랐다. 높은 수익을 올릴 거라는 매니저의 화려한 비전도. 언젠가 푹석 꺼져 버릴 한낱 백일몽인 현실에.

'나를 믿어. 조만간 미래를 목격하게 될 거야.'

킬로가 남긴 마지막 말이었다. 나는 막연히 킬로가 앵무조개로 변신한 모습은 어떨지 궁금했다. 궁금하다기보다는. 돌연히 뇌리를 채색하는 영상이랄까? 아무튼. 나선형으로 몸통을 꼬아 똬리를 튼 킬로가 머리를 풀풀 풀어헤치고 물속에서 둥둥 떠다니는. 형상이 머릿속에서 반복 재생되었다. 기회만 된다면. 킬로가 임시로 거주 중인 아쿠아리움을 방문해 사실 여부를 확인해 보고 싶었다. 나의 '초능력'을 되새김질하고 싶은 욕심이기도 했다.

"……이제부터 문어의 숨은 기능에 대해 배워 보도록 해요. 코티, 나와 주세요!"

문어의 전반적 생태와 특성을 장황하게 설명하던 사육사가 나를 불렀다. 그렇다. 나에게 '코티'라는 새로운 이름이 생겼다. 다시 마 모양을 하고 공상에 잠겨 있던 나는. 퍼뜩 정신을 차리고 문어로 탈바꿈했다. 삽시간에 펼쳐진 마술 같은 현상에. 수조 앞에 모여 있던 관람객들이 와! 환호를 질렀다.

"문어 마술사 코티입니다!"

사육사의 연이은 소개에 관람객들은 일제히 박수를 쳤다.

"코티는 매우 영리해서 다양한 변신이 가능해요. 우리 다 함께 코티의 위장술을 감상해 볼까요?"

큐 사인이 떨어지자. 수조 밖에 설치된 스피커에서 경쾌한 음악이 흘러나왔다. 나는 리듬에 맞춰 변신술을 벌이기 시작했다. 문어에서 해파리로. 해파리에서 말미잘로. 말미잘에서 불가사리로……. 사전 연습 덕에 무난하고 수월했다. 나의 감쪽같은 솜씨에 곳곳에서 탄성이 터졌다. 의기양양해진 나는 주변에서 어슬렁대는 물고기에 장난까지 걸었다. 가슴 깊은 곳에서 우쭐거리는 기운에 까불어 댔다. 자꾸만 뽐내고 싶은 것이. 어쩔 수 없는 인간임을 또 한 번 실감했다.

"그리고 의사소통도 아주아주 자유롭게 한답니다."

사육사는 '다음 순서'를 의미하는 멘트를 했다. 나에게는 매우 중요한 찬스이자. 클라이맥스이기도 했다. 나는 다시마 사이로 왔다 갔다 하며. 수조 밖에 군집한 관람객들을 빙 둘러보았다. 무리 속에서 손을 흔들고 있는 한 아이가 눈에 들어왔다. 다름 아닌 수리였다. 그래, 너였어. 네가 바로 첫 번째 전도사야! 나는 수리를 향해 여덟 다리 중 가장 길고 굵은 녀석을 흔들었다. 신호를 받은 수리는. 양팔을 너울대는 갈대처럼 좌우로 움직이기도 하고. 굴렁쇠를 굴리는 듯한 손동작을 하기도 했다. 나는 모든 다리를 동원해서 수리의 몸짓을 그대로 따라 했다. 으쓱으쓱. 둥실둥실. 찔러 찔러. 수리는 신바람이 난 듯 다양한 율동을 하다가.

"동작 그만! 뒤로 돌아!"

느닷없이 소리 높여 외쳤다. 웅성웅성. 관람객들의 이목이 일시에 수리에게 쏠렸다. 나는 사방으로 흐물거리는 다리들을 한 곳에 모아서. 한 바퀴 빙그르르 돌았다. 그리고 두 다리로 예쁜 '하트' 모양을 만들었다.

"다들 보셨나요? 소통이 이루어졌어요! 거기 뒤. 푸른 원피스를 입고 있는 소녀. 앞으로 나와 주겠어요?"

사육사는 수리를 지목했다.

"이름이 뭐죠?"

"수리."

"수리. 예쁜 이름이군요! 수리는 몇 살인가요?"

"여섯 살."

"방금 문어 마술사와 함께 춤을 추었는데, 기분이 어때요?"

"아쿠아리움은 바다 동물들의 감옥이에요. 다시는 감옥을 찾지 않을 거예요."

수리는 보란 듯이 두 팔 크게 벌려 하트를 가득 담았다. 우리 수리수리푸하하수리! 새롭게 생성된 심장이 원인이었을까? 나는 뜨겁게 차오르는 감정을 겨우 달랬다. 맥박이 빨라지는 통에 자칫 변신이 풀릴 뻔했으나. 다행히 버티어 주었다.

"아…… 음…… 그렇군요. 즐거운 시간 보내기 바랄게요!"

수리의 생뚱맞은 대답과 행동에 몹시 당황한 사육사는 급히 말을 맺었다. 첫 도전은 성공이었다. 나는 수조 안을 빙글빙글 돌며 먹물을 팡팡 뿜어댔다. 자축 세리머니였다.

'잘 부탁해.'
'온 힘을 다 할게.'

'잘 부탁해.'
 '온 힘을 다 할게.'

여덟 번째 이야기

파라노이아

1

손영혜.

그녀는 오늘도 정신없이 계단을 오르락내리락하고 있었다. 쿵쾅쿵쾅. 지하실에서 1층을 거쳐 2층까지. 상승과 하강을 반복했다. 투박스러운 걸음에도 불구하고. 꽤 빠른 스피드였다. 머지않아 일흔을 바라보는 나이지만. 무릎 컨디션도 비교적 양호했다(이틀이 멀다 하고 푹 끓인 도가니탕을 들이켜는 식생활의 결과물일지도 몰랐다).

"아휴! 이 새끼 오기만 해 봐!"

그녀의 붉어진 얼굴이 더 시뻘게졌다. 과도한 유산소 운동 때문인지. 들썩거리는 감정 때문인지. 아니면 둘 다인지. 하여튼 그랬다. 영혜는 휴대폰의 잠금장치를 열었다. 그리고. 다급히 전화를 걸어댔다.

"네, 또 저예요. 바쁘신데 번번이 죄송해요."
아, 아닙니다.

"다름이 아니라……. 지하에 내려갔는데 냄새가 많이 나서요."

오늘 날이 좋으니까 해 지기 전까지 문을 열어 놓으시면 괜찮아질 겁니다.

"그럴까요? 낼모레 오는데 걱정이……"

낼모레까지는 충분합니다. 걱정하지 마세요.

"네, 알겠습니다. 고맙습니다."

방제업자 김 씨와 통화를 마쳤다. 영혜는 침대에 풀썩 주저앉았다. 거듭 안심시키는 김 씨 덕에. 약간의 여유를 찾았다.

"이 새끼 때문에 힘들어 죽겠네!"

사실. 그 '새끼'는 낼모레에 오지 않는다. 오늘로부터 나흘 뒤. 글피도 아니고, 그글피에 여행에서 돌아올 예정이었다(그녀는 터무니없는 과장법을 즐겨 구사했다).

3일 전이었다.

아침 일찍부터. 누군가 현관문을 두드렸다. 문밖에는 머쓱한 표정의 청년이 구부정하게 서 있었다.

"어쩐 일이에요?"

"지금 아래에…… 어…… 불이 나가서……."

청년은 어눌한 한국어로 느릿느릿 말했다. 지하 원룸에 거주 중인 세입자이자. 26살 먹은 반백수 '제이슨 선우'. 바로. 그 '새끼'였다.

"불이요?"

"네……."

"그게 왜 자꾸만 나가지?"

잠옷 바람의 영혜는 머리를 긁적였다. 정리되지 않은 머리칼은. 갈래갈래 사납게 뻗쳐있었다. 앞마당에 깔려 있는 돌 사이를 비집고 올라온. 잡초의 기세와 비등했다. 영혜는 현관문 옆에 설치된 원격 조정 장치의 버튼을 눌렀다. 이윽고. 차고 문이 지잉 소리를 내며 열렸다.

"어떻게 하는 줄 알죠?"

"네. 죄송합니다……."

제이슨은 고개를 꾸벅 숙이더니. 재빨리 발걸음을 돌렸다. 영혜는 거실 블라인드를 열었다. 후닥닥 차고 안으로 뛰어들어가는 제이슨의 모습이 보였다. 잠시 후. 제이슨이 "다 됐어요!" 하고 외쳤다. 누전 차단기의 스위치를 올렸다는 뜻이었다. 제이슨은 창가에 서 있는 영혜를 향해 재차 목인사를 했다. 영혜는 쓴웃음을 억지로 지어 보였다. 동시에. 차고 문도 얼른 닫았다.

"밑에서 뭔 짓을 하길래 하루 걸러 이 지랄이야?"

그도 그럴 것이. 처음 있는 일이 아니었다. 이미 4번째였다. 영혜는 궁금해졌다.

"내가 물어볼 게 있는데. 컴퓨터를 온종일 돌리면 불까지 나가?"

영혜는 옆집에 사는 '그레이스'에게 다짜고짜 물었다. 동네에서는 '괭이 마마'로 불렸다. 어슬렁거리던 길고양이들이 하나씩 그녀의 애완묘로 탈바꿈했기에. 적절한 호칭이었다.

컴퓨터? 글쎄, 잘 모르겠는데. 왜 그래요?

"아래층에 전기가 나가서. 도대체 몇 번짼 줄 몰라! 전에 살았던 애들은 말야, 이런 일이 한 번도 없었는데. 얘는 성가셔 죽겠어!"

과부하가 걸려서 그러는 거 같은데. 그러다 불이라도 나면 어쩌려고?

"뭐라구? 불? 불이 난다구?"

모를 일이지. 불똥이라도 튀면……. 사람 없을 때 그러면 큰일이지 않겠어?

그레이스는 풀떡 풀떡 풀무질을 해 댔다.

"못 살아! 이걸 우째?"

담에도 그러면 단단히 타일러. 콘센트 하나에 많이 꽂지 말라고.

"그래야겠네. 고마워. 나중에 얘기해."

제이슨이 방을 보러 왔을 때였다.

영혜는 가장 먼저 그의 직업을 물었었다.

　제이슨은 '그래픽 디자이너'라고 했다. 컴퓨터를 사용한다는 정도만 이해할 뿐. 솔직히 생소했다. 그래도 왠지 깔끔하고 청결할 것 같았다. 컴퓨터라는 물건이 주는 느낌이랄까(멀쩡한 편에 속하는 허우대도 한몫 했다). 프리랜서라는 점이 못마땅했지만. 겨우내 방이 비어 있던 것도 그렇고. 이전 세입자의 불결함에 질려 있던 차였다(얼마나 쌍욕을 퍼부었던가. 청소비로만 월세의 4분의 1을 지출해야 했다). 그래서 그 순간만큼은. 이런저런 이유로 제이슨을 원했다. 간절히.

"똥차 가고 벤츠 온다더니. 개뿔!"
겉만 번지르르한 벤츠였다. 자잘한 고장도 많고 시끄러웠다.

'드라이브웨이에 차를 주차해도 될까요?'
'와이파이를 무료로 사용하고 싶은데. 가능한가요?'
'세탁기를 쓸 수 있을까요?'

　영혜는 내키지 않았다. 그래도. 1번과 2번은 수락했다. 그레이스의 충고가 있었기 때문이었다. '요즘 젊은 애들'이라는 대목이. 영혜를 납득시켰다. 그러나 세탁기라니! 어림도 없는 요구였다.
　"지 옷과 내 옷을 어떻게 한 기계에 넣어?"
　소름이 불끈 돋았다. 영혜는 갈비뼈 부근을 어루만졌다. 실제로 가슴 한구석이 찌릿찌릿 저렸다. 그리고 보니. 아까부터 그랬던 것 같았다. 정확히. 그레이스가 '불'을 언급한 이후였다.

"장 보러 간 사이에 불이 나면 어떻게 되는 거야?"

차로 5분 거리인 동네 마트라면 모를까. 코스트코라면 큰일이었다.

활활 불 타오르고 있는 집. 불구경을 하고 있는 이웃. 진화 작업에 나선 소방관들. 그 혼란의 틈바구니에 끼어 있는 제이슨…….

눈을 뜨나 감으나. 불의 형상만 가물거렸다. 머리가 지끈거리기 시작했다. 영혜는 휴대폰을 만지작거렸다. 문자라도 보내야 될 듯싶었다. 까맣게 잊어버리기 전에.

콘센트 하나에 많이 꽂지 마세요. 자꾸 전기가 꺼지니까.
고맙습니다.

써 놓고도 보낼까 말까 한동안 머뭇거렸다. '고맙습니다' 부분은. 썼다 지웠다를 세 번이나 반복했다(집주인이 벌벌 기는 것 같아서였다). 그래도 끝에 가서는. 보내기로 마음을 먹었다. 동그란 녹색 버튼을 꽉 눌러버렸다. 얼마 지나지 않아. 답 문자가 도착했다.

I'm sorry··· Okay. No problem.

"그래야지. 미안한 줄은 알아야지."

말은 툭 뱉었으나. 께름칙한 느낌이 영 가시질 않았다. 기분 때문이었을까. 하루 종일 배 속도 더부룩했다. 덜 불린 쌀로 지은 밥을 삼킨 것 같았다. 물에 충분히 불리지 않은. 귀리와 녹두가 문제라고 여겨졌다(그녀는 찹쌀의 비율을 높여야겠다고 다짐했다). 과민성 대장 증후군 증상이라는 점은 망각한 채.

안 좋은 예감은 빗나간 적이 없다고 했던가. 막 샤워를 한 영혜가. 1층 화장실로 향할 때였다(그녀는 1층 화장실을 머리 손질의 용도로 이용했다). 딩동 하고 초인종이 울렸다.

"이 시간에 누구지?"

저녁 식사 후 샤워까지 마쳤으니. 대략 9시로 추측할 수 있었다. 그레이스가 TV 시청에 빠져 있을. 택배 서비스도 거의 없는 시간대였다.

"누구세요?"

영혜는 머리에 수건을 둘러 쓴 채. 현관문을 빼꼼 열었다.

"아⋯⋯ 안녕하세요⋯⋯."

세입자 제이슨이었다.

"무슨 일이에요?"

"진짜로 죄송한데⋯⋯."

제이슨은 우물쭈물거렸다.

"뭔데 그래요?"

"부…… 불이 나가서……. 차고 문 좀……."

"또요?"

영혜의 눈이 번쩍 커졌다.

"……."

제이슨은 대답도 제대로 못하고. 시선을 떨구었다.

"아니, 어째서……."

영혜가 말끝을 흐리며 차고 문을 열자. 제이슨은 쏜살같이 차고로 달려갔다. 이내 쿠당탕거리는 소음이 들렸다. 원룸으로 통하는 문이. 열리고 닫히는 소리도 연달아 났다. 곧이어. 웅성대는 말소리가 뒤를 이었다. 남녀 목소리가 섞여 있었다. 적어도. 세 명은 되는 것 같았다. 영혜는 그들의 대화에 귀를 기울였다. 그러나. 알아듣기는 힘들었다.

"일 벌이는 거 아냐?"

영혜는 냉큼 내려가서 자초지종을 묻고 싶었다. 반면. 품위를 지켜야 한다는 이성이. 그녀를 만류했다(몸에 걸친 푹신한 수면 잠옷과 머리를 감싼 축축한 수건은 그녀의 본능적 행동을 제압했다). 영혜는 소파 앞에서 서성거렸다. 심리적 안정을 찾아야 했다. 이럴 때. 응급 처치는 자동차 키였다. 영혜는 망설임도 없이. '잠금' 버튼을 수없이 눌렀다.

삑. 삑. 삑. 삑. 삑. 삑. 삑. 삑…….

울렁증이 차츰 진정되는 것 같았다. 영혜는 차 문을 하루에도 수도 없이 걸어 잠갔다(일종의 세러피라고도 할 수 있었다). 그렇게라도 하지 않으면. 누군가 차를 훔쳐갈 것만 같은 지독한 불안감이 그녀를 마구 흔들어 댔다. 종종. 집 앞을 지나는 낯선 사람들을 보기라도 하는 날엔. 수시로 밖을 확인해야 직성이 풀렸다.

약 15분가량 흘렀을까. 딩동. 딩동. 영혜의 몽상을 깨우는 소리가 땡땡거렸다. 보나 마나. 제이슨이었다.

"전기 들어와요?"

"네……. 저……."

"왜 그래요?"

"어…… 지금 기계가 켜져 있는데, 언젠가 꺼질지도 몰라요."

"무슨 말이에요? 기계라니?"

"사실은…… 베드 버그 때문에 친구한테서 기계를 빌려 왔어요……."

"베드 뭐요?"

"베드 버그요. 근데 걱정하지 마세요. 그 기계로 다 죽일 수 있어요. The machine is fuming hot air, which goes up to one hundred twenty Fahrenheit. So it will kill all the bedbugs overnight!"

자신에 찬 목소리였다. 한국말을 할 때와는 판이하게 달랐다.

영혜는 답답했다. 조금이라도 해석해 보려고 노력했다. 그러나. 알아들을 수 있는 말이라곤. '원 헌드레드 투웬티' 밖에 없었다. 장사를 하면서 다른 건 몰라도. 계산은 정확히 해야 했으니까.

"원 헌드레드 투웬티? 뭐가 원 헌드레드 투웬티라는 거죠?"

"Room temperature."

이번에는 대강 알아 들었다. 방 안 온도가 화씨 120도까지 올라간다는 의미였다.

"이 밑이 백이십 도가 된다는 거예요?"

"네……. 그래서 오늘 밤 친구 집에서 자고 내일 아침에 오려구요. Because the room is going to be too hot for me to stay. 아, 그리고 내일 친구들이랑 자메이카로 여행 가요. 일주일 뒤에 올 거예요."

"백이십 도면 어느 정도인 거야……."

영혜의 귀에 다른 말은 들리지도 않았다. '120'이란 숫자만. 머릿속에 빼곡히 들어차 버렸다. 베드 버그도. 제이슨의 여행도. 알바 아니었다.

"So I'll be back tomorrow morning. 안녕히 계세요."

제이슨은 황급히 자리를 떴다. 영혜가 입을 벙긋할 틈도 주지 않았다.

"저게 뭐라고 하는 거야? 방을 백이십 도까지 뜨거워지게 해 놓고, 지는 나가 잔다고?"

뭐가 뭔지 헷갈렸다.

영혜는 소파에 앉았다. 침착해야 했다. 뒤죽박죽인 뇌 속을 정리해야 했다.

"한여름 폭염일 때 얼마나 더웠더라……."

화씨 100도가 넘게 올라간 날들을 기억해 냈다. 그러나. 체감 온도를 가늠하기란 쉽지 않았다. 시원한 에어컨 바람을 쐬며 수박을 잘라먹던. 기억만 떠오를 뿐이었다. 사고의 전환이 필요했다. 잠시 후. 영혜는 무릎을 쳤다. 지하 원룸 후미진 곳에 처박혀 있는 가스보일러를. 그만 깜빡했다. 벽시계로 힐끔 눈을 돌렸다. 두 개의 바늘은 9시 25분 언저리를 가리켰다.

'늦었나? 그래 봤자 여행 다니는 프로나 보고 있겠지.'

그레이스를 말하는 것이었다. 다리가 불편한 그녀의 '최애 프로그램'이었다. 비록 간접 경험일지라도. 그녀를 행복하게 했다. 영혜는 휴대폰을 가지러 2층으로 올라갔다.

"그레이스, 뭐 해? 아직 안 자지?"

안 자요. 텔레비전 보고 있었어.

"그렇구나. 내가 뭐 좀 물어볼 게 있어서."

뭔데요? 말해 봐요.

"좀 전에 아래층에 사는 애가 왔거든. 근데 무슨 기계를 돌리는지 방 온도를 백이십 도까지 올라가게 한다네. 거기에 가스보일러도 있는데……. 괜찮을랑가?"

기계?

"응. 벌레를 없애는데 그 기계를 써야 하나 봐. 그건 그렇고…… 보일러가 망가지는 건 아니겠지?"

보일러가 열 받아서 좋을 건 없지. 그런데 무슨 벌레길래 그 야단법석인 거야?

"말도 마! 베드 뭐시기라고 하던데. 하루에도 몇 번씩 기어올라와서 차고 문을 열어 달라고 징징거리고. 아주 미치겠어!"

베드 버그?

"뭐 그랬던 거 같아. 그게 뭐야?

그거 빈대야, 빈대! 사람 막 물고 그래!

"빈대?"

영혜는 입을 크게 벌렸다. 자기도 모르게 언성이 높아졌다.

"빈대가 생기면 어떻게 되는 거야?"

여러 가지 의문이 머리를 들고 일어섰다. 그렇지만. 빈대에 관한 지식은 전무했다.

빈대 한 마리가 어찌어찌 들어오지? 그러면 온 집 안에 퍼지는 건 시간문제야. 암컷은 매일매일 알을 낳는다고 하더라고. 우리 언니 집에도 어디서 빈대가 옮겨 붙어 온 바람에 한바탕 사달이 났었잖아. 그런 얄궂은 기계로 절대 못 잡아. 업체 불러야 돼.

영혜는 눈앞이 깜깜해졌다. 머리통 속에 가득하던 '120'이 싹 날아갔다. 대신. 빈대들로 득시글거렸다.

"그게 퍼지면 어떻게 잡아?"

그러니까 전문 업체를 부르는 거지. 오면 샅샅이 훑고 소독한대.

"그새 일 층이랑 이 층까지 가진 않았겠지?"

벽이랑 전기선을 타고 이동한다고 그러더라고. 쯧쯧, 어쩌다가 거기로 들어갔냐. 언제 발견했대?

"모르겠어."

빨리 연락해서 물어봐. 그거 지딱지딱 잡아 없애야 해.

"응, 알았어. 고마워."

영혜는 손가락으로 관자놀이를 문질렀다. 뭔가 안에서 펄펄 끓고 있는 것 같았다. 혈압이 올라가고 있음을 직감했다. 그렇다고. 혈압약을 하루에 두 번 복용할 순 없었다. 흥분을 가라앉히는 것이 급선무였다. 눈에 보이는 대로. 물 한 컵을 벌컥벌컥 들이켰다. 그러나 붉게 상기된 얼굴은 여전했다.

영혜는 욱신대는 머리를 감싸 쥐고 침대 위에서 뒹굴었다.

"어디서 저런 게 굴러 들어서는……."

끙끙 신음 소리를 냈다. 손끝이 닳도록 쓸고 닦는 집구석에 빈대라니! 억울해도 이토록 억울할 순 없었다.

"젠장! 이걸 어디서부터 시작해야 되는 거야."

이왕 벌어진 사태였다. 그레이스의 조언대로. 신속한 수습만이 살길이었다. 영혜는 자리를 털고 발딱 일어났다.

"여보세요. 집주인이에요."

네…….

제이슨의 음성이 비실비실했다. 집주인이라는 소리에. 기가 눌린 것 같았다.

"혹시 베드 버그라고 하는 게 빈대인가요?"

네? Oh, I don't know.

"언제 발견한 거예요?"

음……. About two, three weeks ago?

영혜의 귀에 '투 쓰리 윅스'라는 부분이 쏙 들어왔다.

"투 쓰리 윅스?"

Yes.

영혜는 뭐라고 하고 싶었다. 아마도. "왜 미리 이야기하지 않았냐?" 하고 따지고 싶었을 것이다. 그러나. 입이 좀처럼 떨어지지를 않았다.

Don't worry. The machine that I brought it will kill those bedbugs one hundred percent. I found out that professional people use the same machine. If you want, I can send you the YouTube link. So… 걱정하지 마세요.

영혜는 기가 찼다. 무슨 말인지 모르겠지만. 무턱대고 걱정하지 말라니! 내일이라도 당장. 업체를 불러 난리 굿판을 벌여야 할 마당에!

"기계를 꺼 줬으면 좋겠어요. 암만해도 위험할 거 같아서……"
No, no, no. It's not dangerous at all. Trust me. 진짜로 안 위험해요.
"조마조마해서 그래요. 만약에 하나라도 잘못되면…….'

숨이 막힐 듯이 갑갑했다. 사라진 줄 알았던. '120'이 슬그머니 도로 등장했다.

'If you turn off the machine now, those bedbugs will spread out to the entire house. Why don't you shut down the furnace instead?'

수화기 너머. 여자 음성이 들렸다. 제이슨의 여자 친구였다.

말뜻은 알아들을 수는 없어도. '감'이라는 게 있지 않은가. 딱 버릇없고 재수 없는 뉘앙스였다. 면전에 있었으면. 귀싸대기라도 날리고 싶었다.

그럼…… 오늘 밤에 furnace 끄면 안 될까요? 진짜로 괜찮은데, 걱정하시니까…….

'퍼내스? 대관절 퍼내스가 뭔데? 보일러인가?'

영혜는 이 반쪽짜리 대화를 한시바삐 끝맺고 싶었다. 사진 액자 속 남편이 빙긋 웃었다. 10여 년 전 먼저 하늘로 간. 남편의 말소리가 들려오는 것만 같았다.

'그러길래 미리미리 영어 공부 좀 해 놓지 그랬어, 손 여사?'

껄껄거리는 특유의 웃음과 함께 말이다.

"할 수 없죠. 보일러를 끄고 자는 수밖에. 기계는 낼 아침에 들어오는 대로 꺼 줘요. 알았죠?"

네, 그럴게요. 진짜로 미안합니다. 안녕히 계세요…….

제이슨은 기어들어 가는 목소리로 어물거렸다. 영혜는 감정이 다소 누그러졌다. '진짜로'를 세 번이나 외쳐대던. 제이슨의 시들시들한 음성이 효력이 있었다.

"그래요. 여행 잘 다녀와요."

제이슨과의 통화는 그렇게. 일단락을 지었다. 막판에는. 덕담으로 마무리까지 했다. 영혜는 한숨을 돌렸다. 9시 즈음부터 시작한 씨름이. 기껏 1차전을 치른 것 같았다. 그제야. 머리에 둘둘 말린 수건을 벗겨냈다. 영혜는 거울에 비친 자신의 모습에 기함했다. 꼭. 경찰서에서 찍힌 사진을 보는 듯했다(범인 식별용 얼굴 사진 말이다). 특히. 그 유명한 닉 놀테(Nick Nolte, 영화배우)의 것과 흡사했다. 머리카락을 만져 보니. 반은 말랐고 반은 젖어 있었다. 복구가 불가능할 것 같았다. 어느새. 시간도 자정에 가까워져 있었다. 머리 손질은 물 건너갔다고 볼 수 있었다. 짜증이 확 끓어올랐다. 입춘이 오기도 전에. 불쾌지수가 달아오르고 있었다.

'일단 자자.'

영혜는 도통 잠을 잘 수가 없었다. 이불로 몸을 둘둘 말았지만. 으슬으슬 추웠다. 보일러를 꺼 버린 탓이었다. 숫자도 세어보고. 기도문도 외워 보았다. 소용없었다. 오히려 정신만 말똥말똥해져서. 눈만 감으면 치솟는 불기둥이. 우글거리는 빈대들이. 깜깜한 시야 앞에 생생하게 나타났다. 불쑥 찾아온 불면증 앞에는. 모든 게 무용지물이었다. 1, 2층을 몇 번이나 올라갔다 내려갔다 했는지. 화장실을 몇 차례나 갔는지. 셀 수도 없었다. 몸을 뒤척이는 것조차 힘겨웠다. 이가 부드득 갈렸다.

　　　❧

얼마나 시간이 흘렀을까.

영혜는 휴대폰을 확인했다. 새벽 6시가 훌쩍 넘어 있었다. 뜬눈으로 날을 새고 말았다. 헛된 불안과 근심이 빚어낸. 썩은 열매였다. 참을 수가 없었다. 영혜는 이불을 냅다 걷어찼다.

"너무 일찍 전화했나?"

영혜는 괜스레 내숭을 떨었다. 그레이스는 길고양이들에게 밥을 주기 위해. 항상 새벽 5시에 기상을 했다. 동네 사람들이라면 환히 꿰고 있는 그녀의 일과였다.

아니에요. 나야 다섯 시면 일어나는데.

"으응…… 다름이 아니라……. 어제 그레이스가 업체를 부르라고 했잖아. 소개해 줄 만한 데 있을랑가?"

우리 언니한테 한번 물어볼게요. 언뜻 들었는데, 잘한다고 하더라고.

"그래 주면 고맙고. 들어가."

영혜는 잠옷 위에 점퍼를 걸쳤다. 아래층 상황을. 두 눈으로 확인을 해야 했다.

방한 마스크를 끼고. 양말 속으로 잠옷 바짓단을 꾸겨 넣었다. 더불어. 위생 장갑을 착용하는 것도 잊지 않았다. 개시 전부터. 빈대에 물어뜯길 수는 없었다.

지하 원룸 문을 열자. 더운 열기가 훅 치밀었다. 퀴퀴한 냄새도 잇달아 풍겨 나왔다. 영혜는 마스크를 바싹 추켜올렸다. 빈대를 백 퍼센트 죽인다는. 기계의 전원은 꺼져 있었다. 끄고 간 것인지. 혼자 꺼진 것인지. 알 수 없는 일이었지만. 여하튼 다행이었다. 내친 김에. 콘센트에서 기계의 플러그를 뽑았다. 일순간. 가슴을 짓누르던 무게가 깃털보다 가벼워졌다. 밤새 괴롭히던 '화재 위험'에서. 완전히 벗어날 수 있었다. 다른 의미로. '빈대 박멸'에만 총력을 쏟아부을 수 있었다.

1층으로 올라온 영혜는. 현관 옆에 놓아둔 물티슈 박스를 열었다. 단순한 물티슈가 아니었다. 락스로 범벅이 된 살균 물티슈였다. 영혜는 쪼그리고 앉아. 물티슈로 슬리퍼 바닥을 닦기 시작했다. 밟았던 현관 바닥도 꼼꼼히 문질렀다. 그만하면 소독이 된 것 같았다. 내내 느글느글하던 비위가 풀렸다. 잠시 후. 수머니에서 '띠링' 알람이 울렸다.

메트로 페스트 컨트롤 / 조셉 김
언니가 먼저 말해 놓는대요.
그쪽에서 오늘 중으로 전화 줄 거야.

그레이스였다. 역시 빨랐다. 영혜는 고맙다는 내용의 문자 메시지를 휙 보냈다.

2

해충 방제는 성공적이었다.

영혜의 절절한 호소가 통했는지. 방제업자 김 씨는 다음 날 방문을 해 주었다. 머리부터 발까지 덮은. 흰색 방제복으로 무장한 김 씨의 모습에. 영혜는 안도했다. 방제는 총 2시간이 넘게 진행되었다. 작업을 완료한 김 씨는 '환기가 필요하니, 최소한 2시간 동안은 집안 출입을 삼가라.'는 말을 남기고 떠났다. 영혜는 김 씨의 지시를 충실히 따랐다. 추위에 달달 떨면서. 차 안에서 5시간 이상을 머물렀다. 김 씨가 권장한 2시간으로는 턱없이 부족할 것 같아서였다. 화학 약품이 왕창 들어간 소독약을 들이마실 수는 없었다. 누가 알겠는가. 빈대의 끈끈한 체액이 공기에 흠뻑 스며들었을지(그녀는 가당치도 않은 망상에 집착했다).

지루한 기다림 끝에. 영혜는 집으로 들어왔다.

매큼한 냄새 때문인지. 목이 칼칼했다. 그래도. 기분은 한결 좋아졌다. 빈대는 말할 것도 없고. 벌레란 벌레는 전멸시켰다고 생각하니. 흥흥 콧노래가 나왔다. 영혜는 입고 있던 옷을 벗어던지고. 특별한 '작업복'으로 갈아입었다. 색 바랜 옛 잠옷이었다. 칙칙한 빛깔에 후줄근한 옷감은. 걸레로 더 알맞을 법했다.

'감자, 고구마를 밖에 놔두어도 괜찮나요?'
'괜찮습니다.'
'그릇이나 커피 포트는 어쩌죠?'
'괜찮습니다.'
'베개나 이불은요?'
'괜찮습니다.'

김 씨는 영혜의 모든 질문에. '괜찮다.'는 말만 반복했다. 어딘가 꺼림칙했다(제아무리 유독 성분 함유량이 낮다 치더라도 화학 물질이 아닌가). 영혜는 팔다리를 걷어붙이고. 걸레질에 착수했다. 1층을 시작으로 계단과 2층 바닥을 차례로 훔쳤다. 걸레질을 마무리짓자. 기다렸다는 듯 다음 단계로 넘어갔다. 찬장에서 모든 식기를 꺼내. 개수대 옆에 쌓아 올렸다. 잔치 설거지를 방불케 하는 양이었다. 영혜는 거품이 허옇게 인 수세미로. 일일이 문질러 닦았다(그녀는 식기 세척기를 불신했다). 위장에서 꼬르륵 소리가 났다. 아침부터 쫄쫄 굶었으니. 당연했다.

"스트레스는 스트레스대로 받고! 잠쉬! 날 잠쉬!"

성질을 꽥 부려 보았지만. 멈출 수도 없는 노릇이었다. 가짜 토끼를 쫓는 경주견처럼. 전력 질주하던 중이 아니었던가. 영혜는 콧잔등에 맺힌 땀방울을 손등으로 눌렀다. 부아는 났지만 분풀이할 데가 없었다. 그녀는 별도리 없이. 헹구어 낸 그릇들을. 식탁 위에 차곡차곡 쌓았다. 행주로 물기를 닦은 후. 빠짐없이 원위치로 옮겨 놓았다. 사지가 후들후들 떨렸다. 더는 견딜 수가 없었다.

영혜는 헐레벌떡 냉장고 문을 열었다. 전날 남긴 된장국이 보였다. 다시 데울 여유도 없이. 찬 된장국에 밥을 꾹꾹 말았다(밥솥에 있던 더운밥과 합쳐지면. 미지근해질 것이라는 계산이었다). 그리고 단숨에 퍼 먹었다. 살 것 같았다.

"영 괘씸해 죽겠어!"

여행지에서 희희낙락 거리고 있을 제이슨을 떠올리니. 치가 떨렸다. 게다가 대기 중인 이불 세탁에. 허리가 저절로 휠 지경이었다. 골이 날 법도 했다. 영혜는 어금니를 사리 물고. 지친 몸뚱이에 태엽을 감았다. 그러고는 장난감 로봇처럼. 1층과 2층을 쉴 새 없이 오르내렸다. 양 무릎이 시큰거렸다. 도가니탕의 약효가 떨어지고 있었다.

'끝! 완전 끝!'

드디어. 장시간에 걸친 빨래가 종료되었다. 정신이 어찔하고 멀미가 났다. 험난한 항해를. 어찌어찌 간신히 마친 듯했다. 어느덧 깜깜해진 바깥에는 가로등 불빛만 내비쳤다. 해가 지고 달이 떴는데도. 전혀 모르고 있었다.

어떻게, 잘 마쳤어요?

그레이스였다. 타이밍도 기가 막히게 잘 맞추어 전화를 넣었다. 그럴 수밖에(그레이스의 부엌 창문에서는 영혜의 집안이 시원스럽게 들여다보였다).

"응. 소독은 한 시 께 끝났고, 집에는 네 시에나 들어왔어."
김 씨 참 잘하죠?
"구석구석 철저하게 했다고 하더라고. 나보고 걱정일랑 붙들어 매래."
우리 언니도 믿을 만한 사람이라고 몇 번을 강조하더라니까.
"해 놓으니까 맘은 편하네."
아무려면. 집안에 빈대가 있으면 안 되지. 수고했어. 쉬어요.

피곤한 영혜의 사정을 알았는지. 그레이스는 간단히 말을 맺었다. 영혜는 녹초가 되어 침대에 널브러졌다. 그리고 금세 코를 드르렁거리며 잠에 빠져들었다.

3

영혜는 아침 늦게까지 단잠을 잤다.

오랜만이었다. 덕분에. 머리는 화창하고 맑았다. 마음도 상쾌했다(육체노동에 매달리는 까닭이 다 있었다). 영혜는 손가락을 꼽아가며. 시간을 헤아려 보았다.

"스무 시간 지났으니까……. 거진 하루네."

커피 맛이 유난히 달게 느껴졌다. 힘 없이 죽어 간 빈대가. 보일 듯 말 듯 희미하게 아물거렸다.

아침 식사를 간단히 마친 영혜는. 지하 원룸으로 향했다. 만일을 대비해. 누더기에 가까운 '작업복'을 입었다. 마스크와 장갑도 잊지 않았다. 문을 열자마자. 화학 약품 냄새가 물씬 풍겼다. 그야말로 가스실이었다. 방제 작업 후 환기조차 시키지 않았으니. 당연했다.

김 씨의 설명에 의하면. 빈대의 더듬이는 사람의 체온을 귀신같이 감지한다고. 그래서 주로 침대 매트리스나 베갯속에. 숨어 있다고 했다. 영혜는 눈을 치켜뜨고. 매트리스와 베개 위를 빠르게 더듬었다. 검붉은 주검의 행렬은 고사하고. 단 한 마리의 빈대도 보이지 않았다. 일말의 실망감을 느꼈다(그녀는 화학 물질에 녹아 없어졌을 것이라고 조용히 되뇌었다). 영혜는 장갑을 낀 손으로 베개를 건드려 보았다.

"왜 이리 축축해?"

축축한 수준이 아니었다. 물기로 흥건했다. 매트리스와 이불도 사정은 비슷했다.

"걍 들입다 부었네! 이걸 우짜냐……."

공연히 마음에 걸렸다. 발끈하다가도 곧장 수그러드는. 이상한 감정을 주체할 수가 없었다. 영혜는 서둘러 1층에서 가져온 빨래 건조대를 앞마당에 펼쳐 세웠다. 왈칵 밀려드는 조바심이. 그녀를 채근했다. 침대 시트, 이불, 베갯잇, 베개……. 영혜는 손을 늦추지 않고 건조대 위에 착착 널었다.

"이런다고 소독약이 빠질랑가?"

영혜는 앞뒤 살필 틈도 없이. 2층까지 달음박질로 올라갔다(그녀의 물음표는 늘 의심에서 출발했다).

"안녕하세요. 어제 빈대 때문에 소독했던……"

네, 말씀하세요.

"아침에 아래층 지하로 처음 내려갔걸랑요? 그런데 그…… 침대랑 이불이랑 베개랑 다 축축이 젖어 있어서. 괜찮겠죠?"

네, 괜찮습니다. 인체에 아무 해도 없습니다.

"그러시구나. 소독을 완벽하게 해 주셨나 보네요. 호호호호!"

네, 네.

"괜찮다고 하시니까, 걱정 한 개도 안 할게요."

김 씨의 답은 큰 위안이 되었다. 한시름 덜 수 있었다. 한두 시간 환기를 시키고. 반나절쯤 지나면. 꿉꿉한 침구도 웬만큼 마를 듯했다. 그러나. 영혜의 장밋빛 예측이 잿빛으로 물들기까지는. 그리 오래 걸리지 않았다.

"네에…… 전데요. 한… 한 시간 전에……"

네, 알고 있습니다.

"제가 아래층에 있던 이불을 걷다가 얼굴에 탁 맞았걸랑요? 괜찮겠죠?"

네, 아무 일 없을 겁니다. 걱정하지 마세요.

"그렇죠?"

네, 네.

"고맙습니다."

김 씨와 통화 후. 영혜는 화장실로 달려가 세수를 했다.

이불이 닿은 오른뺨 부근은. 비누로 씻고 또 씻었다. 아무리 괜찮다고 해도. 모를 일이었다. 다음 순서인. 덜 마른 베개를 치울 때. 각별히 조심해야겠다고 다짐했다. 온몸이 근질근질했다. 두피가 가렵고. 눈도 따끔거렸다.

'씻어, 말아. 씻어, 말아.'

두 마음이 옥신각신 다투다. 결국엔 '씻어'가 이기고 말았다(원래는 젖은 베개를 처리한 후 씻으려고 했다). 영혜는 '목욕'이 옳은 결정이라고 곱씹었다. 시간을 죽이기에도. 이상적인 방법이었다.

"앗, 뜨거!"

목욕물에 손을 넣어 보던 영혜가 움찔했다. 펄펄 끓었다. 피부 화상은 가까스로 피할 수 있을 듯했다.

'땀구멍에 박혀 있을지도 모르는 빈대 털을 빼내는데 이깟 쯤이야.'

영혜는 지체 없이 몸을 담갔다. 후끈후끈한 기운이. 즉각 전신을 타고 흘렀다. 뒷골이 무거웠지만. 아랑곳하지 않고 '몸 씻기'에 열중했다. 때를 불리고. 깔깔한 때수건에서 포드득 소리가 나도록 밀었다. 오로지 빈대 생각뿐이었다(혈압이 높아지는 위험은 안중에도 없었다). 목욕을 하고 나니. 날아갈 것만 같았다. 헤어드라이어에서 나오는 더운 바람이. 빈대의 그림자마저 훌훌 털어내는 듯했다. 속이 후련했다. 빈대와의 전쟁이 종식되었다는 기쁨에. 영혜는 만세를 부르며 앞마당으로 향했다.

영혜의 염원대로. 베개는 말라 있었다. 완전하지는 않아도 그 상태면 족했다. 영혜는 베개를 제이슨의 침대 위에 대충 던져 올렸다. 맨 마지막 단계로. 빨래 건조대만 닦으면 되었다. 목전에 아른거리는 결승점이. 얼마 남지 않았다. 'A' 자 모양으로 생긴 건조대는 날개까지 달려 있었다. 물티슈를 꽉 움켜쥔 영혜의 손은. 스테인리스로 만들어진 골격을 따라 부지런히 움직였다. 한 번으로는 모자랐다. 따라서 연거푸 세 번을. 양손으로 번갈아가며 문질러댔다. 앉았다, 일어났다. 앉았다, 일어났다. 무릎 운동이 절로 되었다. 얼마나 훔쳐댔던가. 지지대 부분을 닦은 후. 오그린 다리를 펴고 일어서던 찰나였다. 그런데 그만. 정수리를 왼쪽 날개에 박고 말았다. 주의 깊은 행동이 무색하게.

"아아악!"

새똥이라도 흠씬 뒤집어쓴 듯. 비명을 내질렀다.

"이걸 우짰을까나!"

발까지 동동 굴렀다.

영혜는 1층 화장실을 향해. 무서운 기세로 달려들어 갔다. 살균 물티슈만이 정답이었다. 영혜는 정수리를 중심으로 두피와 모발을. 물티슈로 벅벅 문질렀다. 없는 때라도 만들어 벗겨 낼 서슬이었다. 물티슈 통을 요리조리 살펴보았다. 박테리아와 세균을 99.99퍼센트 죽인다는. 광고 문구가 커다랗게 적혀 있었다.

"장사치들 말을 어떻게 믿어!"

영혜는 2층으로 미친 듯이 뛰어 올라갔다.

"안녕하세요……. 어제 빈대로……"

네, 네.

"그…… 저기…… 소독한 베개랑 이불을 널었던 건조대에 머리가 닿았는데……. 머리 안에 빈대 알이 묻거나 하진 않았겠죠?"

그럴 일 없습니다. 걱정하지 마세요.

"정말이죠? 내가 너어무 불안해서……."

절대 그럴 일 없습니다. 내가 보장합니다.

"네, 알겠습니다."

김 씨의 시종일관한 반응은 뒤숭숭한 심리 상태에 보탬이 되었다. 그러나. 앞으로 벌어질 사태를 막기엔 역부족이었다. 영혜는 화장실로 직행했다. '제2차 목욕'에 돌입하기 위해서였다.

"그런 독한 약을 써야 겨우 죽는 빈대인데. 이깟 샴푸로 해결이 되겠어?"

가슴이 팔딱팔딱했다. 마치. "어림도 없는 개소리지!" 하고 노래를 불러대는 것 같았다.

"이 새끼가 사람 명을 다그치네!"

극단의 조치가 절실했다. 빈대 알 따위는 얼씬도 할 수 없는. 극약 처방 말이다. 영혜는 가위를 집어 들었다. 그리고. 정수리 부근 머리털을. 바짝 깎기 시작했다. 원형 탈모처럼 보인다 해도 어쩌겠는가. 지금은 빈대 알의 근절만을. 깊이 고민할 때였다.

"어차피 머리야 계속 자라나잖아!"

영혜는 텀벙 욕조 안으로 뛰어들었다. 한참을 때수건으로 살가죽을 눌러 대고. 이리저리 밀고 비볐다. 피부 군데군데 빨갛게 피가 맺히고 나서야. 비로소 긴긴 목욕이 막을 내렸다.

"에구머니나!"

머리를 말리려던 영혜는. 자리에서 펄쩍 뛰었다. 거울에 비친 몰골이란. 사뭇 심각했다. 머리 윗부분의 머리카락은. 송두리째 사라져 있었다. 변변히 남아 있는 앞머리 마저 없었다. 히죽거리는 광대를 보는 듯했다(외국 공포 영화에 단골로 출연하는 어릿광대 말이다). 영혜는 쥐고 있던 빗을 바닥에 던져 버렸다. 앞으로 외출을 어떻게 해야 할지. 심히 괴로웠다.

아래층 문을 너무 오래 열어 놓는 거 아니에요?

이번에도. 어김없이 그레이스였다.

행여라도 쥐새끼나 너구리가 들어갈까 봐.

그레이스는 가물가물하던 경각심에 기름을 콸콸 부었다.

"내가 거기까진 미처 몰랐네! 재깍 내려가서 닫아야겠다!"

영혜는 해괴한 머리 모양도 잊은 채. 부리나케 계단을 달려 내려갔다. 지하층에 도착한 영혜는 제이슨의 방을 거듭 확인했다. 여전히. 소독약 냄새가 코를 찔렀다. 들짐승이 침입하면. 질식사라도 할 것 같았다(그 점은 더없이 흡족했다).

'여태껏 냄새가 굉장한데……. 과연 상관없을랑가?'

영혜는 잽싸게 2층으로 올라가서. 즉시 김 씨에게 전화를 넣었다. 주저하고 말고도 없었다.

통화는 짧게 끝났다. 김 씨는 걱정하지 말라며 환기나 더 시키라고 했다. 그글피에 나타날 제이슨이 벌써부터 눈에 선했다. '빈대 −프리' 방에서 여자 친구와 시시덕거릴. 염치없는 화상 말이다.

"얌통머리 없는 쌍노무 새끼!"

졸지에. 제이슨은 파렴치한이 되었다. 한치의 부끄러움도 모르는. 뻔뻔스러운 인간이었다.

"어머! 어머, 어머!"

영혜는 돌연히 꽥꽥거렸다.

"완전 까먹었어! 이 일을 어쩜 좋아!"

하얗게 질린 얼굴로. 괴성을 고래고래 질러댔다. 화장대 위에 보란 듯이 놓인 마스크와 위생 장갑이. 히스테리의 진앙지였다.

'그토록 씻고 닦고 해 대더니 깡그리 잊은 거냐?'

낄낄거리는 비웃음이 사방에서 쟁쟁거렸다. 영혜는 까무러칠 듯이 침대에 엎어져 몸부림을 쳐댔다. 팔다리를 휘휘 내젓고. 머리를 쥐어뜯었다. 사지육체 곳곳에 휘감겨 있을지도 모를 빈대의 자취. 반드시 제거해야만 하는 흔적이었다. 그때였다. 사진 액자 속 남편이 나직이 물었다.

'삭발이라도 할 건가, 손 여사?'

문자 메시지 수신음이 울렸다.

> My nurse friend confirmed that it wasn't a bedbug bite.
> (간호사인 친구 말로는 빈대에 물린 게 아니래요)
> It was a mosquito bite. Sorry for the confusion.
> (모기에 물린 자국이라네요. 혼란을 드려 죄송해요)

minnim

아홉 번째 이야기

악몽을 먹는 아이

1. 나비야 나비야

지겨웠다.

늙은 병자의 다리를 주무르며 보내는 일과가 지겨웠다. 하루에
열 댓 번이면 그나마 양호한 날. 이른 오전인데 벌써 네 번째이다.
퀴퀴한 병실에서 나가려면 여덟 시간이나 남았는데.

"살살……."

종민은 손에 힘을 약간 풀었다.

"더 살살……."

지극히 까다로운 병자. 바짝 야윈 다리는 힘만 주면 **뚝** 하고 부
러질 것만 같았다. 싸구려 나무젓가락처럼.

'인생 말년이 요 모양 요 꼴이라도 죽고 나면 이 늙은이의 업적
만 회자되겠지. 위대하니 어쩌니 하면서.'

종민은 고개를 절레절레 흔들었다.

열 발가락을 덮고 있는 거친 털과 지저분한 발톱에. 병자 일생의 끄트머리가 함축되어 있는 듯했다. 덧없는 인생 말이다. 학창 시절 투덜대며 외웠던 고리탑탑한 고사성어가 찰떡처럼 들어맞는 상황에.

'인생무상. 설니홍조. 일장춘몽. 수류운공…….'

말없이 아는 대로 읊어보았다.

"내 아들이 아니야……."

'또 시작이군.'

종민은 애써 모른 척 했다. 자살한 아들의 이야기는 귀에서 피비린내가 나도록 들었다.

"거진 삼십 년을 눈뜬장님으로 살고 있다고……!"

그것도 과거형이 아니라 현재 진행형이다. 참으로 안타깝지 않은가.

'그렇지! 식전부터 모놀로그 한 줄 쭉 뽑고!'

7년 간병인 경력 중 최고 난이도이다.

종민은 티브이(TV)를 켰다. 눈살을 자동적으로 찌푸리게 만드는 소리를 잠재워야 했기에. 리모트 버튼을 눌러 휙휙 채널을 넘겼다. 뉴스 채널이 나오자. 종민은 얼른 소리를 높였다(뉴스와 자연 다큐멘터리만 시청하는 병자의 취향을 고려했다).

오늘 새벽 수천마리의 뱀눈나비떼가 전라남도 봉골산에 위치한 선정암에 또다시 나타났습니다.

지난 2월 이후 두 번째입니다. 뱀눈나비떼는 그전과 같이 암
자 주변을 약 40분 가량 배회하다 일순 사라졌다고 합니다.
선정암 측은 이 초자연적인 현상을 길조의 의미로 해석하
고 있습니다만……

목격자인 땅딸막한 노승의 증언과 함께. 휴대폰으로 촬영된 영
상이 화면이 나왔다.
"퇴절경절부절촉각……."
티브이 화면을 빤히 쳐다보던 늙은 병자는 혼잣말로 주절댔다.

고려 시대에도 비슷한 사건이 있었다는 기록이 남아 있습니
다. 어느 날 한 무리의 나비가 떼를 지어 무봉산에 날아왔다
가 홀연히 자취를 감춘 신비한 일이 있었다고 하는데……

시대를 거스르는 '나비의 전설.' 급하게 섭외한 역사학자만으
론 모자란 건지. 나비 전문가까지 출연해 뱀눈나비의 특성과 특징
에 관한 장황한 설명을 이어갔다.

검은 날개.
파도처럼 그려진 물결무늬.
뱀의 눈을 닮은 둥근 점…….

영상 자료 속 뱀눈나비의 생김새가 그랬다. 덩더꿍.

"나비야아아아아아······!!!"

장단을 맞추기라도 한 듯. 늙은 병자는 꽥꽥거렸다. 종민은 아무렇지도 않게 귀를 막았다. 일상이었다.

"머리복부배면퇴절경절부절촉각중실시맥미상돌기······."

늙은 병자는 쉼 없이 웅얼댔다. 멀건 시선을 나비에 철썩 붙인 채로.

'당연하지. 그냥 지나치면 섭섭하······'

생각의 마침표도 채 찍히기 전이었다. 종민의 시야가 가파르게 좁아졌다.

'굵은 것도 아닌데. 왜 이러지?'

정신을 풀어 헤치고 내달리는 기분이랄까. 아슬아슬한 기운에 포위 당하는 그림이 머릿속에 삐뚤빼뚤 그려졌다. 심장이 건포도처럼 오그라드는 것만 같았다. 터널 비전 현상의 전조 증상이었다.

종민은 줄줄 흘러내리는 마른땀을 연신 손바닥으로 닦았다. 지독한 통증이 빠르게 엄습했다. 눈처럼 새하얗게 변한 평온한 풍경의 세상과는 다르게. 가슴이 갈갈이 찢기는 것만 같았다.

"헉. 헉. 헉. 헉······."

종민은 벅찬 숨소리를 들으며 검은 나락으로 끝없이 떨어졌다.

기다렸다.

간호사가 호명하기만을 초조하게 기다렸다. 이 복희. 구 영훈. 정 호준. 백 명진……. 생소한 이름 석 자가 불릴 때마다. 움찔움찔 경련이 일 지경이었다.

'여섯 사람이나 들어갔는데.'

순번을 매기는 종민의 역삼각형 얼굴은 착찹하다 못해. 부르르 떨리고 있었다. 달달거리는 왼쪽 다리와 박자까지 척척 맞아떨어지는. 합주 연주가 볼 만했다(누가 봐도 불안증으로 병원을 찾았다).

"김 종민님!"

드디어. 이름이 불렸다. 종민은 자리에서 벌떡 일어섰다.

진료실로 들어가자. 담담한 표정의 의사와 눈길이 맞닿았다.

"마늘쫑, 어서 와라."

환자를 맞이하는 의사의 태도가 매우 불량했다. 닥터 황보 현준. 퉁명스런 말투는 그렇다 치고. 종민의 케케묵은 별명까지 막 불러 대는. 종민의 주치의이자 불알친구이다(어릴 때부터 같이 놀던 사이인데 남녀가 무슨 상관인가. '그것'도 봤다고 주장하는 마당에).

'환자에 대한 예의라곤 눈곱만큼도 없다니까! 그래도 담당 환자인데!'

종민은 울컥 솟는 불만을 꾹꾹 씹어 삼켰다.

"아무데나 앉아."

현준은 회전의자를 좌우로 조금씩 돌렸다. 삐거덕삐거덕. 모락모락 피어나는 소리를 덮고 싶은 것인지. 오른손 집게손가락으로 책상을 리드미컬하게 두드렸다.

'끝이 둥글게 정리된 손톱의 길이를 보아하니…… 한 이틀 전쯤에 깎았겠고.'

덩달아 종민의 눈과 뇌도. 다망하게 움직였다. 입을 꾹 다물고 부동 자세로 앉아 있는. 그의 겉모습과는 정반대였다.

'깔끔한 흰 가운 안으로 구김살이 언뜻 보이는 연노랑색 셔츠라……. 붉은색이 살짝 가미된 보랏빛 스카프로 교묘히 시선을 분산시켰군. 요즘 소개팅 어플에 빠져 있는 것 같더니만……. 데이트하느라 바빠서 다림질 따위는 프리 패스인 모양이지?'

종민의 내적 수다가 판을 벌였다.

'다이아몬드형 꼭지점 부분에 새겨진 작은 삼각형과 평행선을 그리는 가는 빗금들로 구성된 디자인…….'

특히나. 현준이 두른 스카프에 종민의 주의가 모아졌다. 정확히는 스카프에 프린트된 기하학적 무늬였다.

왼손으로 비스듬히 턱을 괸 현준은 눈을 느리게 깜박였다.

'니가 코딱지 만한 삼각형이랑, 잘 보이지도 않는 빗금 개수나 세고 앉아 있는 거. 내가 모를 거 같냐?'

들리지도 않는 종민의 잔말을. 속속들이 경청하고 있다는 낯빛으로. 그렇게 잠시 말 없는 눈씨름이 지나가자. 현준은 톡톡거리던 손가락을 멈추었다. 종민 뒤로 환자가 셋이나 더 있기에. 능장을 피울 처지가 아니었다.

ACUTE INSOMNIA(급성 불면증)

차트를 흘끔 확인한 현준은 꼿꼿이 세운 상체를 앞으로 쭉 내밀었다. 오이처럼 길고 살이 없는 얼굴과 작고 축 처진 눈꼬리 탓인지. 그녀의 쭈뼛거리는 가슴은 눈에 띄지도 않았다(두툼한 뽕 브라를 착용했음에도 불구하고).

'아무리 봐도 내 상판이 네님 것보단 예쁜데 말야.'

종민의 쓸데없는 열등감도. 질세라 머리를 들이밀었다.

"왜 잠이 안 오는데?"

현준은 깍지 낀 양손을 책상 위에 척 올려 놓으며 물었다. 부드럽고 상냥스러운 면이란 도무지 없었다. 종민은 평소 현준이 환자 상담을 어떻게 하는지 궁금할 지경이었다.

"넌 매일 잠 잘 오냐? 누우면 걍 꿈나라야? 좋겠다, 잠 잘 자서."

"그래서 담배는 끊었어?"

"쫌!"

종민은 버럭 역정을 냈다. 지금 '금연 치료' 따위는 중요한 사안이 아니었다.

"물론 가끔 잠이 안 오는 날이 있기는 하지."

"죽을 거 같아. 왜 수면 박탈 같은 고문이 생겼는지 알겠어. 나 같아도 줄줄 불 거야."

현준은 고개를 까딱까딱하며 계속하라. 는 신호를 보냈다.

"수면제 처방해 줘."

"야! 환자가 의사를 찾았으면 증세에 대해 상의를 해야 할 거 아냐? 니가 알아서 진단하고 처방할 거면 나한테 왜 왔어?"

현준은 콧구멍을 벌름거렸다.

"먹은 것도 없는데 급체에 걸리기도 하냐?"

"더 상세히."

"뉴스 보다 체했어."

"내용은."

"나비."

"나비?"

"그래, 나비"

"뉴스에 나온 나비를 보다가 왜 체했을까요?"

"암튼 그 뒤로 매일 밤 꿈에 나와."

"꿈? 뭐가 나오는데?"

"나비!"

"나비라……."

현준은 대수롭지 않은 표정을 지으면 입술을 비죽댔다.

"검색해 봤더니 나비떼가 나오는 꿈은 집안에 경사스런 일이 생길 징조라는데……."

"당신의 불행 끝에 찾아올지도 모를 기쁨과 행복에 관한 이야기에는 관심이 없어요. 혹시 요즘 돌보고 있는 환자때문이야? 정신건강을 방해하는 어떤 악영향이라도 받았다던지?"

현준의 눈빛이 민감하게 번뜩였다.

"무슨. 맨날 헛소리만 질러대는데."

"아, 그래?"

"아들이 지 아들이 아니었다는 둥. 가면놀이에 놀아났다는 둥. 제대로 이상해."

'치매는 아니라고 들었는데. 소문대로 흥미로운 환자네.'

현준은 서로 엇갈리게 맞추어 잡은 손가락을. 귀뚜라미 발바닥처럼 비벼댔다.

"나 좀 살려 줘. 가슴이 두근거려. 심장이 터질 것만 같아."

"최신곡 가사처럼 들린다. 너 연애하냐?"

"나비만 보면 속이 울렁거리고 미치겠다고……."

"무슨 나비? 호랑나비? 배추흰나비? 미안하다. 그쪽이 내 분야가 아니라서."

"황보 현준, 부탁한다. 응?"

황보 현준. 종민이 현준의 이름 앞에 '황보'까지 넣어 부르는 일은. 어쩌다 한 번씩 있는 일이었다. 술 먹고 찔러대는 장난이 아닌 이상. 자못 심각하다는 의미였다.

'빨간불.'

그랬다. 적신호랄까.

"……."

현준의 손가락이 또다시 움직였다. 찜찜했다. 그 숨길 수 없는 찜찜함이 얼굴에 열꽃처럼 얼룩덜룩 피어나고 있었다.

톡. 톡. 톡. 톡.

'젠장!'

손가락으로 가볍게 책상을 두드렸을 뿐인데. 어쩐 일인지. 종민의 귀에는 북소리처럼 크게 들려왔다.

“현준아! 제발……!”

종민의 다급한 외침에. 현준은 오이 같이 기다란 얼굴을 똥짤막한 손바닥에 파묻었다.

“딱 2주 치야. 더 이상은 안 돼.”

2. 수상한 구두 계약

숨이 턱턱 막혔다.

일절 예정에도 없던 산행이었다. 하늘에서 부서져 내리는 햇살에 눈이 부시고. 생을 마감한 누런 낙엽의 파도에 발목이 간질간질했다. 바스락바스락. 발걸음을 옮길 때마다 뱀이 지나가는 듯한 기척에 깜짝깜짝 놀라기까지 했다.

도대체 이곳은 어디인가. 대충 짐작하건데. 인근 야산임이 틀림없었다. 그렇다면 50미터도 안 되는 나지막한 산일 터. 그럼에도 불구하고 숨이 턱턱 막혔다. 종민은 쉬고 싶었다. 담배나 태우면 딱 좋겠다. 는 생각에 재킷 주머니에 손을 넣었다. 없었다. 안주머니, 바깥 주머니, 앞 주머니, 뒷주머니……. 주머니란 주머니는 모조리 뒤져보았다. 아무리 뒤져도 없었다. 후끈 갈증만 목구멍을 타고 넘어왔다.

[휘휘휘휘휘 휘휘……]

새 울음소리가 들렸다. 듣자마자. 휘파람새 소리라는 걸 단박 알아차렸다. 일주일에 한두 번씩 뜯는 닭 외에는. 새에 관해 거의 문외한인데 말이다. 신기했다. 낭랑한 울음소리 덕분인지. 종민은 기분이 나아졌다. 조금이나마. 엉긴 답답함이 쏵쏵 쓸려 내렸다. 그런 종민의 속사정을 읽은 것인지. 휘파람새의 맑고 고운 소리가 도처에서 쨍쨍 울려 퍼졌다. 흔히 광고에서 접하는 서라운드 시스템이 이런 것인가. 하는 생각이 들 정도로 이제까지 경험한 그 어떤 음향 효과보다 뛰어났다. 눈을 감은 종민은 두 팔을 벌리고. 자리에서 빙글빙글 원을 그리며 돌았다. 영화 속 주인공이라도 된 듯이.

'혹시 누가 보는 거 아니야?'

피웅 날아온 자의식에. 양팔을 앞으로 모으고 슬며시 눈을 떴다.

'엥?'

종민은 고개를 이쪽저쪽 분주히 돌렸다.

'어떻게 된 거야?'

청명한 하늘도. 하얀 구름도. 비쩍 마른 나무들의 행렬도 감쪽같이 사라져 있었다. 잘 못 본 줄 알았는데. 더 이상 발을 붙이고 서 있는 장소가 '이웃 동네 야산'이 아니었다.

'이게 뭐야?'

착각인 줄 알았는데. 낯선 방안에 우두커니 서 있는 것이었다.

주인 없는 빈 방은 생소하다 못해. 불편한 분위기를 흠씬 자아내었다. 그도 그럴 것이. 실내는 가구 하나 없이 휑했고 사면이 벽으로 막혀 있었다. 창문도 방문도 없었다. 다만. 다양한 크기의 액자들이 온 벽면을 장식하고 있었는데.

'나비?'

각양각색의 나비 표본을 걸어 놓은 것으로 보아. 방 주인이 나비 수집가인 듯 했다. 종민은 가까이 다가가 보았다. 개중 가장 큰 놈으로 골랐다.

'이렇게 큰 나비도 있구나!'

나비는 성인 남자의 양 손바닥을 나란히 맞댄 크기 보다도 컸다.

검회색 날개.

파도를 그려놓은 듯한 파상문.

띄엄띄엄 찍힌 둥근 점…….

'몇 개야, 대체?'

둥근 점은 앞날개 좌우에 하나씩. 뒷날개 좌우에 둘씩으로 총 여섯 개였다.

'점 잔치를 벌였나.'

아마존 밀림 지역에 서식하는 희귀종이라도 잡아 온 것인지. 크기도 모양도 예사롭지 않았다.

‘흐익!’

종민은 자리에서 펄쩍 뛰었다. 나비 관찰 중 날개 끝부분이 떨리는 것을 목격했기 때문이었다. 미세한 떨림이었지만. 분명히 움직였다. 종민은 눈을 바싹 들이대고 나비를 유심히 살펴보았다.

꿈틀거리는 더듬이와 다리.
눈알 모양의 육점 무늬.
오묘한 빛이 감도는 수많은 육각형 홑눈…….

‘살아 있어!’

날개에 박힌 여섯개 점이 소용돌이 치듯이 회전했다. 파르르 전율하던. 나비의 꼬리 끝이 안으로 돌돌 말려들어 갔다. 종민은 이마를 긁적였다. 왠지 깜짝 장난감 상자를 마주하는 듯했다. 속이 훤히 들여다 보이는 유리 상자. 빙고! 언제 뭐가 툭 튀어나올지 모르는 잭인더박스(Jack-in-the-box)! 초급한 속삭임이그의 말초 신경을 긁어 대기가 무섭게. 나비의 말린 꼬리가 확 펴졌다.

‘내가 뭘 보고 있는 거지?’

종민은 귀가 윙윙 울리고 머리가 지끈 아파오는 것을 느꼈다. 착시 현상 치고는 모든 게. 너무나 극사실적이었다. 나비의 세찬 날갯짓이 시작되었다. 더딘 듯 빠르게.

‘에이, 설마……?’

어떤 일이 일어날 가능성을 지속적으로 부정하는 것이. 설마설마라더니. 역시나. 액자 유리에 조각조각 금이 갔다. 탄력을 받은 것인지. 나비는 더욱 거세게 날개를 쳤다. 마치. '프리즌 브레이크'의 나비판이라도 보는 것 같았다. 쩍쩍 금이 간 유리가 깨져 나가고. 나비는 파편을 흩뿌리며 훨훨 날아오르다가.

'싫어!'

날개를 팽팽히 편 상태로 글라이딩을 했다.

'오지 마!'

필사적으로 발악했지만. 피할 수가 없었다. 그렇다. 쥐구멍조차 없는 방에서 나비가 노리는 것은 단 하나. 종민이었다.

망했다.

"으아아아악!!!"

종민은 이불을 걷어차며 괴성을 질러댔다. 그만. 잠에서 깨어나 버리고 말았다. 쿵쾅쿵쾅 심장 박동 소리가 고막을 때렸다. 땀으로 샤워를 한 듯 온몸은 흥건히 젖어 있었다. 숨도 제대로 쉴 수가 없었다. 가시지 않은 약 기운 때문이었을까. 정신은 몽롱, 속은 메슥메슥, 목은 바싹바싹 타들어갔다. 시간을 확인하니. 잠든지 두 시간도 채 지나지 않아 있었다. '7시간 숙면'을 보장하던. 수면제의 약발은 바닥으로 추락했다. 망해도 완전 망했다.

"푸르르르르르……."

종민은 탈곡기라도 돌리듯. 입술을 털었다. 왜 이런 꿈을 꾸는 건지 알 수가 없었다. 꿈이란. 뇌에서 무작위로 자동 재생되는 기억 속 정보라고 했다. 현준의 주장에 의하면 말이다.

'육점박이…….'

환한 달처럼 떠오른 나비의 생김생김에.

'나비에 관심도 없고, 벌레류는 딱 질색이라고!'

넌더리를 쳤다.

종민은 침대에서 비틀비틀 일어났다. 얼마나 땀을 흘린 것인지. 젖은 걸레처럼 등에 찰싹 달아 붙어 있는 티셔츠를. 얼른 벗어 방구석에 처박았다.

'응?'

방문을 열고 나가려던 참이었다. 야릇한 낌새에. 종민은 문고리에서 손을 뗐다.

'노래?'

멜로디가 있는 것이 노랫소리 같았다.

'또 윗집이야?'

종민은 인상을 구겼다. 층간 소음이야 하루 이틀 겪는 일이 아니니 그렇다 치고. 자정을 넘긴 시간까지 들리는 잡소리에 짜증이 났다. 헬륨 가스를 퍼마셨는지. 기괴한 음성이었다. 어디서 들은 적이 있었다. 과거 인터넷 상에서 굴러다니던 '엽기송' 같기도 했다.

[토 — 리 — 가 — 악 — 몽 — 을 — 삼 — 켜 — 버 — 렸 — 따
— 아 — !]

느닷없이. 요청도 않은 힘찬 목소리가 빽 터져 나왔다. 시작과
는 달리 굵고 걸걸했다. 종민은 화들짝 놀라. 소리 나는 쪽을 흘끔
쳐다보았다. 윗집이 아니었다.

"토리토리토리토리토리토리 악몽악몽악몽악몽악몽 토리토리
악몽악몽 —."

종민은 침대에 걸터앉아 있는 어린 아이를 발견했다. 아이는 기
타 연주 흉내를 내며. 이상한 노래를 불러댔다. 천연덕스러운 것
이. 어디서 많이 해 본 솜씨였다.

"너, 뭐야! 누구야! 여긴 어떻게 들어왔어?"

물귀신보다 질긴 게 사생팬이라더니. 이름 모를 아이돌 그룹이
같은 건물로 이사왔을 것. 이라고 여긴 종민은 이를 부드득 갈았
다. 소란스럽고 번잡한 나날이 코앞에 닥친 건 기정사실 같았다.

"안녕. 난 토리라고 해."

토리는 노래를 멈추고 자기 소개를 했다.

"만나서 반가워. 너의 악몽을 먹어 주려고 이렇게 왔어."

뾰족 내민 입술을 오물거리자. 오동통한 볼이 실룩실룩 움직였
다.

"뭐…… 뭐라구?"

"안 들려? 악몽을 먹는다니까? 좋지?"

종민은 입안에 퍼지는 쓴맛을 억지로 목구멍으로 넘겼다.

"답 딱 나오네. 너 사생이지? 신고하기 전에 썩 꺼져! 난 애라고 봐 주지 않아. 알겠어?"

"후회할 텐데. 토리토리악몽악몽……."

토리는 되레 배짱을 부렸다. 때늦은 '1일 1깡' 도전에 뛰어든 것인지. 기세등등하기가 계백 장군 저리 가라였다.

'잠깐, 잠깐! 이것도 꿈인가? 아닌가?'

종민은 허벅지를 꼬집었다. 아팠다. 오른뺨도 찰싹찰싹 연거푸 때렸다. 여전히 아팠다.

"꿈 아닌데. 나는 나비가 맛있게 보여서 온 건데. 왜 싫어?"

나비.

종민은 '나비'란 대목에 귀가 번쩍 뜨였다.

"나비라니? 너, 내가 무슨 꿈을 꾸는지나 알고 떠드는 거야?"

"당연하지! 난 밍밍하고 맛없는 건 안 먹어."

토리는 뾰로통한 표정을 지으며. 양팔로 무릎을 안았다. 종민의 눈치를 살피는 토리의 해맑은 눈망울엔. 탐욕스러운 빛이 감돌았다.

'저런 꼬맹이가 하는 말을 어떻게 믿어?'

종민은 속으로 궁시렁댔다. 그러나 이내. '밑져야 본전이지. 손해 볼 거 없잖아?' 하고 겹겹의 메아리가 머리통 안에서 쩌렁쩌렁 울렸다.

"정말이야?"

"물론이지! 내가 찌꺼기까지 싹싹 핥아 줄게! 대신 조건이 있지."

불행인지 다행인지. 사생팬은 아닌 듯했다.

'내 그럴 줄 알았어. 공짜일리가 있나!'

종민은 흥흥 코를 들이키며 돼지 콧소리를 냈다.

"그게 뭔데?"

"내가 대식가이긴 한데 편식이 쬐끔 심하거든. 아구아구 먹다가도 입맛 버리는 게 혀끝에 걸리면 다 토해 버리지. 전에 먹었던 거까지 몽땅."

종민은 어이가 없었다. 꿈을 먹겠다고 한차례 설쳐대더니. 끝에 가서는 식성 타령이었다.

"어떤 맛을 싫어하는데?"

"쓰레기. 쓰레기 맛이 세상에서 젤 역겨워."

토리는 혓바닥을 쭉 내밀더니. 구역질하는 시늉을 했다. 종민은 "그럼 똥은 괜찮냐?" 하고 물어보려다 입을 닫았다.

'아니지. 니가 먹음 안 되지. 똥꿈은 귀한 꿈이니까!'

"쓰레기만 아니면 다 먹어치워 줄 수 있는 거야?"

토리는 방긋 웃으며 고개를 위아래로 크게 끄덕끄덕했다.

'벚나무와 개미. 흑멧돼지와 몽구스. 나와 꼬맹이!'

누이 좋고 매부 좋은 격의 공생 관계가 막 형성되었다. 고 생각하니 능글능글 눈웃음이 쳐졌다. 종민은 아랫입술을 빨며 군침을 꼴깍 삼키는 토리를 향해.

"그렇게 입맛만 다시지 말고 냉큼 와서 먹던지."

말이 떨어지자마자. 토리는 며칠을 굶은 것처럼 와락 달려들었다.

"야! 야! 조심조심!"

종민은 뜻밖의 역습이라도 당한 듯 호들갑을 떨었다. 그러나. 토리는 굴하지 않고 종민에게 필사적으로 매달렸다.

"짐승이냐? 이거 놔!"

그러거나 말거나. 토리는 엄살을 부려대는 종민의 귓구멍에 입술을 갖다붙이더니. 이상한 말을 떠들어댔다. 도통 알아들을 수도 없는 말을 골똘히 조잘거렸다. 염불 소리 같기도 하고. 코란경 낭송 같기도 하고. 종민의 두 눈이 알아서 스르르 감겼다. 머리 한 구석이 시원해지는 것이 나쁘지 않았다. 쉼표 부재의 괴상한 주술에 정신 마저 아득해졌다.

"끄어억! 끄어억!"

얼마 지나지 않아. 요란한 트림이 시큼한 냄새와 함께 올라왔다. 오장육부가 터뜨린 방귀가 입을 통해 싹 다 빠져나오는 느낌이었다. 묵은 체증이 뚫린 것인지. 혼미해졌던 의식도 차차 돌아왔다. 종민은 사라진 토리의 흔적을 찾아 두리번거리다.

"그새 먹고 튄 거냐?"

침대에 몸을 던졌다.

3. 구순 노인의 손아귀

효험이 있었다.

지난 밤 이후. 나비떼가 펄럭거리는 꿈을 꾸지 않았다. 두통과 가슴 떨림 증상도 거짓말처럼 사라졌다. 입찬말이라 여겼던 토리의 약속이 이행되자.

"꼬맹이. 신통한 녀석일세."

종민은 묘한 감정을 숨길 수가 없었다. 용한 점쟁이가 써 준. 부적이 진한 효험을 발휘하고 있는 것만 같았다. 적어도 늙은 병자의 종말을 생눈으로 직접 보기 전까지는. 그랬다.

허탈했다.

종민은 경련을 일으키는 늙은 병자를 발견하고. 서둘러 호출 버튼을 눌렀다. 막판 초읽기에 들어갔음을 직감했다.

뼈에 거죽만 붙은 듯한 병자의 팔다리. 퍼렇게 변한 손가락과 발가락. 이리저리 뒤틀리다 마디마디 괴이한 모양으로 굽었다. 절지동물의 다리처럼 꺾인 것이. 사람의 것 같지가 않았다. 지옥사자라도 본 것일까? 고함이라도 질러대듯. 목에는 핏대까지 불뚝 솟아올라 있었다. 한동안 지속되던 발작은. 컥 소리를 끝으로 멈추었다. 심전도 모니터에 굴곡 없는 그래프가 평행선을 그렸다. 병자의 마지막 숨이었다. 손 쓸 틈도 없이 싸늘하게 변한 병자의 육신을. 망연히 지켜보고만 있던 종민은 허탈했다. 병자가 죽어가는 순간을 본 것이 처음 있는 일도 아닌데. 온몸에 힘이 쭉 빠지는 것이 여느 때와는 달랐다.

병실 문이 벌컥 열리며. 의료진들이 들이닥쳤다. 시의적절했다. 생명 연장에 실패한 의료진을 힐책하기라도 하듯. 쩍 크게 벌어진 병자의 입. 부라린 두 눈은 당장 누구라도 한 대 갈길 것 같았다.

성명: 도 지용

사망 일시: 20＊＊년 8월 1일 05시 54분

사망 장소: 의료기관

직접 사인: 심폐 정지

중간 사인: 심근경색

선행 사인: 급성 관동맥폐쇄

사망의 종류: 병사

늙은 병자의 사망이 최종 확인 되었다.

웃겼다.

오늘의 주요 뉴스입니다. '한국의 파브르'라고 불리는 국내
1세대 곤충학자이자 화인바이오 창립자인 도 지용 박사가
오늘 2일 오후 별세했습니다. 그동안 지병을 앓아 온 고인
은 자택에서 향년 91세로 생을 마감했습니다……

도 박사의 사망 소식을 알리는 뉴스가 중계되었다.
'오늘 오후? 자택? 좋아하네.'
종민은 잘 포장된 거짓을 사실인 것처럼 전달하는. 앵커를 향
해 혀를 쯧쯧 찼다. 엠바고까지 걸어가며 사망 날짜와 장소를 날조
하는. 그 숨은 저의를 이해할 수가 없었다. 참으로 웃겼다. 시진핑,
김정은 정도는 되야 하지 않냐. 고 되묻고 싶었다. 곧이어. 앵커 얼
굴 위로 흑백 영상이 덮였다. 적어도 60년 전쯤에 촬영된 것으로
보이는 도 박사의 생전 모습으로. 곤충 채집에서 표본을 만드는 과
정이 담긴 자료 화면이었다.
'젊었을 때는 봐 줄만 했었군.'

종민은 한쪽 눈썹을 찡긋 추켜올렸다.

카메라를 향해 다소 멋쩍은 미소를 지어보이는 도 박사의 얼굴.

"정말 같은 사람 맞아?"
꽤 번듯한 용모에. 종민은 눈을 의심했다.

축 늘어진 입꼬리.
툭 불거진 광대뼈.
푹 패인 눈 앞을 가린 우중충한 그림자.
핏기 없이 자글거리는 피부.
거무스름하게 착색된 치아.

종민이 기억하는 도 박사의 살아생전 모습이었다. 티브이 화면 속 지난날의 풍채와는 판이했다. 잇몸에 간당간당하게 붙어 있는 앞니를 환하게 드러내며 낄낄거리던. 웃는지 우는지. 구분도 어려운 해괴한 표정으로. 살아 있는 해골이 따로 없었다. 당장이라도.
'히히히히히히히히! 이히히히히히히!'
광기 어린 웃음소리가 들려오는 것만 같았다. 종민은 몸서리를 쳤다.

도 지용 박사.

한때 많은 사람들로부터 존경과 찬사를 받던 인물이었을지 모르나. 종민에게는 괴팍한 늙은이었을 뿐이었다. 별난 생활 습관만 봐도. 범상치 않게 살아온 삶의 한 단면을 쉽게 상상할 수 있었다. 죽은 듯이 축 늘어져 있다가도. "박사님, 안녕히 주무셨습니까." 하는 아침 인사에 눈을 떴다. 그것도 한쪽 눈만. 일종의 신원 확인 절차였다.

'의심병 노인네.'

현준이 봤다면. '편집성 인격장애'의 전형적인 예라고 정의했을 것이다. 타인에 대한 불신과 의심은 비단 종민에게만 국한된 사정이 아니었다. 의사, 간호사는 물론. 수족 같은 수행 비서들도 믿지 못했다. 매일매일이 우울감을 상징하는 '흐리고 비'였으며. 분노 조절을 어른스럽게 할 수 있는 능력 또한 '제로'였다. 뭐든 조금이라도 맘에 들지 않으면. 천둥 같은 괴성을 내지르거나. 핏발 가득 선 눈을 희번덕거리거나. 막무가내로 팔을 움켜잡는 것은 아주 예삿일이었다. 만에 하나. 종민이 잡힌 팔을 움칠거리기라도 하면 더욱 세게 우그려잡았다. 뼈마디가 툭툭 튀어나온 손가락이라고 얕보았다가는. 시퍼런 멍자국만 새록새록 늘어갈 따름. 일반 구순 노인의 힘이 아니었다. 그런데도 주위에서는. '먼저 간 아들 때문'이라는 한심한 귀띔이나 해줄 뿐이었다.

'평생을 벌레들과 함께 했구만. 연구랍시고 몇 마리나 잡아 없앨을지.'

종민은 티브이를 껐다. 어느덧 해가 저문 하늘에는 짙은 어둠이 깔려 있었다. 여느 때 같으면. 곧 잠자리에 들어야 할 시간이었다.

'어차피 낼 아침 출근할 일도 없잖아.'

오랜만에 영화나 감상하기로 했다. 587일 만에 맞는 첫 해방 기념이기도 했다. 케이블 방송 영화 채널을 뒤적거리다 외화 하나를 골랐다. 전 유엔(UN) 직원인 주인공이 인류를 위협하는 좀비 전염병을 막기 위해 고군분투하는 내용이었다. 나온지 꽤 세월이 지났음에도 불구하고. 종민은 본 적이 없는 영화였다.

'여친도 없는 노잼 라이프의 민낯이지.'

도 박사의 개인 간병을 맡은 이후. 흔적도 없이 증발한 사생활이었다. 병원 근처에 위치한. 월세 아파트에서 연일 휴일도 없이 출근을 해야 했다. 퇴근 후 집에서 쉬다가도. 연락을 받고 다시 병원으로 향하는 일은 비일비재했다. 종당. 동거 중이던 여자 친구가 짐을 싸서 나가더니 일방적으로 이별 통보를 해 왔다.

노잼. 헤어져.

달랑 다섯 글자로 함축된. 결별 문자였다. 구차한 이유나 부연 설명 따위는 첨부하지 않은. 담백한 메시지. 분명 깔끔한 끝마무리인데. 종민은 쓸쓸한 뒷맛을 느꼈다. 멸치 똥을 씹은 것 같은.

'어쩌겠냐. 다 지난 일인데. 영화나 보자.'

잠시 후. 울적한 마음을 달래 줄 좀비들이 해일처럼 덮쳤다.

4. 가면 놀이

스산했다.

땅거미가 젖어드는 나무숲. 바람 한 점 일지 않았다. 온통 잿빛으로 칠해진 하늘, 나무, 숲……. 곰곰이 더듬어 보아도 가물가물한데. 눈엔 익은 풍경이었다. 왜일까? 그때 홀연히 날아든 나비 한 마리. 검은색에 가까운 빛깔로 생소한 외형을 가지고 있었다. 특히. 앞날개와 뒷날개에 있는 무늬가 특이했다. 뱀의 눈처럼 생긴 특이한 무늬.

팔랑팔랑. 팔랑팔랑.
빙글빙글. 빙글빙글.

단순한 날갯짓이 아니라. 패턴을 그리고 있었다. 어떤 신호 같기도 하고. 들리지 않는 선율을 타는 것 같기도 한 것이. 보기만 해도 스산했다.

예감이 맞았다. 나비떼. 곧장 수천 마리의 나비떼가 우르르 몰려왔다. 컴컴한 하늘을 검은 먹구름이 덮으면 얼추 비슷할까? 어둡던 하늘이 한층 더 어두워졌다. 그러고 보니. 젤 먼저 홀로 나타난 녀석이 대장인 듯했다. 나비떼가 일사불란하게 움직이는 게. 틀림없었다.

'멍청히 서서 구경만 하지 말고 빨랑 도망쳐!'

퍽 꽂히는 꾸지람에. 종민은 어리둥절했다. 누구지? 심지어 좌우를 휘둘러 살펴보았다. 그사이. 지상에 내려앉은 나비떼는 맨땅을 파헤치기 시작했다. 숨겨진 보물이라도 찾는 것처럼. 무척 열심이었다.

'얼른!'

거듭 다그치는 소리에. 종민은 눈을 내려 자신의 발을 찾았다. 도망치려면 발이 있어야 하니까.

'없어! 발이 없어!'

아무리 눈에 힘을 불끈 주고 찾아 보아도. 발은 없었다. 징그러운 나비떼만 우글거렸다.

찢겨 나가 너덜거리는 날개.

꺾인 더듬이.

부러진 다리.

날개가 접힌 채 굳어 버린 몸통.

누가 아군이고 적군인지. 구분도 가지 않았다. 죽든 말든. 나 몰라라 하는 것이 나비 사회의 미덕인 것인지. 알 수가 없었다. 종민은 답답해 미칠 것만 같았다. 언제까지 이 처참한 광경을 보고 있어야 하는 것인가. 눈만 달랑 달린 몸뚱이로 대관절 무엇을 할 수 있단 말인가.

'없어!'

이번엔 나비였다. 잠시 한눈을 파는 사이에 다 날아간 것인지. 조금 전까지도. 지면을 가득 메우고 있던 나비떼가 감쪽같이 사라졌다. 유일한 신체 기관인 종민의 두 눈은 탐색의 길을 떠났다. 어둠 속에서 희끄무레한 것이 어른거렸다. 구르다 박힌 바윗덩어리거나. 몰래 매립한 쓰레기거나. 아니면 산짐승의 사체일지도 몰랐다.

'사람?'

그랬다. 다 틀렸다.

백발이 성성한 노인.

검버섯 가득한 주름진 얼굴.

종민은 숨을 죽였다. 실눈을 뜨고 보아도 단숨에 알아차릴 수 있었다. 별안간. 늙은이의 눈꺼풀 밑으로 안구가 후들거렸다. 비실비실한가 싶던 안구 운동이 급속히 빨라지더니. 네모꼴로 마구 흔들렸다. 눈을 번쩍 치뜨는 건 시간문제일 듯 싶었다. 죽은 줄만 알았는데 부활이라도 한 것인지. 종민은 없는 발이라도 만들어 동동 구르고 싶은 심정이었다.

덜미를 잡히기 전에 달아나야 했으나. 발이 없는 것을 어쩌란 말인가! 아니나다를까. 늙은이가 침방울을 뿜으며 비명을 내질렀다.

'저리 가! 당장 꺼지라고!'

분했다.

"또 꿨어! 도 박사 그 늙은이까지!"

거의 한 달 만이었다. 더이상 꿈을 꾸지 않는다고 덩실거렸건만. 뒤통수를 맞아도 제대로 맞은 것 같았다.

'곧이곧대로 믿은 내가 등신이지!'

양 주먹이 자연적으로 움켜쥐어졌다. 약효는 대략 이쯤에서 끝난 것인가. 못내 분했다.

'순진한 얼굴로 사기 행각이나 벌이다니……!'

처방은 의사에게. 라는 문구가 이토록 와 닿은 적이 없었다. 종민은 수면제를 입안에 던져 넣었다.

[토리가 악몽을 뱉어 버렸다 ―.]

그때였다. 익숙한 선율이 귓바퀴를 타고 흘러들었다. 까맣게 잊고 있었는데. 종민은 흠칫 목을 움츠렸다. 모퉁이에서 길게 자라나는 검은 그림자가 눈가에 걸렸다. 불룩 그림자 끝이 부풀더니.

"사기라고?"

조그마한 아이가 등장했다. 예상대로 토리였다.

"하이고, 너도 양반 타이를 따긴 통 글렀구나!"

"인사치고는 살벌한데?"

"약속이 틀리잖아!"

"내가 했던 말을 그새 까먹은 거야?"

"까먹긴 뭘 까먹어? 내가 다람쥐냐?"

"쓰레기는 안 먹는다고 했잖아."

"쓰레기라니? 쓰레기가 어디에 나왔다고 그래? 다 니가 환장하는 나비였잖아!"

"쓰레기가 뭔지 모르는구나? 타락하고 부패해서 지금도 냄새가 나는데."

"무슨……"

"토 ─ 리 ─ 가 ─ 악 ─ 몽 ─ 을 ─ 뽑─ 어 ─ 버 ─ 렸 ─ 다 ─ 아 ─ !"

토리는 고래고래 악을 쓰며 노래를 불렀다. 귀청을 찢는 날카로운 소리에. 종민은 두 손가락을 귓구멍에 쑤셔 넣었다.

"토리토리토리토리 악몽악몽악몽악몽 ─."

소용 없었다. 노래는 성난 파랑처럼 위아래로 굽이쳤다.

"우웩! 우웩!"

돌연 토리는 열창을 멈추고 구역질 했다. 삼켰던 털뭉치를 게워 내는 고양이처럼.

'뭘 얼마나 처먹고 여기 와서 토악질이야?'

종민은 미간을 일그러트렸다. 언제 쏟아질지 모르는 토사물이건만. 손놓고 구경이나 해야 하는 상황에 기가 찼다.

"우웨엑!"

우렁차게 터지는 욕지기질과 동시에. 주먹만한 덩어리가 철퍽 바닥에 떨어졌다. 구슬 모양의 덩이는 바닥을 가로질러 떼구르르 구르다 멈췄다. 종민은 허리를 숙여 구슬을 잡아 올렸다. 반들반들한 표면은 작은 흠집 하나 없는 완벽한 모습이었다.

'이건 또 뭐야?'

종민은 구슬을 흔들어 보았다. 눈보라가 휘날리지 않는 것을 보아서. 스노 글로브(Snow Globe)는 아닌 듯 싶었다. 종민은 안경을 썼다. 구슬 안에서 어렴풋이 이는 작은 불꽃이 보였다.

'석등?'

본 그대로였다. 아주 작은 석등이 호젓한 구슬 속 세상을 밝히고 있었다.

툴툴거렸다.

"별스럽게 왠 와인바?"

문자 메시지를 확인하던 현준은 의아했다. 얼굴 마주칠 때마다. "돈 없어서 죽겠다." 하며 징징거리던 종민이 아니었던가.

"그 자식이랑 만나는데 이렇게까지 꾸미고 나가야 한단 말이야?"

현준은 씨씨 크림을 펴 바른 얼굴 위에 콤팩트 파우더를 대충 두드렸다.

"그렇다고 동네 곱창집 방문객 차림으로 나갈 수도 없고. 어휴!"

립스틱을 칠하다 말고 계속 툴툴거렸다.

현준은 헐떡거리며 테이블을 찾았다. 교통 체증으로 20분이나 늦은 탓이었다.

"늦어서 미안!"

"무슨 일이라도 있어?"

'얼씨구. 개 풀 뜯어먹는 멘트 좀 봐라…….'

뭐냐? 하고 물었어야 정답이었다. 현준은 장소를 와인바로 정한 것도 모자라. 살갑게 대하는 종민의 행동이 영 석연치 않았다.

"일은. 불금이라고 하나같이 밖으로 기어나온 인간들 때문이지. 아우, 더워!"

현준은 앞에 놓인 와인을 한 모금 마셨다. 떠름시큼한 맛이 혀를 자극했다.

'나파 벨리산이고 뭐고, 난 소주다.'

현준은 물로 입가심을 했다.

"통 연락도 없다 어쩐 일이야? 조용한 거 보니 이젠 수면제 필요 없냐?"

"요즘은 잠 잘 자."

"잠자리인지 뭔지 하는 꿈도 더이상 안 꾸고?"

"전혀."

종민은 고개를 살랑살랑 내저었다.

'어허⋯⋯. 지적질의 대마왕이 퍽이나 수월하게 넘어가는구나. 말꼬리 잡고 박박 우기는 게 주특기인 자식이!'

종민의 새로운 면모에 흠칫한 현준은 눈을 높이 치켜떴다.

"드디어 끊은 거야?"

현준은 다짜고짜 사이드 킥을 날려 보았다. 그러자 종민은 어깨를 한 번 으쓱해 보였다.

'뭐야? 담배를 끊었다고? 니가?'

현준은 하마터면 컥 뿜을 뻔한 물을 간신히 삼켰다. 기적 같은 니코틴 중독의 극복 사례라니. 장장 5년에 걸친 치료가 '헛짓'이 되고 만 찰라였다. 현준은 튀어나오는 잔기침에 손으로 가슴을 쳐댔다. 예상을 깨고 속출한 이변에. 찝찔한 뒷맛을 숨길 수가 없었다. 입에 힘이 저절로 들어갔다. 그나마 립스틱으로 살려 낸 얄팍한 입술을 쏙 사라지게 만들어 버렸다.

"뜨겁나 못해 펄펄 끓고 있나 봐?"

"뭐가?"

"니 핑크빛 라이프."

"아아⋯⋯. 뭐 똑같아."

"어부바님도 잘 계시고?"

몰아치는 현준의 질문에. 종민은 숨쉬기가 거북했다. 속히 문답을 끊어야 했다.

"그러엄. 현준아, 자 잠깐 화장실."

"그래."

현준은 복도 끝으로 사라지는 종민을 넌지시 바라보았다.

'핑크빛 라이프? 어부바?'

현준은 잔에 든 와인을 벌컥벌컥 들이켰다. 어부바는 종민의 옛 여자친구 수아의 별칭이었다. 현준의 학교 후배이기도 한 그녀. 술에 취해 인사불성이 되어 버린 종민을 집까지 업고 간 이후. 그들 사이에서 '어부바'로 불렸다.

"게다가 '현준아'라니! 개소름!"

현준은 탄식했다. 종민은 절대 현준의 이름을 부르지 않았기에. '야!' 또는 '이 자식아!'가 통례였다. 이따금 '황보 현준'이라고 부르짖는 순간만 뺀다면 말이다.

'어디서 구라를 쳐대? 내가 널 알고 지낸 세월이 몇 년인데!'

현준을 눈을 가늘게 오므렸다.

종민은 비워진 현준의 잔에 와인을 따랐다. 벌써 네 잔째였다.

"요즘 와인에 꽂혔나 봐?"

눈길을 모아 종민의 눈을 똑바로 바라보던 현준이 입을 열었다.

"그렇다긴 보담……. 별로야? 여기 소믈리에가 추천한 건데."

"하긴 세상은 넓고 마실 술은 많은데, 이 술 저 술 다 맛보다 죽어야지. 안 그래?"

현준은 잠시도 종민에게서 눈을 떼지 않았다. 무심한 듯한 어투와는 상반된. 날이 선 시선이었다. 그녀의 작고 동그란 눈알은. "난 이루어야 할 목적이 있어. 그래서 널 지켜보고 있는 거야. 넌 아직 그게 뭔지 모르겠지만." 하고 소곤거리는 것만 같았다. 종민은 눈 한번 깜빡이지 않는 현준의 눈초리에. 심리적인 압박을 느꼈다. 어색한 침묵이 흘렀다. 그러나 현준은 옅은 미소만 띄운 채. 뚫어져라 쳐다보기만 할 뿐. 말을 아꼈다.

'시작.'

현준의 두 눈이 반짝거렸다. 굳게 봉해진 줄만 알았는데.

"따라서 죽기 전에 해야 할 이야기가 있거든……."

현준의 입이 갑작스럽게 트였다. 종민은 오물거리는 현준의 입술에 눈과 귀를 기울였다. 무척 부드럽고 차분한 말소리였다. 평상시 그녀의 말씨와는 현격한 차이가 있었다(괴리감이라고 정의하겠다).

"……세상은 넓고 술은 많고, 그래서 술 중에 와인을 골랐고. 이렇게 와인을 마시다 죽는 건 어떨런지, 죽음은 바로 무를 의미하니까, 그러면 지금까지 애쓴 것들이 무로 되어 버리고, 그렇게 무에서 유가 창조되고, 와인이 생겨나고, 와인을 마시고, 마시다 죽고, 그래서 죽기 전에 해야 할 이야기가 있고……."

현준을 집게손가락으로 테이블 위를 가볍게 두드렸다. 경쾌한 느낌의 4분의 4박자. 종민은 고개를 약간 갸우뚱했다.

"……그렇게 되면 더 이상 비밀이 아니니까, 그리고 비밀 이야기가 아닌 이상 털어놓아야 하니까, 나에게 털어놓아야 하니까, 앞에 앉아 있는 나에게 털어놓아야 하니까, 그러므로 내가 요구하는 것은 무엇이든 해야 하니까, 나를 두려워 하니까, 아니면 반칙이니까……"

현준은 이해할 수 없는 말을 쉬지도 않고. 주르륵 늘어놓았다. 종민은 갈수록 시각과 청각이 둔감해지는 것을 느꼈다.

"……세상은 반칙 투성이고, 그래서 반칙도 새로운 규칙이 되고, 그러면 비밀도 밝혀야 되고, 고로 나에게 말해야 하고, 와인을 마시기 전에 말해야 하고, 따라서 눈꺼풀은 점점 내려오고, 손과 발도 점차 무거워 지고, 왜나하면 나에게 말해야 하니까, 와인을 마시기 전에 말해야 하니까……"

차츰 느려지던 현준의 목소리가. 사그라들 것처럼 작아졌다. 종민은 보이지 않는 무게를 실감할 수 있었다. 실제로. 팔다리에 무거운 돌덩이를 올려놓은 것만 같았다. 그러던 어느 순간. 현준은 손가락을 '딱!' 하고 튕겼다.

"너, 누구야? 말 해!"

"가면…… 놀이……"

종민의 굽혀진 목이 곧장 아래로 푹 떨어졌다. 복날 비틀린 닭 목처럼.

'가면놀이? 전에도 종종 출현했던 키워드 중 하나인데. 뭔 일이 벌어지고 있는 거냐?'

현준의 작고 예리한 눈이 주의깊게 종민의 모습을 훑었다.

"난 지금 너에게 최면을 건 거야. 대화최면이라고 들어 봤는지 모르겠어."

종민은 고개를 가로 저었다.

"넌 심 종민이 아니야. 맞으면 오른손 엄지손가락을 들어서 나에게 보여 줘."

종민은 순순히 엄지손가락을 세워 보였다. 마치 승리를 뽐내기라도 하듯. 의기양양했다. 꼭. 종민의 가면을 빼앗아 뒤집어 쓰고 있는 것처럼. 현준의 안색이 파리하다 못해. 풀빛으로 변했다. 일그러진 오이로 완벽하게 둔갑했다.

5. 악몽의 맛

깜깜했다.

종민은 눈을 뜨긴 떴으나. 아무 것도 볼 수 가 없었다. 마치 눈알을 먹물에 담근 것만 같이 깜깜했다.

'말마따나 심청이 아부지처럼 되버린 건 아닐테지.'

안 그래도 학창 시절. 심 봉사가 '심 씨'인 것이 굉장히 불만이었다(하필이면 그 많고 많은 성 중에 말이다). 종민은 손바닥으로 눈알이 터져라 비벼댔다.

희미하게 까물거리는 불빛이 나타났다. 흐려졌다 밝아졌다. 메롱. 약이라도 올리듯 얄밉게 너울거렸다.

'엥? 석등?'

전에도 본 적이 있는. 돌로 네모지게 만든 등. 단풍나무 옆에 오도카니 세워져 있었다. 종민은 주변을 휙 둘러보았다.

정원수.

장독대.

우물.

전통 한옥집…….

'빌어처먹을. 왜 또 여길 온 거야…….'

[토리토리 악몽악몽 토리토리 악몽악몽……]

일순. 서늘한 입김이 뺨을 스치고 지나가자. 종민은 질겁했다. 어느새 얼굴색이 허옇게 질린 것으로 보아. '혼비백산'이라는 표현에 더 근접할 것 같았다.

정원수 그림자가 바람에 일렁였다. 멀리서 토리의 기이한 음성이 또 한 번 들리다 사라졌다.

"어디서 장난질이야!"

종민은 입술을 앙다물었다. "잡히면 죽었어!" 하는 굳센 의지가 퍼렇게 묻어났다. 그는 서둘러 소가 나는 방향으로 발걸음을 옮겼다.

커다란 향나무 앞을 지나자. 북촌 한옥마을에나 있을 법한 전통 가옥이 그 모습을 드러냈다. 어슬렁거리는 똥개 한 마리 구경할 수 없었음에도. 종민은 보란듯이 성큼성큼 걸어갔다. 한 걸음 한 걸음 옮길 때마다. 꺼져 있던 등불도 하나씩 하나씩 켜지기 시작했다. 누군가 방방마다 다니며 전등 스위치를 누르는 것처럼.

"그래, 술래잡기는 밤에 하는 게 정석이지."

제례라도 지내려던 참인지. 분합문이 활짝 열려 있었다. 너른 대청마루가 보였다. 종민은 툇마루를 지나 대청마루 위로 올라갔다. 그러자 마루 끝에 매달린 사방등이 흔들거렸다. 담대무쌍한 척도 아주 잠시.

'지랄, 간 떨어지는 줄 알았네!'

널찍한 회벽을 기웃거리는 자신의 그림자를 발견하고 자지러졌다.

[삐거덕. 삐거덕.]

구석진 어둠 속에서. 삐걱거리는 소리가 들려왔다. 곧이어 낡은 마룻바닥을 퉁퉁 울려대는 발소리가 이쪽저쪽에서 치솟았다.

[찌지직!]

난데없이 종민의 왼쪽 안경 렌즈에. 거미집 모양으로 금이 가기 시작했다.

"악!"

비명이 저도 모르게 터져 나왔다. 종민은 급히 안경을 벗어 상태를 확인했다. 깨지기 직전의 살얼음판을 보는 듯했다. 회오리처럼 주위를 감싸는 쌀쌀한 냉기가 느껴졌다. 아니나다를까. 입에서 입김이 연기처럼 뿌옇게 뿜어져 나왔다.

[쿵! 쿵! 쿵! 쿵!]

뒤에서 단단히 벼르기라도 했던 것인지. 마루를 울려대는 발소리가 지나갔다. 순식간이었다. 그는 냉큼 안경을 코 위에 얹고. 소리가 나는 방향으로 시선을 던졌다.

[쾅! 쾅! 쾅! 쾅! 쾅! 쾅!]

이번에는 분합문이었다. 어찌 된 셈인지. 걸쇠에 걸려 있던 여섯 개의 분합문이 차례로 닫혀 버렸다. 당황한 종민은 후닥닥 달려갔다. 문을 열어 보려고 안간힘을 썼지만. 꿈쩍도 하지 않았다. 꽉 맞물린 상어 이빨 같았다. 반대편 분합문도 확인했지만. 마찬가지였다.

'제기랄! 갇혔어!'

종민은 재빨리 전후좌우를 확인했다. 대청마루를 사이에 두고 마주하는 방문이 보였다.

'둘 중 한 놈.'

곧바로. 창살을 통해 불빛이 새어 나왔다.

'바로 네 놈!'

종민은 문 앞으로 다가갔다. 한지가 두텁게 발라진 여섯 폭의 팔각불발기문. 거북등 문양의 팔각 창살 뒤로 그림자의 손가락이 언뜻 비쳤다.

'성가신 꼬맹이!'

종민은 확신했다. 타오르는 촛불 앞에 쪼그리고 앉은. 토리가 그림자 놀이를 하고 있다고.

"흠! 으흠!"

종민은 마른기침을 두어 번 토해 내더니.

"토 ― 리 ― 가 ― 악 ― 몽 ― 을 ― 삼 ― 켜 ― 버 ― 렸 ― 따 ― 아 ―."

기억나는대로. '토리송'의 한 소절을 불러 재꼈다. 음정도 박자도 오락가락. 엉망이었다.

"들어간다! 들었어? 들어간다구!"

종민은 양손으로 국화 모양의 철물로 만들어진 손잡이를 잡고. 앞으로 훅 당겼다. 혹시나 안 열릴까 불안했는데. 이번엔 쉽게 열렸다. 대신. '亞' 자 모양의 살대 짜임으로 만든 장지문이 나타났다.

'뭐야 이건?'

종민은 장지문을 양 옆으로 밀어 열었다. 그러자 그 다음 장지문이 버티고 서 있었다.

用. 井. 卍. 亞. 用. 井. 卍……

장지문을 열면 또 다른 장지문이 계속해서 나왔다. 열어도 열어도 밀려오는 파도처럼. 끝이 없었다. 어느덧. 종민의 이마에 송이처럼 맺힌 땀방울들이 관자놀이를 타고 떨어졌다. 그렇다고 포기할 순 없었다. 포기란 쓰디쓴 패배를 의미하니까.

"어서 나왓!"

소주잔에 달라붙은 마지막 한 방울을 혀끝으로 핥듯. 끝장을 봐
야 했다.

[드르륵.]

문은 고분고분 열었으나. 허연 회벽이 코앞에 우뚝 솟아 있었
다. 장지문의 행렬은 막을 내렸지만. 결과는 허무했다. 종민은 벽
을 더듬어 만져 보았다. 차갑고 단단했다.
"이게 끝이야?"
그것으로 끝이었다. 괴탄했지만 어쩔 수 없었다. 한껏 열린 수
십 개의 장지문을. 종민은 멍하니 바라만볼 뿐이었다. 어릴 적 동
네 친구들이 왕왕 놀려대던. '모지리 술래'가 떠올라서였을까. 시금
털털한 타액의 맛이 목구멍 깊은 곳에서부터 느껴졌다. 상한 음식
을 먹은 것 마냥. 뒷입맛이 꺼림칙했다.

[뎅그렁뎅그렁.]

처마 끝에 매달린 풍경 소리가 아득하게 들려왔다. 약속이라도
한 듯. 종민의 안경 렌즈에 서리가 하얗게 꼈다. 바로 앞도 제대로
보이지 않을 지경이었다. 손가락으로 마구 문질렀지만. 이내 안경
은 다시 희뿌옇게 흐려졌다. 닦아내고 닦아내도. 성에꽃이 하얗게
피어났다.

[찌지지직…….]

멀쩡하던 오른쪽 안경 렌즈도 찡 갈라졌다. '퍼벅!' 하는 작은 폭발음이 이어졌다. 산산조각이 난 렌즈는 종민의 발 앞에 우박처럼 쏟아져 내렸다. '아차!' 하는 생각이 종민의 뇌리를 뚫고 지나갔다.

"이런 좆같은…… 함정이야!"

종민은 전속력으로 대청마루를 향해 뛰었다.

[탁! 탁! 탁! 탁! 탁! 탁!]

사나운 맹수에 쫓겨서 달아나는 기분이 이런 것일까. 열려 있던 장지문이 하나둘. 맹속력으로 닫히고 있었다. 덥석. 뜯어 먹기라도 할 것처럼.

얼떨떨했다.

종민은 겨우 정신을 차렸다. 얼마 동안 혼절해 있었던 것인가. 머리는 띵하고. 뱃멀미가 나는 것처럼 뱃속이 출렁거리는 것이. '살아 있음'을 알려 주었다.

"팔다리도 아직은 잘 붙어 있네."

　머리가 얼떨떨한 가운데. 짐승의 발톱 같던 장지문도 눈에 보이지 않았다. 부끄럽게 혼절했을지라도. 탈출에는 성공한 듯 싶었다. 종민은 주위를 찬찬히 살펴보았다. 창도 문도 없는. 사면이 벽으로 꽁꽁 막힌 그곳. 오롯이 켜 있는 촛불만 나불나불 불춤을 추고 있었다.

　"그런데 여긴 또 어디냐……."

　자리에서 일어났다. 종민은 허여스름한 벽면을 손으로 더듬거리다. 어른어른 움직이는 무엇인가에 놀라서는.

　"뭐야, 뭐야!"

　제풀에 악을 써댔다.

　'다리?'

　삐죽삐죽한 털로 덮힌. 길고 가느다란 것이 꿈적거렸다. 종민의 몸집만한 나비의 다리였다.

　"으악!"

　벽에 철썩 붙은 거대 나비는 앞다리를 번쩍 들고는. 앞으로 홰홰 내저었다. 반갑다고 인사를 하는 것인지. 주먹 세례를 퍼부으려는 것인지. 알 수가 없었다.

　"떨어져! 저리 가!"

　종민은 사지를 벌렁대며 열심히 뒷걸음질을 쳤지만. 제자리였다. 아무리 바동거려 봤자. 앞으로도 뒤로도 나아가질 않았다. 그때였다. 난데없이. 나비의 불룩한 배가 주욱 찢어졌다. 터진 틈으로 드러난 둥그런 형체. 백지창처럼 희푸르게 질린 대가리이었다. 그것도 사람의 대가리.

"아악! 늙은이!"

종민의 고함 때문이었을까. 사방의 벽면이 말라붙은 논바닥처럼 쩍쩍 소리를 내며 쪼개지기 시작하더니. 커다란 나비들이 불쑥불쑥 불거져 나왔다. 어김없이 세로로 갈라진 나비들의 배. 낯선 얼굴들이 하나씩 박혀 있었다.

낭자하게 찢긴 채 시커멓게 변한 피부.
부질부질 끓어 나오는 게거품.

싯누런 토사물과 뒤섞여. 물컹하게 녹아내리는 그들의 안면을 타고 줄줄 흘렀다.

처참한 광경에. 욕지기가 치밀어 오른 종민은 손으로 입을 틀어막았다.

"우욱……!"

[투두둑.]

도 박사를 품은 나비가 뱉어낸. 동그란 뭉치가 휭 날아와 바닥에 떨어졌다. 종민은 공처럼 구겨진 종이를 펼쳤다. 대충 손으로 찢어 낸 신문지 조각이었다.

    멸종 위기의 도뱀눈지옥나비 복제 성공

먼저 머리기사가 종민의 눈에 들어왔다. 그는 침침한 눈을 비비대며 기사를 읽기 시작했다.

화인바이오 산하 도지용 박사 연구팀이 국내 최초로 도뱀눈지옥나비 2마리를 복제하는데 성공했다. 도뱀눈지옥나비는 1959년 도지용 박사가 전라남도 지방에서 발견한 뱀눈나비과로 주로 습하고 그늘진 곳에 분포하며, 썩은 과일이나 오물 등에 모여드는 것으로 알려져 있다. 연구팀은 앞으로 복제된 나비를 이용해 채소 과일의 염색체를 바꾸는 연구를 진행할 계획이라고 밝혔다. 채소 과일의 특정 유전자를 발현시킬 수 있는 바이러스를 주입한 복제 나비를 재배지에 방생해 작물이 병이나 가뭄 등에 내성을 갖도록 하는 기법이다. 따라서 연구팀은 바이러스에 의한 변이에 관한 연구 결과도 추후에 밝힐 예정이다.

'죽은 나비들이 파 놓은 무덤이었어……'

다리에 힘이 풀린 종민은 자리에 풀썩 주저 앉았다. 종민의 벌어진 입에서 쌕쌕 날숨이 새어 나왔다.

"그런데 날 왜 여기 가둔 거야? 내가 왜 갇혀야 하냐구! 난 도박사가 아니야! 아니라구! 그러니까 날 꺼내 줘!"

종민은 발광하며 부르짖었다.

　토리는 바닥에서 구르는 구슬을 손으로 잡더니. 요리조리 돌리며 샅샅이 들여다보았다. 입가에 만족의 웃음이 곰팡이처럼 돋아났다.

　"토 — 리 — 가 — 악 — 몽 — 을 — 삼 — 켜 — 버 — 렸 — 다 — ."

　토리는 구슬을 꼴깍 삼켰다.

6. 우리는

조마조마했다.

현준은 주변을 재빨리 둘러보았다. 다행히도. 최면에 걸린 종민의 기수면 상태를 눈치챈 사람은 없는 듯했다. 손님들은 대부분 취기가 올라 느슨한 모양새였다.

'불행 중 땡큐다. 니가 날 술집으로 불러내서.'

현준은 조마조마한 마음을 가까스로 눌렀다. 여전히 종민은 머리를 아래로 떨군 자세로 의자에 앉아 있었다. 현준은 시간을 확인했다. 서둘러야 했다. 밤새도록 최면술을 쓸 수는 없는 일이었다.

[톡. 톡. 톡. 톡.]

현준의 손가락이 재가동되었다. 변함없는 4분의 4박자였다.

"내 목소리가 들린다면 고양이처럼 울어."

"야옹. 야아옹."

현준의 명령대로. 종민은 병든 고양이 소리를 냈다.

"잘했어. 닭처럼 울어 봐."

"꼬옥꼭꼭꼭꼭. 꼭꼬댁 꼭꼭꼭."

"좋아. 이번엔 나비처럼 울어."

종민은 울음소리는 내는 대신에. 고개를 꼿꼿이 쳐들더니 눈을 번쩍 떴다. 활짝 열린 그의 두 눈은 시뻘건 핏발이 어린 흰자위만 선연했다. 수면 마비가 진행되고 있다는 증거였다. 대번에 종민의 얼굴이 쭈글쭈글하게 틀어지기 시작했다. 마치 극심한 고통을 견딜 수 없는 것만 같은. 괴로운 표정이었다. 종민의 입 또한 아픔을 호소하듯. 우짖는 모양을 지었다. 그러나 이상하게도. 소리는 전혀 내지 않았다.

'저게 나비의 울음소리라고?'

현준은 주춤했다. 한동안 종민을 면밀히 관찰하던 현준은. "나에게 말해 봐. 나비가 우는 까닭을." 하고 물었다.

"으으음……"

종민은 미적거렸다.

"괜찮아. 나한테는 뭐든지 말할 수 있어."

"아파. 너무 아파."

별안간 여자 아이 목소리가 튀어나왔다. 토리의 음성이었다.

"어디가 아프니?"

현준은 나긋나긋한 어투로 물었다. 신속하고 유연했다.

"날개, 등, 배, 다리…… 모든 곳이 아파. 갈기갈기 찢기고 부러져서 너무 참기 힘들어."

"어쩌다 다친 거니?"

"다친 게 아니야! 날 잡아 가두고, 마디마디 자르고, 푹푹 찔러대고……. 그러다 죽여 버렸어. 되먹지 않은 연구는 물론이고, 더러운 돈벌이에 써먹으려고 내 몸뚱이를 도륙했다고!"

똘똘 뭉쳐 있는 분노를 아직도 삭이지 못한 것 같았다.

"누구야? 널 그렇게 만든 사람이?"

"도……"

아이 목소리는 사그라지고. 굵은 저음의 남자 목소리가 비집고 나왔다.

"도?"

"도… 지… 용……."

'복잡하게 꼬였군.'

현준은 뒤엉킨 실타래를 어서 빨리 풀어야 할 생각에. 위기감마저 느꼈다. 전문 지식과 임상 경험에 의한 판단보다는. 냉정한 직관이 필요했다.

"그런데 어쩌지? 도 지용은 얼마 전에 죽었어."

"그 늙은 괴물을 삼켜 버린 게 바로 나야. 큼직한 사냥감을 산 채로 잡기 위해 그놈 옆에 붙어 있던 졸개들부터 야금야금 해치웠지. 큭큭큭…… 맛은 없어도 배는 불러."

'곤충학자의 죄책감이 마침내 이런 식으로 낚인 거야? 뭐야?'

현준은 열심히 뇌를 쥐어짰다.

[톡. 톡. 톡. 톡.]

현준의 손가락도 움직임을 늦추지 않았다.

"종민이도 먹었어?"

"응."

토리의 음성이 재등장했다.

"어떻게?"

"간단해. 일단 꿈으로 유인하면 되걸랑."

"꿈?"

"굉장히 기분 나쁜 꿈을 꾸게 만들어. 그러다 직접 찾아가서 악몽을 낼름 먹어 주는 거야. 거지 같은 맛이라도 꾸역꾸역 다. 친절하지? 그런데 그게 미끼이거든. 룰루랄라 방심하는 틈에 날름 먹어 치울 수 있어야 하니까. 한입에 모조리 남김없이."

'이게 무슨 개 짖는 소리야?'

현준은 집중력을 잃지 않으려고 애를 썼다.

"먹는 과정을 설명해 줄 수 있어?"

"구슬에 가둔 후 삼켜 버리는 거야."

"잘 이해가 안되는데……. 더 자세하게 말을 해 줄 수 있을까?"

"그건 안돼. 비밀이야."

키들거리는 토리의 웃음 소리가 뒤따랐다.

"……그래서 얻는 게 뭐니?"

"별 거 없어. 단지 우리를 망가뜨린 짓거리에 합당한 댓가를 지불한다고나 할까?"

'우리?'

담판을 짓지 못할 상황이 빠르게 전개되고 있었다. 현준의 손가락이 허둥대기 시작했다.

[톡. 톡. 톡. 톡. 톡. 톡.]

"그런데 종민이는 상관없는 사람이잖아. 성실한 간병인이었을 뿐이었어. 안 그래?"

"덫을 놓으려면 어쩔 수 없어. 그래야 그 미치광이 도 지용을 올가미에 가둘 수 있으니까. 미약한 아들놈은 실패였지만, 이번엔 성공이야."

현준은 머리가 지끈거렸다. 인기 TV 프로그램인 〈풀리지 않는 미스터리〉의 엽기적인 내용들을 훌쩍 뛰어넘는. 당돌한 주장을 마주해야 하는 현실을 저주했다.

"좀 더 구체적으로 밝혀 줄 수 있을까?"

"부패한 영혼을 달고 있어서 그런지, 그 늙은이는 꿈을 전혀 안 꾸거든. 그래서 그놈을 불러들일 수 있는 인물, 즉 매개체가 필요했어. 황홀한 꿈의 세계로. 거기선 우리 모두 만날 수 있거든. 그런데 그 쓰레기 같은 괴물이 영영 없어지면 다 도로아미타불이니까……완전히 죽기 전에 빨랑 해치워야 했어."

"완전히 죽기 전…… 까지라는 게 무슨 뜻이지?"

"기억 속에서 사라지기 전까지라고 말해 둘게."

"그래서 임무 완수는 한 거니?"

"응!"

"잘 됐네. 그럼 종민이는 언제 돌아올 수 있는 거지?"

"못 가. 앞으로 우리랑 놀아야 해. 가면놀이하면서. <u>으흐흐흐흐
흐흐……</u>."

종민의 입에서 능글맞은 웃음소리가 튀어나왔다. 토리도 아니
고. 두 번째 사내도 아닌. 제3의 음성이었다.

"가면놀이는 왜 하는 거지?"

"그들을 우리의 세계로 쉽게 소환하기 위해서."

"그들이 누군지 말해 줘."

"우리의 생존을 위협하는 악랄한 자들이라고 할 수 있지."

현준은 시간이 얼마 남지 않았다는 것을 간파했다.

'그래…… 후련하게 벗겨 줄게. 각시탈이든, 무도회장 가면이
든, 썩은 인두겁이든…….'

드디어 마무리를 해야 할 단계. 테이블을 두드리던 현준의 손가
락이 갑자기 멎었다.

"마늘쫑, 튀엇!"

현준은 벼락 같이 외치며 자리에서 벌떡 일어나서. 종민의 양팔
을 잡고 앞으로 쑥 당겼다. 그리고 쏜살같이 달려가 테이블 앞으로
꼬꾸라지는 종민을 얼싸 안았다. 매우 날렵한 동작이었다.

"응급 환자입니다! 구급차를 불러주세요!"

현준이 크게 소리쳤다.

와인바는 삽시간에 술렁거렸다. 현준은 종업원의 도움을 받아.
흐느적대는 종민을 바닥에 눕혔다.

"고맙습니다. 소란을 피워서 죄송해요. 이제부터 의사인 제가 알아서 할게요."

현준은 얼쩡대는 종업원에게 조용히 말했다. 종업원이 사라지자 현준은 몸을 깊게 숙이고는.

"마늘쫑! 어서 나왓! 빨리!"

종민의 귀에 대고 낮게 으르렁댔다. 얼마 지나지 않아. 종민이 가슴을 들썩이며 쿨럭댔다. 현준은 손바닥으로 종민의 뺨을 가볍게 쳤다.

"얌마, 말로 할 때 눈 뜨자."

알아 들은 것인지. 이내 종민의 속눈썹이 파들거렸다. 종민은 부스스 눈을 떴다.

"정신이 드냐?"

현준의 오이 얼굴.
지워진 립스틱.
검붉은 치아.

종민은 희미한 미소를 입가에 머금었다.

열심이었다.

"그러니까 착하게 살아야 해. 연구도 연구 나름이지. 기본 윤리 의식이란 게 없어."

현준은 시키지도 않은 일장 연설에. 감탄스러울 만큼 열심이었다. 그러다.

"썩어 문드러질 개자식들!"

결국에는 쌍욕으로 끝맺음을 했다. 현준은 어느새 말끔하게 비워진 소주잔에 술을 채웠다.

"또 불면증 찾아오거나, 이상한 꿈 꾸고 그러면 재깍재깍 이 누님께 전해라."

"지금 좀 의사 같다?"

"좀이 아니라 태생이 의사다. 소꿉놀이 할 때부터 난 의사, 넌 환자! 기억 안 나냐?"

"그나저나……"

종민은 꾸무럭대던 손가락으로 허벅지를 긁적이며.

"최면술…… 너 진짜 대단하다."

"대단까지야. 무의식의 상태에서 직접적인 소통만 잘 되면 결과는 무궁무진해."

"영원히 못 빠져나올 줄 알았는데."

허벅지를 긁는 종민의 손가락이 한결 바빠졌다.

"말도 마. 나 제대로 긴장했잖아. 중간에 찔끔 지릴 뻔!"

"그야말로 장관이었을 텐데……."

종민은 장난스럽게 얼버무렸다.

"이 놈 봐라? 물에 빠져 구해 주니 보따리 내놓으라고 협박하는 놈보다 더 나쁜 쉬키인데?"

현준은 목젖이 보일 정도로 깔깔거렸다.

"그러니까 엉뚱한 데 쏘다니지 말고 딱 붙어 있으란 말야, 이 자식아. 아무튼…… 축귀환!"

현준은 술잔을 들며 "짠!" 하고 외쳤다. 종민은 박박 긁어대던 손가락을 오그려 접고는.

"야 생각만 해도 끔찍하다!"

둘러대듯이 손사래를 활활 쳤다. 은밀하고도 민첩했다.

"맞아. 넌 어쩜 묘사를 그리 생생하게 잘 하냐? 꼭 내 눈으로 본 것 같다. 대충 초성만 짚어도 지옥이던데?"

"……."

고개를 끄덕끄덕하던 종민은 말없이 술을 들이켰다.

"이것만 마시고 일어나자."

현준은 실실거리며. 방울방울 떨어지는 술까지 탈탈 털어 두 잔에 정확한 양으로 부었다.

"2차 어디로 갈래? 야, 올만에 묵은 수아 얼굴이나 볼까?"

단숨에 잔을 비운 현준이 물었다. 종민은 벌건 현준의 얼굴을 물끄러미 쳐다보았다.

"어우, 무서워. 그렇다고 뭘 그리 빤히 갈구냐? 너희 그렇게 끝내고 서로 생사 여부도 모르잖아."

종민은 머뭇머뭇.

"그래, 그럼."

마지못해 대꾸했다.

'뜸들이기는. 좋으면서!'

현준은 꾸물대며 망설이는 종민을 향해. 냉소를 픽 날렸다.

"현준아, 나 잠깐 화장실."

종민은 굼뜬 동작으로 일어섰다. 그 순간 현준의 얼굴은 잿빛으로 물들었다. 그야말로 푹석 썩은 오이였다. 넋이라도 잃은 듯. 현준은 식당 주방 옆 통로로 걸어가는 종민의 뒷모습만 망연히 지켜보았다.

현준의 얄따란 입술이 떨리다 못해 곤추섰다. 덜덜거리는 이 사이로 숨죽인 흐느낌이 가냘프게 새어 나왔다. 이윽고 시든 오이의 외마디 비명이 길게 울려 퍼졌다.

작가의 말

아홉 편의 단편 소설들을 쓰는 동안 겪었던 많은 일들.

견고하다고 믿었던 인간관계의 막막한 지저를 경험했고,
매끈한 탈바가지 뒤에 은밀히 숨겨진 흉한 얼굴들을 보았고,
세상에 홀로 서는 뼈 시린 외로움을 느꼈고,
암이라는 질병의 악랄함을 새삼 깨닫게 되었으며,
물질 앞에 굴복하는 미련한 영혼들을 마주했다.

하지만 이제는 이 모든 것들이 잔인한 추억의 소환처럼만 느껴
진다(떠올릴수록 입가에 맴도는 서늘한 미소 때문인지도 모르겠다). 오히
려 환한 기쁨이 더욱 선명하게 다가온다. 오롯이 혼자였지만 밤낮
으로 상상 속 인물들과 함께여서 즐겁고 행복했기에.

마지막으로 언제나 나를 활짝 웃게 만드는 소중한 친구들에게 감사의 말을 전한다. 그들이 없었다면 나의 글쓰기 세월은 무척 지루하고 척박했을 것이다.

2022년 봄
민님

www.ingramcontent.com/pod-product-compliance
Lightning Source LLC
Chambersburg PA
CBHW030828110726
47900CB00006B/1799